NONFICTION
論創ノンフィクション
012

帰らなかった日本兵

インドネシア残留元日本兵の記録

［増補改訂版］

長 洋弘

論創社

元日本兵が眠る無名戦士の墓。独立戦争後、村人が独立戦争に参加した元日本兵に感謝して造ったと言う。10数名が眠っていると言うが姓名はわからない。墓の後方に富士山に似た山があり、そのはるか彼方に故国日本がある

独立戦争終結時インドネシア兵を率いた元陸軍一等兵・重川博之（右矢印）

独立戦争後の1950年、生き残った日本人はスマトラ島メダンで戦犯処刑されたスマトラ25軍将兵の処刑地に集まった

まえがき

一九八四(昭和五九)年の一月、当時、ジャカルタ日本人学校で教鞭をとっていた私は、腕のよい信頼できる自動車修理工場を探していた。知人に紹介されたのがジャカルタ市内にあるフセイン・フジヤマの工場であった。

色の浅黒いあるじは日本語が上手で、最初、そのことが少し気持ちに引っかかったが、人のことをとやかく尋ねたりすることが面倒な私は、「フジヤマ」が日系の二世か三世だろうというぐらいにしか考えていなかった。ジャカルタは古くから日本と交易があり、日系人がいたとしても別におかしくはなかったからである。車がきれいに直ると、私は彼のことをすっかり忘れてしまった。

ジャカルタのうだるような暑さにいささか参っていたある日、フジヤマから電話がかかってきた。彼は電話の向こうでいった。

「会わせたい人がいますが、どうですか」

約束の日の夕刻、私はジャカルタ市内のサバンホテルに出かけた。ホテルの庭の片すみに木造二階建ての古い建物がひっそりと建っている。そこが指定された場所だった。階段は、足をかけ

るたびにミシミシと音をたてた。入口のドアにＹＷＰ（福祉友の会）と手書きの名札がかかってい
た。

　私がそこでフジヤマから紹介された五人の人物は、いずれも残留元日本兵で、そのとき初めて
フジヤマもまた残留元日本兵なのだと知ったのだった。

　フセイン・フジヤマ（元陸軍軍曹・藤山秀雄／佐賀県出身）、クンプル・オツド（元陸軍少尉・乙戸昇／東京都出身）、ババハルデン・コイズミ（元陸軍曹長・小泉敏雄／神奈川県出身）、ブスタミ・イタミ（元陸軍少尉・伊丹秀夫／大阪府出身）、スダルモ・オノデラ（元陸軍憲兵曹長・小野寺忠雄／岩手県出身）、リデワン・ツツミ（元陸軍憲兵伍長・堤清勝／北海道出身）。

　残留元日本兵のことをほとんど知らない私は、極度に緊張していた。汚れた壁には、インドネシアの公共機関や企業がそうであるように、スハルト大統領とウマル副大統領の肖像写真が掲げられ、古ぼけたクーラーが熱い風だけを送っていた。

「長さん、貴方のお父さんにはずいぶんとお世話になりました」

　オノデラが深々と頭をさげた。私は彼のいっていることがわからなかった。私は額の汗をぬぐいながら立っていた。彼が言葉を続けた。

「あなたの父上の長少佐はジャワ憲兵隊の隊長として立派な最期でした。少佐が『部下の責任は全て私の責任』といってくれたおかげで、ジャワには戦犯としての日本兵捕虜の銃殺者が少なかったのです」

私はオノデラが人違いをしていることに気づいた。が、そのことはいえなかった。いえば彼らを落胆させるように思えたからである。父が従軍した戦場はビルマ（今のミャンマー）だし、私は戦後、父が復員してから生まれた。彼が間違えた人物は、福岡県出身の元バタビア（今のジャカルタ）憲兵隊憲兵少佐・長幸之助であることがあとになってわかった。長幸之助はジャカルタ市グルドック刑務所で、一九四七年・二月三〇日、戦犯として銃殺刑になっている。私が生まれた年である。

右から乙戸昇、伊丹秀夫、小泉敏雄。1984年12月28日、ジャカルタで

最初の不思議な出会いのあと、私は時間を見つけては彼らのところに遊びにいった。父親と変わらぬ年齢の彼らにこんなことをいうのは失礼だが、何となく気持ちが通じ合った。話をするうちに、私が長幸之助の子でないことはわかっていたのだろうと思う。けれど彼らには、知っていてそれ

をいわない優しさがあった。

　そんな時、オツドやイタミの口からしばしば出た言葉が、「インドネシア残留元日本兵の記録を残したい」ということだった。

　オツドはその記録を「生きた証言《あかし》」と表現した。

　一九八二（昭和五七）年から日本人学校の美術の教師としてインドネシアに滞在していた私は、仕事の合い間を見てこの国の風景・民族などの写真を撮り続けていた。それをだいたい撮り終え、次の写真のモチーフを探していた私にとって、オツドらの願いは一つの啓示となった。私は写真で彼らの記録を残せないだろうかと思った。

　日本から資料を取り寄せ、近代におけるインドネシアと日本の関係がわかりかけてくるにつれて、激動の昭和史の中で戦争に駆り出され、祖国を捨て、異国で生きなければならなかった彼らの、波瀾の人生と叫びを記録に残したいと思った。そんな私の気持ちを彼らに伝えたのは、一九八四（昭和五九）年四月下旬のことである。

　しかし、意外にも彼らは一様に、「あんた仕事を持っているんでしょう。それにインドネシアの広さは日本の五倍はあります。スマトラ島の先端、サバン島からニューギニア島の南にあるメラウケまで五〇〇〇キロはあります。経費もかかるし、会いたがらない人間もいます。まあ無理ですな」といった。私の熱意が本物かどうかを、試していたのかもしれない。やがて彼らは、インドネシア各地に散在する残留元日本兵と連絡をとり、全面的に協力してくれた。

その年の六月から赤道直下の暑く苦しい、そして長い旅が始まった。私はインドネシア中を駆けずり回りながら、時々、「どうしてこんなことをしているのだろう」と自問自答した。写真のモチーフとして彼らを選び、記録に残すということの仕事は、私の力に余った。しかし、私はこの旅を止める気はなかった。

私の耳にこびりついて離れない強烈な言葉がある。「独立か死か《ムルデカ・アタウ・マテ》」。独立戦争中にインドネシア独立軍兵士が合言葉として使ったものである。義侠心などという古い言葉の好きな私は、「独立か死か」と叫び、異国インドネシアのために死んでいった日本人に共感していたのだった。旅を続けるにつれて、私は彼らのことがますます好きになっていった。

結果として私の旅は、インドネシア現代史と日本占領史のフィールドワークという形をとりながら、戦争というものを、人間の幸福という原点にたって問いただす旅となった。小著を通して、遠い海の彼方から、異国に殉じた彼らの「叫び」を聞いていただければ幸いである。

私が残留元日本兵を取材し始めてから、すでに一〇年の歳月がたった。一九八四～八五（昭和五九～六〇）年の一年間は、一週間に一～三回の割合で集中的に取材し、その後、数回インドネシアに渡った。非力をかえりみず残留元日本兵の生涯を描きたいと思ったのは、太平洋戦争、敗戦、独立戦争という状況下をくぐり抜けた彼らの生命力とたくましさに感動したからである。

一九九一（平成三）年、私は仕事の関係でサウジアラビアのジェッダに滞在していた。その年の八月、最後の別れの意味も含めてインドネシアを訪れた。小野寺忠雄は病に伏し、インタビューした何人かが亡くなって、白い菩提樹が咲き乱れるジャカルタの英雄墓地に眠る残留元日本兵の数も増えていた。

本書を書きあげるにあたって、協力していただいたたくさんの方々、諸機関の皆様に、心から感謝します。

一九九四年六月

長洋　弘

No. urut : 265275.
Nama : Husen al. Hideo Fujiyama
No. P. V. : 270275
Umur : 19 Maret 1921
Alamat : Lorong 103 No.90 Tandjung Priuk.

Dengan surat keputusan MENTERI URUSAN VETERAN
No. : 50/Kpts/MUV/1964
tertanggal : 22 - 4 - 1964

diakui dan disahkan sebagai VETERAN PEDJUANG KEMERDEKAAN REPUBLIK INDONESIA seperti dimaksud dalam Undang-Undang [illegible] tahun 1957 (Lembaran Negara No. 162 [illegible]

Djakarta, 22 - 4 - 1964
MENTERI URUSAN VETERAN

(... BAS ATMADINATA.)
Maj.Djend.T.N.I.

PAS PHOTO
PEMEGANG KETERANGAN INI

[illegible] PEMEGANG:

(HUSEN al. HIDEO FUJIYAMA)

INGAT:

AKAN KETENTUAN² DALAM PASAL² DARI UNDANG-UNDANG NO. 75 TAHUN 1957 DIBAWAH INI:

Pasal 11. Seorang Veteran Pedjuang Kemerdekaan Republik Indonesia berkewadjiban mendjundjung tinggi nama baik dan kehormatan kaum Veteran.

Pasal 12. Seorang Veteran Pedjuang Kemerdekaan Republik Indonesia berkewadjiban memegang rahasia Militer dan mendjundjung tinggi kehormatan Negara.

Pasal 13. Barang siapa dengan sengadja memberi keterangan jang tidak benar mengenai diri sendiri atau diri orang lain tentang ketentuan² menurut pasal 1, dihukum dengan hukuman pendjara selama-lamanja lima tahun dan atau hukuman denda setinggi-tingginja seratus-ribu rupiah.

Pasal 14. Barang siapa menamakan dirinja Veteran, sedang ia tidak berhak atas nama/sebutan itu, dihukum dengan hukuman pendjara selama-lamanja lima tahun dan atau hukuman denda setinggi-tingginja seratus-ribu rupiah.

Pasal 15. Pengusaha² (Veteran) jang melanggar ketentuan² tersebut dalam [illegible] hukuman pendjara selama-lamanja lima tahun dan atau hukuman denda setinggi-tingginja seratus-ribu rupiah.

Pasal 16. Seorang Veteran jang melanggar ketentuan² tersebut dalam Pasal 11 dan 12 ditjabut haknja dan sebutannja sebagai Veteran, disamping ia dihukum menurut peraturan² hukum pidana sipil jang berlaku.

Pasal 17. Perbuatan pidana jang tertjantum dalam Pasal 13, 14 dan 15 adalah kedjahatan.

1964年に発行された藤山秀雄（プロローグ参照）の身分証明書。
このころ多くの元日本兵がインドネシア国籍を取得した。

0
500
1000
Km
フィリピン
ラカン島
メナド
ハルマヘラ島
マルク諸島
スラウェシ島
ニューギニア島
セラム島
アンボン島
バンダ諸島
イリアンジャヤ
小スンダ諸島
島
フローレス島
クーパン
チモール島
スンバ島
メラウケ
オーストラリア

【ジャワ島】

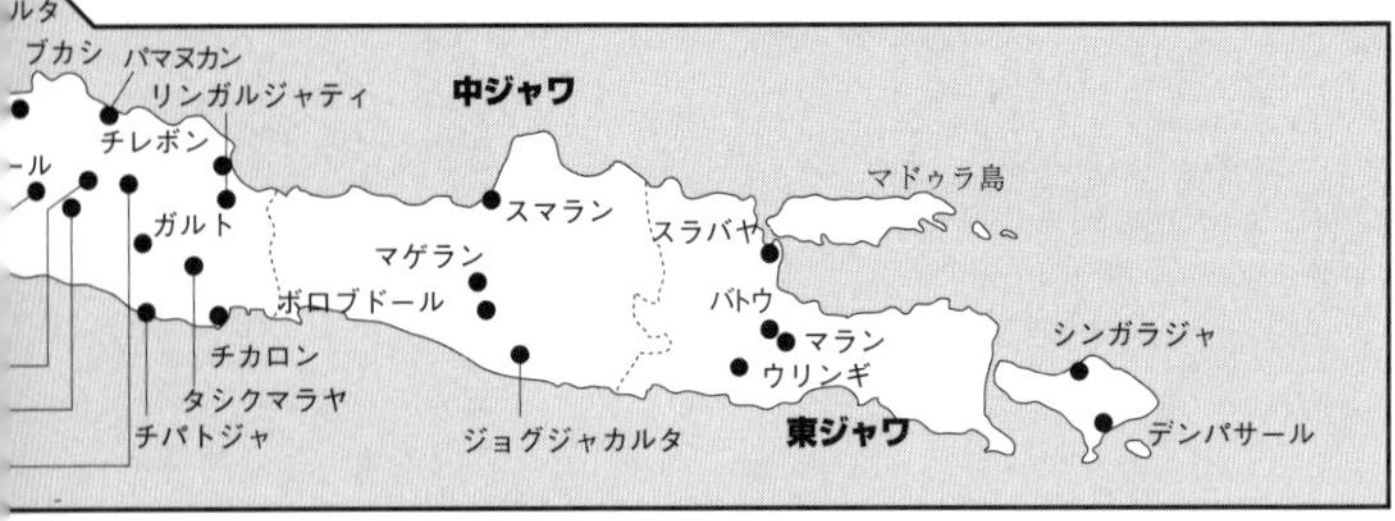
ルタ
ブカシ
パマヌカン
リンガルジャティ
チレボン
中ジャワ
ール
ガルト
スマラン
マドゥラ島
スラバヤ
マゲラン
ボロブドール
バトウ
マラン
シンガラジャ
チカロン
ウリンギ
タシクマラヤ
チパトジャ
ジョグジャカルタ
東ジャワ
デンパサール

【インドネシア全図】

【スマトラ島】

ジャカルタのカリバタ英雄墓地（中央、乙戸昇の墓）

英雄勲章（左端）

帰らなかった日本兵

インドネシアの地名は、原則として当時の発音をカナに置き換えて表記した。登場した人たちの生存、死亡の消息については、増補改訂版にあたり付け加えた。

プロローグ

独立記念日

一九八四（昭和五九）年八月一七日、日系インドネシア人クンプル・オツドは、複雑な表情でテレビに映し出される第三九回インドネシア共和国独立記念式典を見ていた。この日もジャカルタの日差しは強く、庭にある真紅の火炎樹の花は、太陽に照らされて火がついたようだった。

三九年前のこの日、クンプル・オツドは日本人であることを放棄した。いや、放棄したという表現は正確ではなく、終戦のどさくさの中で放棄させられたといったほうが正しい。すでに六〇歳を過ぎ、体には十分気をつかってはいるが、最近糖尿病をわずらった。そのせいかそれとも年齢のせいか、クンプル・オツドは記憶力の減退を感じていた。それでもこの日だけは忘れることはできない。

三九年前のこの日まで、彼は日本帝国陸軍のれっきとした少尉であった。日本名、乙戸昇、出身は現在の東京都西多摩郡（現あきる野市）五日市町である。一九四三（昭和一八）年に応召、近衛歩兵第三連隊の兵士としてスマトラ島メダンの土を踏んだ。ジャワ南方軍予備士官学校を出て少尉に昇進した彼は、機関銃小隊長をしていた時にスマトラで終戦を迎えたのだった。大東亜共栄圏を信じ、生きて日本に帰ることなど考えもしなかった。

独立記念式典の儀式がインドネシア大統領官邸で進むにつれ、彼の胸にこみあげるものがあった。「ともかくもこの日まで生きてこられた」という生への静かな喜びである。今年も家族全員、元気にこの日を迎えることができた。かえりみればあまりに激しい人生であったが、経済的な基盤もでき、インドネシア人の妻との間にできた二児も立派に成長してくれた。唯一心残りといえば、苦労をともにしたその妻が一四年前に黄泉の国に旅立ち、喜びをともに味わえないことであった。

大統領官邸の周辺は、独立記念式典を祝う数万の市民で埋めつくされていた。火炎樹の真紅の花と緑の葉が、白亜の大統領官邸と調和して美しい。つきぬけるほどの空の青さの中に紅白のインドネシア国旗が揺れ、ムルデカ（独立記念）広場にあるモナスの塔（独立記念塔）の炎にかたどられた先端の黄金が光りかがやいている。

オツドがテレビを見ていたちょうどその頃、大統領官邸前では静かに独立記念式典を見つめる日系インドネシア人グループがあった。

一人の男はカーキ色のインドネシア国軍の軍服に身をつつみ、胸にいくつかの勲章をつけ、あとの四人の男は地味な茶色や灰色のサファリジャケットに、同じように儀式用の勲章か在郷軍人章をつけていた。日焼けした浅黒い男たちの顔は、インドネシア人と何ら変わることはなかった。ただ時折ひそひそと話す言葉が日本語であった。

独立記念式典の招待を受けたのはバハルデン・コイズミ、フセイン・フジヤマ、スダルモ・オノデラ、フセイン・イワモト（元陸軍軍属・岩元富夫・鹿児島県出身）、ムハンマド・キシ（元陸軍上等兵・岸布留夫・岡山県出身）であった。

五人のうちの一人、小泉が鋭い視線とともに「チェッ」といって眉根をよせた。数メートル離れたところに、日本からの交換女子留学生の集団が黄色い声を上げはしゃいでいたからである。小泉はいやなものを見たと思った。戦前の教育を受けた彼には、女学生の態度があまりに不謹慎に映ったのである。隣の藤山が小泉の耳に口をよせると、「あいつら日本人か」といった。「そうらしい。最近の日本人はああいうのが多くなったな」と小泉はつぶやくようにいった。

スハルト大統領の演説が始まると、五人は直立不動の姿勢で演壇を見た。感無量だった。誉れある記念式典に出られたことと、今日までこうして永らえたことが……。

彼らは式典に同席しているが、いわゆる戦友ではない。それぞれの胸につけた英雄勲章が、インドネシアの独立戦争で武勲をたてたことを証明してはいるが、日本の戦友会に見られるような○○部隊の同期の桜でもなければ、ともに弾丸の下をくぐった仲でもない。共通していることは、彼らがかつて日本の兵隊であったこと、インドネシアの独立戦争を戦い、故国日本に帰らなかっ

終戦２日後の 1945 年８月 17 日、独立宣言をジャカルタでするスカルノ

たという事実である。

　インドネシア国軍の祝砲が群青の空に響きわたるたびに、数千の紅白の旗は揺れた。五人のうちの一人、藤山の脳裏で、目の前で揺れる紅白の国旗が、三九年前の光景と重なった。

　ジャカルタ・プガンサアン・テムール・No.56のスカルノの私邸前で、スカルノによって独立宣言がなされたのが三九年前のこの日である。

　一九四五（昭和二〇）年八月一七日の朝早く、帝国陸軍ジャワ治一一〇六九部隊の軍曹であった藤山は、ジャカルタ市内で大規模な集会があると、上官から警備命令をうけた。「ただし発砲してはならない」という奇妙な命令だった。藤山は、佐賀県白杵郡白石町の出身で一九四二（昭和一七）年に応召した。シンガポール、ラングーンを転戦し、一九四四（昭和一九）年ジャワ島に上陸している。

　警備について藤山は驚いた。数百いや数千人はい

ムルデカ（独立）を叫ぶ群衆（1945 年 9 月、ジャカルタ）

るであろうか、広場は群衆で埋まり、歓声と興奮でとても警備をするような状況ではなかった。しかも発砲は御法度であった。「これで俺も終わりか」と藤山は思った。人々は口々に「ムルデカ！　ムルデカ！」と叫んでいる。藤山は警備の日本兵に「ムルデカってなんだ」と尋ねたが、彼も聞きなれぬ言葉に首を振った。ムルデカはインドネシア語で本来、「自由、解放」を意味しているが、独立の合言葉として使われるのは、この日以後のことである。

午前一〇時、揺れる紅白のインドネシア国旗を前にスカルノが姿を見せた。群衆は「ブンカルノ！　ブンカルノ！」（スカルノの愛称）と叫び、広場は割れんばかりの歓声で埋まった。スカルノは広場の中央に立ち、群衆をゆっくり見渡し口に指をあてた。群衆は静まりかえった。スカルノはゆっくりとインドネシア共和国の独立宣言文を読み上げた。

「われわれインドネシア民族は、ここにインドネシアの独立を宣言する。権力の委譲、その他に関する事項は周到かつできるだけの迅速さをもって実施されるものとする。インドネシア民族の名において。一九四五・八・一七。スカルノ、ハッタ。ジャカルタにおいて」

この日、ジャワ島を統括する南方軍・第十六軍長野祐一郎軍司令官はジャワの全陸軍部隊に対し、日本がポツダム宣言を受け無条件降伏をした事実を伝えたが、早朝の警備命令で藤山は敗戦の事実をまだ知らなかった。ただただインドネシア人のパワーに圧倒されていた。それは陸軍軍曹・藤山秀雄の人生を大きく狂わせた日でもあった。

あれから三九年、独立記念式典のこの日を複雑な思いで送ったのは式典に参加した五人や乙戸だけではない。インドネシア各地に住む約一四〇名の日系インドネシア人がそれぞれの思いを胸に一日をすごしたのである。

独立記念式典は終わろうとしていた。乙戸の前のテレビからインドネシア国歌「インドネシア・ラヤ」が流れている。「インドネシア　我が故郷　血を受けし国　この国に　我は立ち　先導者とならん　インドネシア　我が国　同胞の住む国　声高く　呼び掛けん　団結を守ろうと……」。

ここでいう日系インドネシア人とは、太平洋戦争に参加し、そのままインドネシアに残った人々のことであり、元日本兵・軍属・一般邦人等に分けることができる。本書では便宜上、何ら

乙戸昇。後ろの戦車は独立戦争時代のオランダ軍のもの。軍事博物館はかつてデビ夫人の館であった。1984 年 12 月 23 日、ジャカルタのインドネシア軍事博物館で

かの形で太平洋戦争に参加し、インドネシア各地に残留した人々を総称して「残留元日本兵」と呼びたい。日本の敗戦後、彼らの多くはインドネシア独立戦争に参加し、現在はインドネシア国籍になっている。インドネシアから見れば独立戦争で武勲をたてた英雄であるが、しかし、日本の旧軍刑法によれば敵前逃亡罪ということになり、戦前ならば、銃殺刑に処せられる重罪ということになる。

一九四五（昭和二〇）年八月一五日以降の離隊逃亡を、敵前逃亡と呼ぶかどうかは後で述べることとする。ただ、戦後四五年経過した今日でも、残留者の中には日本人に会いたがらない人もいる。それは彼らの心の中に、現在でも旧軍刑法が生きているからではないだろうか。

一九七八（昭和五三）年に乙戸は、インドネシアに散らばって在住する残留元日本兵を一つ

にまとめようと考えた。しかし、日本の戦友会のように母体となる組織がない上、群島国家インドネシアは、西はスマトラ島の先端から、東はニューギニア島の南端まで約五〇〇〇キロという広さがある。さらに日本のように交通・通信網がととのっておらず、連絡は困難をきわめた。

しかし、乙戸の決意は固く、口づてに住所を調べては手紙を出し、返事がくると他の仲間の消息を求め、時には知りえた仲間の消息を書簡に書き、それを配るという方法を粘り強くとり続けた。一年半かかって一〇七人の仲間を集め、会員相互の福祉と親睦を目的とするYWP（YAYASAN・WARGA・PERSAHABATAN＝福祉友の会）という団体をつくった。一九七九（昭和五四）年七月のことである。

社会福祉制度のととのっていないインドネシアにおいて福祉友の会の存在は大きい。困窮している残留者への援助、未帰還者の日本への里帰り、日本とインドネシアとの連絡、情報交換、二世の教育や就職への便宜などが、ここ数年間の会の実績である。そして何より大きいのは、福祉友の会を中心として、インドネシア各地に住む残留元日本兵の輪がひろがり、彼らにとって会の存在が心の支えになっていることである。乙戸は、福祉友の会創立以来常任理事を務めている。

乙戸には最近、気にかかることがある。日本でも戦争の体験者が少なくなり、戦争の悲惨な記憶が次第に薄れかけているように、インドネシアでも独立記念日の祭典は各地で大々的に行われているものの、その一方で独立戦争のことが忘れられようとしている。そのことが気がかりなのである。

三九年前、インドネシアは独立を宣言したが、宣言が直ちに、オランダからの主権の委譲につながりはしなかった。国際法上の主権委譲を獲得し、新国家として発足するまでに、オランダとの間に四年間の独立戦争という辛酸をなめ、若者の尊い血が流されたのである。独立を勝ち取るまでの四年間の戦い、それが忘れ去られることは乙戸にとって残念でならない。ましてやインドネシアの独立戦争に参加した日本人がいた事実を、インドネシア人はもとより、祖国日本の人々もほとんど知らない。

生きる喜びを感ずるたびに、乙戸には独立戦争中に戦死した残留元日本兵のことが思い起こされる。生き残った者は独立戦争参加の功績を認められ、インドネシア国籍を取得し、インドネシアの在郷軍人としての栄誉を与えられている、しかし独立戦争中に戦死した戦友はどうだ。逃亡兵の汚名を着せられ、何らの恩典も受けず草葉の蔭で眠っている。日本名も死に場所もわからない日本人も少なくはない。独立戦争への挺身は結果的には個人の選択であったかもしれないが、終戦時のインドネシアの混乱のすさまじさが独立戦争への参加を余儀なくさせたともいえた。

日本に帰らなかったことについて、乙戸はこういう。

「我々は米英に敗れて日本に帰るという教育を受けていなかった。先に帰還した船は沈められたという噂が流れ、日本の家族の安否さえもわからなかった。日本に帰ったところで希望が持てるわけではない。離隊したのは仲間の将校の誘いだった。一度終わった人生だもの、この地で別の人生をと考えました」

独立記念式典は終わった。乙戸はテレビのスイッチを切ると火炎樹の花に目をやった。真紅に燃える花は、独立戦争中ひるがえった紅白のインドネシア国旗に似ていた。目を閉じると赤い炎の中で戦友が「独立か死か」と叫び敵陣へ突入していく光景が浮かんだ。

日本軍の蘭印攻略とジャワ軍政

一九四一（昭和一六）年一二月八日、日本はハワイの真珠湾を奇襲攻撃し、同日アメリカ・イギリスに宣戦布告をした。その翌年の一月、ボルネオ島北東部にあるタラカン島上陸から、日本軍の蘭印（オランダ領インドネシア）作戦が開始された。二月一四日には陸軍第二十五軍の落下傘部隊がスマトラ島パレンバン上空に白い花をさかせてスマトラ攻略の口火をきった。当時の新聞はスマトラ攻略を「空の神兵あまくだる」と大々的に報じた。落下傘部隊の戦闘の様子は軍歌にもなって国民の戦意を煽った。

スマトラ島攻略の目的は、当時産出量年産八〇万トンを誇っていた東南アジア最大の石油製油所の確保であった。

三月一日、陸軍第十六軍がジャワ島のジャカルタ近くのバンタム湾に攻撃をかけ上陸、八日という短期間でジャワ島のオランダ軍を降伏させた。ジャワ攻略は太平洋戦争勃発から九〇日目のことである。日本軍の攻略したジャワ島、スマトラ島などは、それまでオランダの植民地として三五〇年間統治されていたが、日本軍の上陸当時、スカルノやハッタを中心として独立運動の動きやオランダのインドネシア支配からの住民の離反などが、日本軍の早期攻略に拍車をかけたのだ。

攻略後、日本軍はジャワ島バタビア（現在のジャカルタ）に軍政監部を設け、インドネシア全体を支配下においた。十六軍はジャワ島、マドゥラ島、二十五軍はスマトラ島、海軍南遣隊はボルネオ島、スラウェシ島、東インドネシアと、各軍が諸地域を受け持った。そしてインドネシア人を組織し、治安・警察団体として警防団、青年団、隣組をつくり、軍事力として兵補の制度や郷土防衛義勇軍（通称ペタ）を置いたのである。

米英との戦闘の中で人的・物的資源を大量に必要としていた日本軍は、攻略した蘭印にそのまま兵を止めおくわけにはいかなかった。そこで日本軍はインドネシアに、日本の勝利との交換条件でインドネシアの独立を約束し、日本軍の補塡軍事力として兵補や郷土防衛義勇軍を組織したのである。その指導にあたったのは日本兵だった。

一九四三年に発足した兵補は、日本軍の補助部隊であり、軍事訓練を受け、小火器で武装し、戦況の必要に応じて組織された。日本軍の規則をそのまま使い、日本軍と行動をともにした。終戦当時には、約二万五〇〇〇人の兵力となっていて、中には日本軍兵士と同等の扱いを受けた者もいた。やはりこの年につくられた郷土防衛義勇軍は、日本軍の指揮下にあったものの、その編成はインドネシア人にゆだねられた。ジャワ島につくられたインドネシア版中野学校と呼ばれる青年道場では、ジャワ島各州から優秀な青年を選び、徹底訓練し、日本軍の規律に耐えうる兵士

郷土防衛義勇軍の軍事訓練。装備は日本兵と変わらない

をつくった。その青年たちが郷土防衛義勇軍の中核となり、日本の敗戦後はインドネシア独立戦争の中心的役割をになうことになる。終戦時、郷土防衛義勇軍は約三万三〇〇〇人にのぼった。

元副大統領の故アダム・マリクは回想録の中で、郷土防衛義勇軍の役割を次のように述べている。

「日本人によるインドネシア青年への軍事訓練は、青年たちを野心的でダイナミックで闘争的にした。郷土防衛義勇軍の創設は、後のインドネシア独自の国民軍の中枢として非常に有意義なものであった。さらに我々の指導者たちは、インドネシア社会の闘争性を急速に強めることに成功した。いたる所で行われた軍事訓練は人民にとって蜂起のための準備になった」

しかし、インドネシア民族に共生同死をスローガンにして日本軍へ協力させた日本軍政の本音は、どうだったのだろうか。

一九四一（昭和一六）年一一月の大本営・政府連絡会議によって決定された「南方占領地行政実施要綱」には、「独立運動ヲ過早ニ誘発セシメヌヨウ務メ、インドネシア将来ノ帰属ニツイテ暗示スルガ如キ言行ハ厳ニイマシメルコト」と書かれている。これを見る限り日本軍は独立について、積極的ではない。むしろ、インドネシア民族に対する結社・集会・政治に関する言論の禁止など、本音は独立容認とはほど遠いものであった。

けれども、兵補や郷土防衛義勇軍の教育にあたった残留元日本兵の話を聞くと「我々は独立の約束をした」と異口同音に答える。

一九四五（昭和二〇）年八月一五日、日本の敗戦とともに、「インドネシア独立問題に日本は無関係」との立場を日本軍政は表明する。兵補や義勇兵と生活し、直接指導にあたった日本兵は、独立戦争への参加を請われ、武器譲渡を申し込まれるなど、苦しい立場に立たされた。

余談だが、日本軍の持ち込んだ組織や制度は、現在のインドネシア社会に残っている。例えばRT（エルティ）と呼ばれる隣組組織は、婚礼、葬式、誕生、割礼の儀式、道路の修理などで、インドネシア社会に広くいき渡っている。また、インドネシア各地を旅行すると「愛国の花」などといった、戦後生まれの私が初めて聞くような日本の歌を口ずさむ老人に出会うのも、日本軍政の名残りということができるだろう。

日本の敗戦とインドネシア独立戦争

一九四五（昭和二〇）年八月一七日、日本がポツダム宣言を受諾した二日後にインドネシア各地の各南方軍司令官は、インドネシア全土にいた日本軍全軍に終戦を伝える。しかし、そのことは日本軍の武装解除を意味してはいなかった。先に書いた藤山のように、敗戦処理と称して、兵士はインドネシア各地の警備にあたらされたのである。

日本軍には軍隊内の規律やモラルを徹底させるための「戦陣訓」がある。兵隊は入隊すると軍人魂と称して徹底的に戦陣訓を叩き込まれた。その中に、「生きて虜囚《りょしゅう》の辱めを受けず、死して罪禍《ざいか》の汚名を残すこと勿《なか》れ」がある。簡単にいえば、捕虜になることは恥ずかしいから死んでしまえ、ということである。執拗に教育された軍人魂は、敗戦の混乱の中で、死ななくてもよかった兵隊や非戦闘員まで巻き込んでいった。敗戦の報の中で自決した将兵も少なくはない。

民族独立運動の嵐に巻き込まれ、独立義勇軍に身を投じたインドネシア残留元日本兵もまた「戦陣訓」の犠牲者といえよう。

敗戦時のジャワ島には約一万一〇〇〇の将兵と約六万七〇〇〇の残留邦人がいたが、残留元日本兵を巻き込んだ終戦時の状況は、どのようなものだったのだろうか。

スラバヤ在住のアミン・イシイ（元陸軍主計准尉・石井正治／北海道出身）は当時の将兵の心境を

次のように話している。やや長くなるが紹介したい。

「私どもはなぜインドネシアに残らなければならなかったのか。敗戦という想像もつかなかった事態に直面して心は動揺し、それを煽るように流言が飛び交った。大本営発表のニュースのみを信じていた我々にとって、敗戦がいかに衝撃的であったか筆舌では尽くせない。さらに、恐ろしい原爆の報せと、故郷の山河の廃墟の情報は我々を茫然自失とさせた。同時に進駐軍の名の下、昨日までの敵に故郷の山河を蹂躙されることは考えるだけでも耐えられないことだった。今までの戦闘で、敗戦の惨めさはよく知っている。それを今度は我が身が体験しなければならないという恐怖もあった。

連合軍のインドネシア進駐によって、予期したこととはいえ戦犯の問題が起こり、当然のことのように憲兵隊勤務者、あるいは収容所に関係していた者が、ただそれだけの理由で拘束された。自分は戦犯に問われるようなことはないとは思うものの、今、敗戦国の軍人として、生殺与奪の権は彼らに握られている。そこで正しい裁判が行われようとは思えない。収容所から呼び出された戦友は次々と消えていく。それは必ずしも処刑を意味するものではなかったが、収容所にある者にとって耐え難い恐怖だった。

独立を宣言したインドネシアでは、日を追って、巷には独立を勝ち取ろうとの声がみなぎり、そのためにもっとも必要な兵器を収集する対象として、日本軍に対して実力行使がなされるようになった。独立を恐れる連合軍は兵器の紛失を厳に戒め、紛失した者はもとより直属上官も処罰すると布告した。敗戦とともに兵器の使用を禁じられた日本兵は、インドネシア人の兵器奪取に対して、拒むことは死につながり、渡すことは連合軍の布告に反し、窮地に陥ることは明らかだった。

戦争が終わりようやく命拾いをした青年が、兵器奪取に抵抗して命を無駄にすることは無意味と思われた。といっても上官に累をおよぼすわけにもいかない。離隊逃亡して自分が帰隊さえしなければと考えたとしても、無理からぬことだった。

日本の敗戦とともに義勇軍、兵補のインドネシアの若者は、独立のため自ら銃をとるようになっていた。だが、実戦経験のない彼らにとって、頼みの綱は日夜寝食をともにした日本の教官であった。今、教官を引き止めなくては日本に帰ってしまう。民族は異なっていても教官と部下とのちぎりは情によってつながれている。

教官である日本兵には、荒廃した日本の故郷を思うと、教え子であるインドネシア青年とともに独立に身を捧げることも、一つの生き方に思われた。

『捕虜は五年強制労働させられる。日本への輸送船は途中で沈められた』。どこからかそんな流言が、まことしやかに伝えられたし、そうなれば、例えば、『おれには兄がいるから家の責任は軽い。兄弟でわずかな土地を奪いあって耕作するよりも、ここに残ったほうが……。五年の苦役でも、この国にいるからには飢えるようなことはない』と考え、離隊した者もいたはずである。

理由の如何にかかわらず、離隊した我々がともに感じたことは『インドネシアの独立が達成さ

インドネシア各地で見られる独立戦争のモニュメント。1986年8月17日、メダンで

れなければ、犬死に』ということだった。銃をとって独立戦争に参加した我々は、特技を活かし各分野で働いた。功績は目覚ましいものがあった。独立戦争に参加した人数は約七〇〇人といわれているが、実際には故郷の家族に迷惑のかかることを恐れて、その本名さえも名乗らず消えていった者も少なくない。

容易に再統治できると考えていたオランダも、インドネシアの予想以上の抵抗にあい、その先頭に立った者が日本兵であったと知った時には、恐れ、我々残留元日本兵の首に懸賞金をかけ葬り去ろうとした。三五〇年インドネシアを統治したオランダである。当然のことながら親蘭（オランダ派）分子も多く、表面では独立をとなえながらも、オランダの独立潰し工作に手をかす者も多くいた。そのため我々は周囲にいるインドネシア人にも安心できる状態ではなかった。しかし、ある地域に戦火が及ぶと、避難する集落民と兵士が行動をともにする。そうした中で女性たちと気心が知れ、憎からず思うようになっても不思議なことではない。やがてお互いを人生の伴侶と認め家庭を持つようになった。

世界の趨勢の赴くところもあり、インドネシアは一九五〇年に完全独立した。

独立戦争に参加した七〇〇人の日本兵は、独立達成後は三〇〇人になっていた。異国の独立に殉じようと思って参加したが、またしても生き残ってしまった我々に、改めて思い起こされたのが、故郷の山河だった。しかし、『日本では戦犯として投獄された人が、まだ獄舎につながれているという。帰国したらどうなるのだろうか』と考えると、帰国の決意も鈍った。戦犯や離隊に関して一切問われることがないとしても、すでにインドネシアで子どもをもうけ、今さら身動きはとれない。この家族を捨てるなど人道的に許されるものではない。

今、我々は祖国の人々を振り返る必要があるのであろうか。

故郷、故国を捨てたことは我々の身勝手であるが、時が流れるにつれ、我々が理解される日もやってくるのではないだろうか。逃亡兵の汚名を拭いさることはできないが……」

石井の言葉は、残留元日本兵が独立戦争に巻き込まれていった経緯を、余すところなく語っている。ここで、インドネシア独立戦争をもう一度振り返ってみたい。

宗主国オランダに対するインドネシア民族の独立への動きは、二〇世紀に入るとすぐに起きている。中でもインドネシア国民党をつくったスカルノ（初代インドネシア大統領、建国の父と呼ばれている）が国民に与えた影響は大きい。スカルノは一九二八年に発表した青年の主張の中で、「一、我々インドネシア青年男女は一つの民族、インドネシア民族を持つことを承認する。二、我々インドネシア青年男女は一つの祖国、祖国インドネシアを持つことを承認する。三、我々青年男女は統一言語、インドネシア語を遵奉する」という三つの骨子からなる声明を発表し、インドネシア国旗として紅白旗「メラ・プティ」、国歌「インドネシア・ラヤ」を持つこともつけ加えていた。

オランダはスカルノをはじめとする民族運動家の多くに弾圧を加え、流刑に処した。スカルノは一九二九年にフローレス島に流刑され、当時オランダ留学から帰ったハッタ（初代副大統領）もバンダ島に流刑されている。

これらの高まる民族運動の中で、日本軍の侵攻はまさに救世主のように受け取られた。三五〇年間、インドネシアを統治してきたバタビアにあるオランダ政庁は、日本軍のジャワ島上陸後八日目の三月八日に全面降伏した。それは永年インドネシアを支配してきたオランダの権威の失墜でもあった。「アジアの光・アジアの保護者・アジアの指導者」と宣伝してインドネシアに侵攻した日本は、大東亜共栄圏にインドネシアを組み入れようとした。これに対し民族運動の指導者スカルノ、ハッタ等は日本軍に協力を惜しまなかった。

しかし、日本軍がインドネシアの独立を本気で認めようとしたかどうかは、前述のとおりである。日本軍のインドネシア政策は独立希求のインドネシア民族にとってよいことばかりではなかった。元副大統領のアダム・マリクは「オランダの植民地支配は尊大で冷酷」、日本軍のインドネシア支配を「戦慄すべき策略」といい、次のように述べている。

「いったい何千人の罪のない人たちが憲兵隊の暴虐によって、不条理に死んでいかなければならなかったのだろうか。何千人の人たちがビルマの鉄道建設で死んでいったのだろうか。日本軍はボルネオ島バンジェルマシンにおいて全ての知識人を突如として虐殺した。また日本人の口汚く野卑な暴言を聞いた時に、我々はいかに恐れおののいたろうか。しかし、我々は屈辱に耐え忍ばなければならなかった」

たしかに日本軍のインドネシア支配にはすさまじいものがあった。これらの人的被害は後に戦争賠償の算定基準にもなっている。そして、独立戦争に参加した残留元日本兵にとって、このことが時として身に危険をおよぼす結果にもなった。日本軍に父や兄を殺され、恨んでいた人たちもたくさんいたのである。

敗戦の八月一五日以降、イギリスはインドネシアにおける日本軍武装解除の後、警備にあたるはずだった。しかし、イギリスは輸送船の不足で、実際にジャカルタに上陸したのが九月二九日である。そしてイギリス軍と同行してきたのは、オランダ植民地政府の職員であった。彼らは各地の捕虜収容所からオランダ人を解放し、かつての宗主国として復権すべく武装した。この年の一〇月、日本軍にとって最悪の事態が起こった。連合軍はインドネシアに残留する日本軍を武装解除するどころか、インドネシア民族の決起に対し、治安維持にあたらせたのである。日本兵は共生同死を約束した兵補や郷土防衛義勇軍の教え子たちを敵に回さなくてはならなくなったのだ。連合軍の命令とインドネシア民族との狭間で日本兵は苦しみ、多くが離隊・逃亡していくことになった。石井の話は、この間の苦悩を物語っている。

やがて、武器の争奪にからむ日本軍と独立軍の悲惨な戦いが、インドネシア各地で起きた。例えば――。

ジャワ島では一〇月一日、スラバヤにある日本海軍の武器弾薬庫がインドネシア独立軍により接収される。一〇月一〇日、バンドン市内でインドネシア独立軍と日本軍衝突、一〇月一四日、スマランで日本軍とインドネシア独立軍衝突。同一九日、ブカシで竹下大隊以下八六人惨殺。スマトラ島では一二月一〇日、テビンテンギーで日本軍とインドネシア独立軍衝突、日本兵約六〇人死亡（独立宣言後のインドネシアには、人民治安軍や民兵など各種戦闘集団にいたるまで多くの武装集団が独立戦争を戦っていたが、一九四七年六月、これらはインドネシア国軍に統一された。本書では混乱を避けるため、統一以前をインドネシア独立軍と呼び、それ以後をインドネシア国軍と呼びたい）。

細かいものをあげたらきりがないほど、日本軍とインドネシア民族との間で衝突が起きた。ポツダム宣言では「日本軍は武装解除後、各自の家庭にもどり平和的・生産的生活を営むべし」とあったが、敗戦処理が遅れたために、日本軍は治安維持の目的でインドネシア独立軍の矢面に立

本国から派遣されたオランダ兵

たされた。その結果、治安維持にあたった日本軍に対して、インドネシア民族の反日感情は一気に高まっていった。

「日本は戦争に負け連合軍の手先になった」「日本軍はインドネシアの独立つぶしをしている」「日本軍がオランダの命令でインドネシア攻撃の用意をしている」

こうして日本兵を巻き込んだ独立戦争は泥沼化していき、「いつオランダの密偵に殺されるのか、あるいは、日本兵を憎むインドネシア兵に殺されるかわからない」という恐怖をいだきつつ残留元日本兵は独立戦争を戦ったのである。

独立戦争の間に、インドネシアとオランダは三回の会談を持っている。一九四六年一一月、ジャワ島チレボン近郊の避暑地リンガルジャティで行われた会談では、両国の間の主権にかかわる取り決めがなされ、翌年三月、リンガルジャティ協定が批准された。その内容は、インドネシア共和国がスマトラ島、ジャワ島、マドゥラ島を事実上支配していることを認めながらも、オランダは旧蘭印にインドネシア共和国連邦を設け、その連邦にインドネシア共和国が参加するものと定めた。また非インドネシア人の財産を旧所有者に戻すことなど、インドネシア民族が理想とする独立、つまり、インドネシア単一国家としての主権の獲得はならなかった。そればかりか、この協定の後、オランダは完全武装の援軍を編成して本国から派遣し、インドネシア共和国内に侵攻する。これが、オランダ軍の第一次侵攻である。

インドネシアの山岳を舞台に、独立戦が続いていた一九四七年五月四日までに、日本兵、軍属、一般邦人の撤収が終了したが、インドネシア独立軍に入って独立戦争を戦っていた多くの残留元日本兵はそのことを知らなかった。その後、アメリカの調停により、米艦レンビル号上で、オランダとインドネシア間の協議がなされ、レンビル協定が調印されたが、これも両国の紛争を解決することにはならなかった。リンガルジャティ協定後と同じく、オランダは一九四八年一二月一九日、空軍・空挺部隊を投入し大規模な攻勢をかけ、ジョグジャカルタを占領する。これが第二次侵攻である。翌年の八月からオランダのハーグで円卓会議が開かれ、インドネシア共和国が名実ともに完全独立したのは、一九五〇年の八月であった。多くのインドネシア青年と残留元日本兵の血が流された独立戦争だった。

それでは、一人ひとりの残留元日本兵にとって、この「独立戦争」とはいったいどんなものだったのかを、次章から述べていきたい。

第一章　マンゴーの墓標

――元海軍軍属・藤田清の場合

スマランの友

ジャワ島の海港都市、今は人口一〇〇万を越すスマラン市は、海の見える高台に白亜の豪邸がいくつも建っている。緑の庭は広く、椰子《やし》の木々が海からの風を受け音をたてる。この豪邸の数々は、かつてオランダが統治していた時代のものである。ここから幹線道路を南に二時間ほど車で走ると、有名なボルブドール仏教遺跡がある。高台から望むジャワ海は太陽に輝き、いくつかの船が海面の光の中でまるで影絵のように見える。

けれど、海辺の湿地帯は高台とは対照的に集落《カンポン》が密集し、どぶ川の臭いが漂う。その集落の一隅に、残留元日本兵のサマン・キヨシ・フジタ（元海軍軍属・藤田清／東京都出身）がひっそりと暮らしている。藤田は数年前、脳溢血で倒れて以来、下半身が不随で歩行が不可能である。彼の面倒を見ているのは、スマラン市中央郵便局・自動車修理部で修理工をしている、ダライ・テラオカ（元海軍上等兵曹・寺岡守一／広島県出身。八六頁参照）である。彼もこの集落に住んでいる。

私が彼らを訪ねたのは、一九八四（昭和五九年）年八月二三日、太陽のぎらつく昼下がりであった。スマランの中央郵便局の自動車修理工場で会った寺岡は、細い体軀を群青の繫ぎの作業服につつんでいた。褐色に焼けた肌で、顔には深い皺が刻まれていた。「あんたここ初めて？　あの頃は人を殺すのを何とも思っていなかった」。当たり前のようにいう寺岡の言葉は、戦争体験のない私には強烈に響いた。

私はスマランを訪れたのは初めてだったが、敗戦後の一九四五（昭和二〇）年一〇月一四日、インドネシア独立軍と日本軍との間で起きた戦闘、いわゆるスマラン事件は知っていた。この時、独立軍に多くの犠牲者が出た。この衝突でいっきに反日感情が高まったといわれている。スマランのブル刑務所では、収容されていた日本兵一四九人が惨殺され、行方不明三〇人が出ている。

寺岡に案内された藤田の家は集落の路地の奥にあった。六畳ほどの部屋に、ベッドと机と椅子が雑然と置かれ、薄汚れた壁には、独立戦争で功績のあった者に与えられる英雄勲章がかけてある。それは藤田の生の証のようだった。

「時々ジャカルタの福祉友の会が衣類や日本の雑誌を送ってくれます。雑誌でも内地の様子がわかるとうれしいものです。しかし、我々は世話になるだけで何もできんのですよ。このとおり貧乏ですし、もうだめですな。こんな姿になって、首から下がぜんぜん動かんのです。こいつ（寺岡）が週三回来てくれるので助かっているのです。そのうち一回は注射を打ってもらいます。医者に頼むと高いですから……」

そういって藤田は微笑んだ。寂しい笑いだった。

「今、家内は入院しています。ついこの間まで、若い者を使ってサンダルをつくらせておったのですが、怠けていると私が注意したら、側にいた家内をいきなり殴りつけ、そのまま逃げてしまったのです。私がこのとおり不自由な体だから、それをいいことに家内に殴りかかったんです。

左上の４枚の賞状の右端が藤田の英雄勲章の証明書。1984 年 8 月 23 日、藤田の自宅で

それで入院をしておるのです。人間、貧乏神にとりつかれると一生だめですな。生きていていいことはありませんでした」

聞きとりにくい言葉は寺岡が補ってくれた。

「私と寺岡は、もう四〇年以上の付き合いです。戦後はずーっと一緒でした。こいつもかわいそうな奴で、私と一緒にいるもんだから、いつになっても報われんのです。私なんか置いてジャカルタに出たほうがいいと思うのですが……。もう隠すことも恥じることも何もなくなりました。つまらん人生でした」

藤田はこういうと目を閉じた。独立戦争が終わると、残留元日本兵の多くは日系企業の集まる大都市に出て職を求めている。当然のことながら、そのほうが職探しが容易だったからである。日系企業の少ないスマランにいるより、首都ジャカルタなら、もっといい人生が開けただろうにと、藤田は寺岡にわびているのだった。

ジャワへ

藤田清は、一九二三（大正一二）年三月三一日、父・運吉、母・とらの長男として、現在の東京都品川区に生まれた。丸顔で人一倍うぶ声の大きい赤子に、波瀾の人生が待っていようとは、両親も思わなかったに違いない。がき大将の少年期を送った藤田は、持ち前の身軽さを活かしとび職になる。一九四一（昭和一六）年九月、徴用検査の結果、甲種合格になって海軍設営隊に配属され三カ月の訓練を受けた。軍属である。この年の一二月、日本はハワイ真珠湾を奇襲攻撃し米英に対し宣戦を布告する。

一二月三〇日、海軍設営隊の藤田に三日間の外泊許可が与えられた。突然の許可に藤田は「いよいよ戦場に行くのだな」と思った。年が明けた一月三日、冬の荒波と強風の中を、多くの軍属や兵を乗せた天竜丸が東京芝浦港を出航した。その中に藤田の顔もあった。軍事機密を守るため、一軍属、藤田に行き先の連絡はない。戦闘能力のない軍属は船底に寝かされ、毎日大きく揺れる東シナ海の荒波に耐えなければならなかった。船底にいる藤田は次第に蒸し暑くなる船内の空気で、南下していることがわかった。ある日突然、船底が大きく揺れ、艦砲射撃が始まった。あとになって、そこがフィリピン沖であることを仲間の軍属から聞いた。

一九四二（昭和一七）年二月二七日、ポルトガル領であったチモール島のクーパンに上陸する。藤田とインドネシアとの出会いである。上陸したその日から、クーパン上空にアメリカ軍の飛行隊が現れ、二五〇キロ爆弾を雨のように投下していった。藤田の所属する海軍設営隊の任務は、爆弾によって飛行場にあけられた穴を埋めることであった。トラック一〇台分の土砂でも埋まらない穴を見て、藤田は「米軍の物量はすごい」と思った。

この年の八月に藤田は初めてジャワ島の土を踏む。ジャカルタだった。「その時はまさかジャワに残ることになるとは夢にも思っていませんでした。運命とは皮肉なものです」と藤田はいう。ジャカルタに着いた藤田は近郊のチリリタンの飛行場の宿舎を拠点として、西ジャワ一帯で兵舎、砲台等をつくる任務にあたった。

一九四四年（昭和一九年）、藤田は陸軍から現地召集を受け、兵隊として入隊した。「部隊名は治七一七八部隊の工兵隊。毎日、戦闘訓練でした。兵隊といっても年寄りも多く、いかにもかき集めたという感じがしました。我々には戦況のことは一切わかりませんでしたが、今思うと、日本も追い詰められていたのでしょう。終戦はバンドン近くのレンバンで迎えたのです」。終戦の日、インドネシアの空も晴れ渡っていた。皇軍不滅をひたすら信じてきた藤田にとって、日本の敗戦は信じがたく、いいようのない虚無感だけが心の中に残った。「神国日本の敗戦です。どうしようもなく悔しかった」と藤田はいう。

一九四五（昭和二〇年）九月下旬、イギリス・オランダの連合軍がバンドンに入ってきた。レンバンにあった藤田の部隊は集結させられ、連合軍の捕虜となった。赤道直下の炎のような太陽の下で、使役の捕虜は、毎日トラックに乗せられバンドン市内のどぶさらい、橋梁の修理、建築物のペンキぬり、オランダ人宿舎の改装等の現場に運ばれた。昨日の敵に使われる惨めさは、屈辱的だった。毎日のノルマが決められ夕方四時まではみっちり働かされた。

そんな時、「ミスターフジタ、故郷はどこだ」と、使役の合間を見つけて、声をかけてきたのは米軍日系二世のサナダという中尉だった。

「サナダ中尉にはかわいがってもらいました。人目につかないところでそっと菓子を私のポケットに入れてくれました。彼も辛かったのでしょう、父母の国である日本との戦争は。いろいろ話をしました。故郷のこと、彼の両親のこと、彼の両親はアメリカ移民で、だから彼も日本語が上手でした。しかし、結局は彼を裏切ることになりました。しかたないですよ、私は敗戦国の軍人ですから……」

来る日も来る日も使役の仕事に変化はなかった。次第に割り切れぬ思いが、藤田の心の中に鬱積してくる。「敗れて、なおかつ、日本帝国の軍人が使役を……」。面白くなかった、ただただ面白くなかった。「当時の気持ちは複雑で、今でもちゃんと説明できない」と藤田は戸惑いの表情を浮かべた。

一九四六（昭和二一）年元旦。その日も朝から晴れていた。内地にいれば門松を立て、正月を一家で祝うはずだが、捕虜に正月はない。いつもと同じようにトラックに乗せられ橋梁修理に向かった。オランダの兵隊は使役の日本人を降ろすと、ノルマが終わる夕方までは顔を見せることはなかった。

藤田は軍属の石田、草加（ともに出身地等不明）とともに、太陽が頭上に来る時間を見はからって逃亡した。この時刻がもっとも暑く、周囲の注意が散漫になるからである。三人は修理中の橋から一目散に脇道に駆け込み、インドネシア人の待つ場所まで逃げた。簡単な脱走だった。

藤田たち三人を待っていたインドネシア人とは、レンバンのインドネシア独立軍の兵士であった。数日前から藤田は、彼らに連絡をとっていたのである。この当時、日本人収容所にはインドネシア人が夜ごとに現れ、食料を売りに来た。そのたびに日本兵のシャツや靴下は食料にばけていった。食料を売るばかりでなく、インドネシア人は顔見知りの日本兵を見つけては、独立戦争に加わるよう誘っていたのだった。

そのレンバンの独立軍に、寺岡がいた。二人の最初の出会いである。

「私はインドネシア青年たちに武器の扱いや戦闘のやりかたについて、教えました。やがて、日本人狩りが始まったのです。あちこちで日本人が殺られたという話を聞きました。何しろ、あああいう時代ですから、誰が赤だか青だかわかりません。皆殺しです」

藤田のいう「日本人狩り」とは、次のようなことである。インドネシア独立宣言後の一九四五

（昭和二〇）年九月八日、連合軍先遣隊七人がジャカルタに落下傘で降下した。その後、連合軍が続々と上陸してくると、インドネシア側もその年の一〇月にインドネシア人民治安軍を結成した。そしてインドネシア人民が各地で蜂起し、独立戦争への火の手をあげた。インドネシア側の戦力の中核となったのは郷土防衛義勇軍や兵補等、かつて日本軍が指導してきた補助部隊の出身者だった。一方、上陸した連合軍は日本軍に対して武器の接収、治安維持の命令を出す。日本軍は戦いに敗れた上に、兵補や郷土防衛義勇軍といった昨日の友を敵としなくてはならない立場に陥った。各地で日本軍とインドネシア独立軍との衝突が起き、その狭間で日本兵や軍属等が離隊していった。彼らは各地で独立軍に入りオランダ軍と戦うことになる。このことに気づいたオランダ軍は、日本人に懸賞金をかける等「日本人狩り」を始めたのである。

「バンドンのインドネシア軍にも離隊逃亡した日本兵が集まっていて、そこで日本人狩りがあったという話は聞いていました。一九四六年の二月か三月頃のある日、レンバンの私の部隊に日本人狩りがあるという情報を、部下のインドネシア兵が持ってきました。私は殺されると思い、すぐに日本人の宿舎にかけつけたのです。みんなぐっすりと寝込んでいて、私が入っていったのもわからないほどでした。私は彼らをたたき起こし、逃がしたのです。その宿舎に、寺岡もいました。私がいかなかったら間違いなく全滅でした」

寺岡にとって藤田は命の恩人なのである。

これまで、私は「インドネシア独立軍」とか「部隊」といった言葉を使ってきたが、実態は我々が思い浮かべるような、軍隊ではない。藤田は「軍隊といっても兵器らしいものは何もない。竹槍をもってオランダの機動部隊と戦えっこありません。私たちは所属する部隊を独立軍、正規軍等といっていましたが、統一された軍隊の組織があるわけではないのです。各地の青年が集まってつくった武装集団が広いインドネシアのあちこちに勢力を持ち、戦っていたのです。戦国時代のようなものです。ひどいのは盗賊と変わりませんでした。その中で強いものが生き残っていきました」と、当時の状況を語っている。

藤田の見たインドネシアの一九四六（昭和二一）年は、まさに混乱の渦中にあった。事実、一九四六年から四七年にかけて、インドネシア側は民族戦線の対立や共産党のクーデターなどの内部対立が起き、オランダ軍の第一次侵攻作戦で苦戦を強いられた時期であった。

からくも日本人狩りを免れた藤田たちは、再びレンバンの周辺の山中で独立軍に合流する。オランダ軍とこぜりあいが毎日のように続き、その最中、寺岡は日本人狩りで捕まってしまった。

敗走

一九四八（昭和二三）年一月一七日、米艦レンビル号上で国連安全保障理事会任命の仲裁委員会斡旋により、インドネシアとオランダの休戦協定が調印された。レンビル協定である。ジャワ島に停戦ラインを設け、両国軍の兵力の引き離しを図ったこの協定で、西ジャワ・バンドンを中心にして戦闘を展開していたインドネシア軍三万五〇〇〇人は、中部ジャワのジョグジャカルタ以東のインドネシア共和国領に移動を開始する。マホメットがメッカを放棄しメディナに移住した故事にならって、インドネシア側が「遷都作戦（ヒズラ）」と名付けたこの展開は、多くの残留者の証言によると、まさに敗走そのものだった。

バンドンからジョグジャカルタまでは、直線距離にして約三五〇キロ。移動は列車によるものばかりではなく、徒歩で移動せざるをえない兵も多くいた。とくに残留元日本兵の場合、日本人と見破られることを恐れ、ほとんどが徒歩で移動した。十分な食料も持たず、マラリヤ巣窟のような山中をかきわけて敗走することは、死をも意味していた。赤道直下の太陽は容赦なく敗走する兵士たちを焙り続けた。

この年の七月末から八月にかけて、レンバンの藤田のいる部隊に撤退命令が下った。ジョグジャカルタに向けて出発したのは一二人の日本人。藤田の記憶によれば、菊池源吾（元陸軍上等兵／福島県出身、九〇頁参照）、谷村、鹿沢、宮下、佐藤、吉田、小野、北村、現地名を名乗っていたムデン、モスタバ、サムスデンである。菊池以外については出身地や部隊名などはわからないという。藤田は菊池のことを「命の恩人」といった。

撤退命令を受けた一二人の日本人は、小銃で武装し、日本人同士という気楽さも手伝って、鼻唄まじりで気軽な旅に出るような気分で、ジョグジャカルタに向かった。明るい陽光が山いっぱいに差す朝の出発は、行く手に悲惨な運命が待っていることなど想像だにさせなかった。藤田は最初はのどかな撤退行だったことをこう強調した。

「まさか、またぐ敷石が三途の川に、そっと吹く風が無情の風に変わるなどとは……。何も知らない我々は本当に気が軽かった。小銃を持っていることも心強い気分にしてくれました。昔流にいえば、まわしカッパに三度笠、腰に一本脇差しを、旅から旅の渡り鳥、といったようなものでした」

事実、バンドン郊外を抜け、いくつかの山を越え谷を越えたが、オランダ軍の攻撃はなかった。独立戦争中の兵士の食料は、通過した集落で現地調達するのが普通だった。好意的な集落が大半を占めたが、周辺から窺うだけではその集落が敵か味方かわからないことが、最大の問題であった。集落に近づくこと自体がそもそも危険なのだが、現地調達に頼らないかぎり戦闘を遂行することはできない。山中の集落に栄養価の高い食べ物があるはずはなく、多少とも食料が多く手に入ると、雑嚢《ざつのう》に入れて持ち歩き、長持ちさせようとしたがすぐに底をつくのが常だった。

携帯用の食料は乾飯が中心だったが、道端に自生するバナナやパパイヤも欠かせぬ栄養源だった。出発時は気楽だった逃避行も、食料不足と容赦ない太陽が照りつける熱帯性の気候に、体力は日ごとに衰え、気力さえも次第になくなっていった。

バンドンから五〇キロほど行ったガルト一帯は二〇〇〇メートル級の山々がつらなり、山間は、ジャングルと化している。一行の目的地、ジョグジャカルタまでは、まだ三〇〇キロの距離があった。

ガントール山を越えタシクマラヤ近くの山中にさしかかった時、突然暗雲がたちこめ激しいスコールに襲われた。雨は滝のように降り落ち、地に落ちた水は激流となって山道を削り、一行は立ち往生を余儀なくされた。

その時、木陰から黒服に赤鉢巻きの武装した一〇人程の男たちが現れた。「止まれ《ベルヘンティ》！」と、その中の首領らしき男が叫んだ。男たちは銃を突きつけ、「お前たちどこに行くのか、正規軍か」と聞いた。菊池がインドネシア語で「そうだ」と答えた。菊池は一九三七(昭和一二)年に召集され、華中戦線、ビルマ戦線などを歴戦し実戦経験は豊富だった。しかし、インドネシア語がそれほど堪能ではない。彼らのいったこと全てを理解できたわけではなかった。一行は雨の中を連行された。夕闇が迫り、あたりが暗くなってきた。

部落に入ると一行は村長の家に連行された。若者の一人が「日本人部隊だ」と村長に説明した。村長は笑みを浮かべて一行を迎えたが、菊池は村人の表情に冷やかなものがあるのを感じ取っていた。一行の労をねぎらった村長は、インドネシア独立を説き、「宿と食料を提供するから十分に休養をとってくれ」と、村はずれの小屋に案内した。夕食をむさぼるように食べたあとも、菊池の心の中は晴れなかった。

「なぜ村長は自分の家ではなく村はずれの小屋をえらんだのか。泊まるのは別としても、食事の接待は、村長の家で十分だ。何かある」と思ったと、菊池はあとで藤田に語っている。一行は疲労困憊《こんぱい》していた。久し振りの屋根の下という安堵感も手伝い、ほとんどの者が腹がふくれると

ジャワ島 ガルトのジャングル

寝息をたてて眠りだした。菊池の不安感はつのった。村長は敵か味方か、もし、敵だとしたら一二名の命は手榴弾一発で十分だ。いつの間にか雨は止み、月が出ていた。その薄明りの中で藤田の目が菊池の目をとらえた。菊池の目は藤田に「危険だ！」と合図していた。菊池はビルマでは英軍に包囲され、食料が底をつき、草木まで食べながら逃げのびた経験を持っていた。幾度となく危地を乗り切ってきた菊池の目には説得力があった。藤田は、声を殺して他の者に「様子が変だ！ 危ないぞ！」と伝えた。

戸外で音がした。全員息をひそめた。歩哨の交代時間のようだ。「日本人は、皆殺しだ！」と歩哨の声が聞こえた。菊池の背筋に冷たいものが流れた。菊池は、皆を集めると「猶予はならない、時を見て脱出する」と静かに告げた。それからほぼ一時間、一行は息を殺して待機した。長い長い時間であった。月明かりに歩哨の姿が見えた。歩哨は小屋の入口に座り、小銃を抱きかかえ居眠りを始めた。菊池の行動は的確だった。彼は小屋から素早く出ると一気に歩哨の首をしめて失神させ、銃を奪った。万一にそなえて藤田は援護の構えでいたが、あまりの手際の良さに驚かされた。全員が素早く脱出し、ただひたすら逃げた。

ガルト山中の道はけもの道に近かった。二時間ほど走った。誰も声を出す者はなかった。菊池が全員を止め「もう大丈夫だろう」といった。いつの間にか、月は頭上にあがって山の稜線をうっすらと映し、まるで水墨画を見ているようだった。危険を脱した安堵感から佐藤が「やれやれ命拾いをした」と問いかけるようにいったが、誰も答える者はいなかった。腰をおろすと眠気がおそい、誰がいいだすというわけでもなく、その場に眠った。

山中の朝は冷えた。藤田が目を開けると佐藤が、がたがたとふるえていた。藤田は額に手をやった。ふるえはマラリヤ熱によるものだったが、どうすることもできなかった。朝もやの中、はるか彼方に、逃げてきた村が一望できた。村の周辺を武装した集団がとり囲んでいる。オランダ軍に違いなかった。村人が連絡したのだろう。朝の静寂をやぶって、銃声が聞こえた。静かな山間にはふつりあいな銃撃音が、山間にいくつもこだましていった。一行は無言のまま、眼下に広がる光景を見ていた。菊池の機転がなかったら今頃は蜂の巣になっていたところだった。マラリヤの佐藤が「ケケケ」と笑った。奇妙な笑いだった。

当時の資料によると、藤田一行が敗走したガルト一帯はオランダ軍が占領しており、それまで遭遇しなかったことのほうが幸運であったといえる。この頃、オランダ軍はインドネシア側に日本兵がいることを知ると、「日本兵の居場所を知らせた場合、日本兵を生存のまま捕らえた場合、日本兵を殺害した場合」とランクをつけ懸賞金をかけていた。ただオランダ軍もゲリラ戦となる山中には積極的に攻め入っていない。

一二人の日本兵は足をひきずりながら、ジョグジャカルタの方角に歩き出した。

白い砂

ガルトでの事件から三日目、一行はインド洋に面したチパトジャという小さな町にたどりついた。野宿しながらの敗走は、全員の体力と気力を失わせていた。チパトジャでやはり敗走するインドネシア人の将校に会い、少々の糧秣をもらったがすぐになくなった。やせ衰え、ぼろをまとった一行の姿は、浮浪者の一団のようだったが、インドネシア兵もまた戦火の中で同じような生活を強いられていた。藤田の記憶にも、正確な月日はない。多分、一九四八(昭和二三)年九月の頃のことだったろうという。レンバンを出てから二カ月近くがたっていた。

チパトジャで休憩したあと、一行は海岸線づたいにジョグジャカルタに向けて出発した。海岸線を選んだのは、オランダ軍の手がまだインド洋側に及んでいないと判断したからである。マラリヤのひどい佐藤は、仲間の肩につかまり、時々うわ言をいった。生き延びるため歩いた。が、歩くたびに体力は容赦なく照りつける太陽に吸い取られていった。それでも気力の残っていた菊池は一行のリーダーとして、彼らを安全な場所に逃避させることを考えていた。太陽が高い日中の一〇時から二時頃までは、木陰で体を休め、体力の消耗を最低限に抑えようと努力した。チパトジャから数日間歩くと、海岸線は白い砂浜が目立ち、次第に木が少なくなっていった。一行は砂の固い波打ち際を歩いた。足に打ち寄せる波は冷たく気力を取り戻せるような気がした。

「この海が故国日本まで続いている」。そう思うと藤田は涙を止めることができなかった。行けども行けども白い砂と打ち寄せる波が続くだけだった。ある日、菊池の肩につかまっていた佐藤が突然、「家だ、家があるぞ」と叫んだ。誰も佐藤の声に反応しなかったが、たしかに、白浜の海岸にとり残されたようにポツンと立っている小屋があった。周囲を竹で編み、屋根は椰子の葉でふいてある典型的なジャワ地方の小屋だった。漁をする時の番小屋だろうか。ところどころ竹の壁に穴があるが、それでも風雨を避けるには十分だった。藤田は装塡した銃を構え、恐る恐る小屋の中をのぞき、無人であることを確認すると皆に合図を送った。一行は小屋になだれ込むように入り、そのまま横になり眠った。

小屋での生活が始まった。心身ともに疲れきっていた彼らにとって、一時ではあっても、そこには戦場を忘れさせる憩いがあった。料理が好きな藤田は、炊事を引き受け、一番元気な菊池が食料の調達に飛び回った。しかし、平和な日々は長続きはしなかった。

菊池が、ある集落でもち米と羊の肉を手に入れた。彼らにとって望外の食料だった。そして、

藤田たちが敗走したジョグジャカルタ近くの海岸

それが死を呼ぶことになるとは思ってもいなかった。

　それまでろくなものを食べていなかった彼らは、内臓の機能が極端に低下していたのである。菊池はそのことをよく知っていた。小屋の外で菊池は羊の肉を焼き、できあがると「少しだけにしろ」と何回も皆にいいながら、肉を分けていった。

　鹿沢が突然、肉に食らいついた。「たらふく食って死ねれば本望だ」といって、がつがつと音をたてて食べ始めた。菊池が「死ぬぞ！　死ぬぞ！」と何度もいったが、鹿沢は聞こうとしなかった。腹一杯食った鹿沢は、あくる日に発熱し、三日目の夕方、二、三回シャックリをすると、満足そうな笑い顔を残して死んでいった。疲れ切っていた藤田は、涙も出なかった。藤田は鹿沢の頭を膝の上にのせると、末期の水の代わりに、小さなオレンジを絞って唇《くちびる》を湿らせた。鹿沢の死を菊池と藤田だけが座って見送ったが、他の者は立ったまま無表情で眺めていた。まるで感情が失せているようだった。間もなく小屋の中に死臭がただよった。竹の壁からこぼれ落ちた白い砂がさらさらと音をたてた。

インド洋の荒波は彼らの不幸とは関係なく轟《とどろ》き、水平線の彼方には真赤な太陽が沈もうとしていた。菊池は「マンゴーの木を墓にする」とつぶやくと、一人で小屋から鹿沢の遺体を運び、一〇メートルほど離れたマンゴーの木の下に埋めた。鹿沢を埋葬する菊池を手伝う気力が、藤田には湧かず、小屋から手を合わせ、戦友に最後の別れをした。マンゴーの木はまだ実をつけない若木だった。

その数日後から、一人、また一人と歯が抜けるように死んでいった。生き残った者たちも、栄養不良に加えて南海岸地帯の風土病やマラリヤに冒されて、顔や手足がぶくぶくとむくみ始めた。「足をかいてくれ」とある時、谷村がいった。藤田は膨れあがった谷村の足をさすってやった。かいてやっても、こすってやっても谷村は「足をかいてくれ」と何回も催促した。まるで悪夢を見ているようだった。薬もなく、できることといえば、なるべく体力を消耗しないように寝ていることだけだった。動くこともできない彼らには、食料を探すこともできず、日増しに顔色が悪くなっていくのがわかった。

ある日、若い宮下は「うまい水をくれ」とつぶやくようにいうと、這うようにして砂浜に出ていった。皆が気づいた時には白い砂を握って死んでいた。やがて満ちてきた波が宮下の顔に打ち寄せ、汚れた顔を洗った。

小屋にきて何日がたったたろうか。毎日が、白い砂と太陽と死の間にあった。ある日、吉田が「小銃を掃除するからかしてくれ」と藤田にいった。吉田は手渡された小銃をいきなりこめかみにあて引金を引いた。鈍い音が小屋をつき抜け、波の音に消えた。周りの者はビクッと体を動かし、吉田を見た。藤田も吉田の顔を見たが、驚きも悲しみもなかった。むしろ吉田が羨ましく思えた。全員がただ吉田の死顔を見ていた。

菊池は病人の世話をしながら食料を必死になって探した。気力に衰えの見えない彼は、悪夢の現実から一人だけ逃れることも可能だった。しかし、菊池は戦友を置き去りにはしなかった。仲間は次から次へと死んでいった。谷村、佐藤、サムスデン……。菊池は食料探しから帰ると、留守中に死んだ戦友のために、砂を掘って埋葬するのが日課のようになっていた。

ついに藤田も病に倒れた。残っていた七人のうち、動けるのは菊池一人になった。藤田は菊池に「いっそのこと、俺を撃ってくれ」と頼んだ。が、彼は首をたてに振ろうとはしなかった。藤田の体力は日ごとに落ち、太陽が白く見えてきた。それでも「おい、死ぬなよ、生きるんだ！お前に死なれたら、わしも困る。生きてくれ！」と励ます菊池の声を聞くと、わずかに残っていた生への執着が動いた。「生きたい、生きて故国に戻りたい、おふくろに会いたい」と思った。看護の合間をぬって菊池は「何か栄養のある物を探してくるから死ぬなよ」といっては、食料探しに出かけた。

ある日、菊池が猪に似た、死んだ野豚を持ち帰った。畑を荒らしたために罠にかかったのだろう。肉はすでに腐り始めていた。インドネシア人の多くはイスラム教徒のため豚を食べないことが幸いした。菊池は野豚を海水で洗い、焼き、藤田に「おい、食べろ、食べるんだ。食べて元気になってくれ」と差し出した。肉は腐りかけてはいても、得がたい食料だった。野豚一頭分は残った七人がしばらく食いつなぐに十分な量であった。七人は毎日その肉を食べ、食べるにつれて体力が回復していくのがわかるほどだった。菊池は実戦を通じ、生き残るために必要な多くのことを知っていて、貴重な肉は塩水につけ、火に通して保存した。

野豚を口にしてから一〇日がたつと、起き上がることのできないほど衰弱していた藤田は、立ち上がり、歩けるようになった。死の直前で藤田は、菊池の手厚い看護によって救われたのだった。七人は再び、ジョグジャカルタに向け出発し、インドネシア国軍と合流した。

再会

一九五〇(昭和二五)年八月、インドネシアの独立をバンドン近くのチアンジュール山中で迎えた藤田は、チレボンに下った。よく晴れ上がった日だった。独立戦争をともに戦ったインドネシアの戦友に、藤田が別れを告げると、彼らは「これからインドネシア国軍は良くなるのだから残ってくれ、私たちも藤田のよいように取り計らうから」と離隊を止めた。しかし、藤田の離隊の決意は固かった。「我々は独立戦争あっての日本人だ。インドネシアが独立した今となっては必要ない。祖国に帰った日本人を代表して、インドネシアとの約束は果たした。あとは君たちの力で国をつくってくれ」。離隊後の心配はあったが、きっぱりといった。

チレボンでは、しかし、戦後間もなくのことで、職がすぐに見つかるはずはない。足を棒のようにして見つけ出したのが華僑の用心棒だった。日本軍時代、独立戦争時代を通して戦火をくぐってきた藤田にとって、経験を活かせる仕事だった。

ある日ジャカルタから帰ると、一人の薄汚れた日本人が倉庫の前にたたずんでいた。藤田は驚いた。レンバン山中で日本人狩りに遇い、オランダ派のインドネシア武装集団に拉致された、懐かしい寺岡の顔があったからである。「寺岡、お前、生きて……」。あとは言葉にならなかった。藤田は寺岡の肩を抱くと、背中をばんばんとたたき、二人は男泣きに泣いた。戦火をくぐり抜けた再会であった。寺岡は、拉致されたあと逃走し、独立戦争に参加していたのである。

その日、藤田と寺岡はチレボンの中華料理屋でしこたま酒を飲み再会を祝った。金は華僑から前借りした。翌日から、二人組のトラック野郎兼用心棒稼業が始まった。彼らのおもな仕事はチレボン―ジャカルタ間の華僑の荷物輸送であった。二人は車を交互に運転し暗い夜道を突っ走った。「貴様と俺とは同期の桜……」。二人のがなりたてるような歌と、車の轟音《ごうおん》がジャワ山中にこだましていった。賊に襲われた時は、銃を撃った。恐いものは何もなかった。稼いだ金は二人の酒代へと消えていった。二人はその後、自動車修理会社や運送会社を転々とし、一九六五（昭和四〇）年、寺岡はスマラン市中央郵便局の自動車修理部に勤め、藤田は同じスマランで自動車のシートカバーを製作する仕事を始めた。

残留元日本兵の中で、二人は経済的に恵まれていないほうである。そのことについて藤田はこういう。

「独立戦争が終わったあと、山を下りるのが遅すぎました。そのころ、日本の商社が次から次とインドネシアに入ってきていました。そのことを知らなかったのです。その頃はインドネシア語は不自由なく使えましたから、もっともやりやすい仕事は、日本の商社に現地採用されることでした。しかし、山から下りるのが遅すぎたんです。やっと仕事が順調にいきだしたら、このとおりの半身不随です。我々からは一生、貧乏神が離れません」

実際、残留元日本兵の多くが独立戦争後、日本の商社に現地採用され、日本とインドネシアの懸け橋になり現在にいたっている。人間には運、不運というものがある。仮に山から下りてきたところがジャカルタのような大都市であったなら、二人の戦後の人生は大きく変わっていたに違いない。

藤田と寺岡は、戦後をひっそりと、人知れず友情を温めて生きてきた。それはまた独立戦争という大義名分と日本軍の脱走兵という汚名の狭間で生きた戦後でもあった。藤田は寺岡との友情、祖国日本のことを福祉友の会の乙戸にあてた書簡（寺岡代筆）の中でこう書いている。

「寺岡の顔が見えると、私の気持ちは途端に明るくなる。生きる喜びを無意識ながら自覚するからであろうか。あるいは退屈さから解放される楽しみからだろうか。自分自身の心の動きがはっきりと感じられるほどである。彼と話している時が一番楽しい。故国のこと、戦争のこと、独立戦争のこと、思い出を語りあっていると、自分の体の不自由なことも忘れてしまう。そんな時無意識に体を動かそうとする。しかし、体は動かぬ。現実に気づき『ああ、やっぱり』とやりきれぬ思いに襲われる。

寝たきりの私はよく日本の食べ物の夢を見る。夢で食べる寿司、そば、屋台のワンタンの味が誇張されて思いだされる。それらの故国の食べ物は、二度と食べることがないと思えば思うほど、おいしさがますのである。

二年半も寝たままでいると、わが身ながらつくづくいやになることがある。このまま死んでもよいと思うこともある。子どものうち、娘二人は女学校へ、息子は高等学校に通っている。仕事のほうは息子が学校から帰ってくると女房とやってくれる。しかし、まだ一切を任せるまではいっていない。そのうちにわかってくれるものと思うが、私は家族のためにまだ生きねばならない。この世の生きもの全ては神から命をさずけられたものである。神の意志に逆らうことはできない。寿命のくるまで生きる努力をしなければと考える。

私の国籍はインドネシアである。しかし、私は日本人である。国籍を変えることはできるが、日本人であることは一生変えることはできない。私にとって日本は故国である。懐かしく恋しい国である」

藤田は出征して以来、日本の土を踏んでいない。そのことを尋ねると、「日本ね……。何の未練もありません。おふくろは死にました」といい、しばらく沈黙した。おふくろという言葉を藤田は、たしかめるように、一音一音区切っていった。

スマラン市で藤田と寺岡の取材を終えた数カ月後、私はインド洋の荒波が押し寄せるチパトジャの海岸に足を運んだ。枝を生い茂らせたマンゴーの木が、白い砂の岸辺に点在している。菊池の手でその根元に五人の残留元日本兵が埋葬されたという木が、どれなのかはわかるすべもなかったが、あの時若木だったマンゴーの墓標も、もう四〇年余を過ぎてたわわに実をみのらせているに違いなかった。日本で生を受け、異国の戦争で死ななければならなかった人生とは、何だったのだろうか。私は一本の木に向かって手を合わせていた。

藤田の話を聞いた一年後、私はジャカルタで菊池と会った。

ジョグジャカルタで藤田たちと別れた菊池は、その後、東ジャワのウリンギにいた日本人部隊に加わり、東ジャワ一帯で独立戦争を戦った。

戦後の一〇年間、菊池は漁師や自動車修理工などで生計を立てたが、生活は苦しかった。一九五八（昭和三三）年に日本とインドネシアの間で戦後賠償が締結されると、日本の企業がインドネシアに進出してきた。菊池はその頃から、鹿島建設、大成建設などの工事現場で働いた。ジャカルタのインドネシアホテル、ジョグジャカルタのアンバルクモホテル、バリ島のバリビーチホテルなど、日本人のよく泊るホテルは菊池がかかわったものである。その間、藤田との交流について、菊池は自分から触れることはなかった。多分、お互いに生活するのが精一杯だったのだろう。菊池の独立戦争中の部下には、戦後インドネシアの高官になった者も多いという。しかし、菊池が生活のために彼らをわずらわせたという話は、他の残留元日本兵からは聞かなった。ただ、菊池の話の中で「日本から来る観光客は、俺が建てたホテルだということは知らないだろうな」と語ったさびしそうな表情が、今も私の記憶に残っている。

一九八五(昭和六〇)年一一月一五日、寝たきりの藤田を残して寺岡は死んだ。子息からの手紙には、父親の死が短い文章で書かれていたが、死因については一切触れていなかった。一九八八(昭和六三)年、ジャカルタに住んでいた菊池が、亡くなった。菊池もまた故郷の土を踏むことはなかった。

断章　第一部——残留元日本兵の戦争と戦後

取材の思い出

以降、各章の間に挟み込むかたちで掲載する「断章」の第一部から第四部では、私がインドネシア各地の残留元日本兵の方々にお会いした時のインタビューを中心に構成し、彼らの太平洋戦争ならびに独立戦争の思い出や現在の生活等を語ってもらったものである。冒頭でも触れたが、インドネシアはジャワ島やスマトラ島などの大きな島を中心にした群島国家で、各地にばらばらに住む彼らに、事前に連絡をとることは実に難しく、ほとんどが突然訪問する結果となった。約一二〇人の方にお会いしたが、経歴を追った確かなインタビューができたのはその中の半数にすぎない。

出会いの中で多くの思い出が私の心の中に残っている。元陸軍雇員の宮原永治（台湾出身）や元陸軍准尉の喜岡尚之（香川県出身）は、私の顔を見ると、つまらん話はやめて酒でも飲みに行こうや、といつも軽快に私のインタビューをかわした。ジョグジャカルタ郊外に住む元屑鉄組合の田中幸年（東京都出身）は、私の顔を見るなり、お前らマスコミは適当に書くからなと怖い顔をして怒ったが、私の職業を知ると、宿まで提供してくれ夜を徹して飲み明かした。メダンの元陸軍雇員の田中秀雄（台湾出身）にはスマトラ島のアチェを案内してもらったが、護身用にと小さな刀を手渡された。またバリ島の元陸軍伍長の平良定三（沖縄出身）は、子息の結婚式に招待してくれた。バリ島のきらびやかな民族衣裳の結婚式は実に感動的で、インドネシアに溶け込んだその姿になぜかほっとしたのを覚えている。

日本が敗戦したあとも、日本軍の指揮系統や軍規がひき続き維持されていることは、読者にとって奇異に映るに違いない。また敗戦後も日本軍が無傷の戦闘能力を持っており武装解除をしていないこともわかりづらいことと思える。これは終戦処理に時間がかかったために起こった。ジャワ島やスマトラ島に実際に連合軍が上陸してくるのは、一九四五（昭和二〇）年の一〇月頃からで、インドネシアの独立戦争の騒乱の中で、上陸してきた連合軍は日本軍の警護なしではしばらくの間行動できなかったという。とくにオランダはインドネシア再植民地化の野望の中で、武装した日本軍を治安維持にあたらせた事実も改めて付け加えておきたい。

敗戦後の日本軍の兵士の意識を、スマトラ島で近衛捜索連隊にいた工東太一は、「戦後も完全武装のまま軍隊は存続しており、一九四六（昭和二一）年五月二八日、復員のためメダンに終結するまで武装は解除されなかったから、敗戦の実感はまったくなかった」と話している。実に敗戦から九カ月後の武装解除ということになる。

私がもっとも神経を使ったのは、残留元日本兵を「離隊」と表現するか「逃亡」とするかということであった。この章の中でも離隊逃亡といった複雑な言葉を使っているものもある。それはどちらかに規定することが困難だからである。逃亡は敵を前にして戦闘することを自ら忌避することを意味し、これは旧軍刑法によれば銃殺刑に処せられる重罪となるが、離隊は逃亡の罪とは

ジャワ島の日本兵たち（昭和 18 年ごろ）

異なり、離隊の手続きが正当になされたかどうかが焦点になる。しかしインドネシアの戦後の混乱の中で正当な離隊手続きをすることは、実際には不可能に近かった。文中では離隊という言葉を使ったが、インタビュー時には「逃亡兵だよ」と自らいう人もいた。

独立戦争参加者数

残留元日本兵について分類すると次のようになる。①日本兵（陸海軍の兵士、憲兵、収容所関係の兵、義勇兵の指導教官、海軍特別警察隊員など）②軍属、雇員③一般邦人④特務機関員である。

元ジャワ第十六軍参謀、宮本静雄の書いた『ジャワ終戦処理記』によると、ジャワ島全体で軍人の逃亡者・残留者は大尉一名、少尉三名、准尉一名、曹長一四名、軍曹三〇名、伍長二五名、兵長三六名、上等兵三六名、一等兵三四名、二等兵一三名となっており、下級軍人が多いということができる。また軍属は五三名、一般邦人三一名となっている。

ジャワ島、スマトラ島などインドネシア全体では、残留した日本人は、一〇〇〇名とも二〇〇〇名ともいわれているが、敗戦の混乱の中で実数を正確につかむことは困難だったと推測される。福祉友の会が厚生省未帰還者名簿(昭和三三年作成)をもとに、一九八〇(昭和五五)年にまとめた調査結果では次頁の表のようになっているが、二〇〇五年の再調査では九〇二人になっている。次頁の表には、インドネシアが独立を達成した後、日本に帰国した者、独立戦争中にオランダに逮捕され日本に送還された者、あるいは独立戦争中オランダ軍の海上封鎖を突破し、インドネシア国外に脱出した者は含まれていない。それらの調査はまだ行われていないが、その数は少なくとも五〇人はくだらないといわれている。

離隊・逃亡・残留の動機をあえて類別すれば、①戦犯になることを恐れた、②インドネシアの独立のために挺身した、③戦陣訓を忠実に守った、④日本の荒廃を聞き、現地に残り一旗あげようと思った、⑤現地結婚し妻子がいた、⑥インドネシアが好きであった、⑦帰るべき故郷が日本領土でなくなっていた、⑧自暴自棄になった、⑨独立軍に拉致された、等に分けられる。

実際に一九七八(昭和五三)年から八〇年まで三年がかりで残留者調査にあたった福祉友の会の乙戸昇は、調べられたのはジャワ島とスマトラ島だけであり、スラウェシ島やニューギニア島

	ジャワ・バリ地区	スマトラ地区	その他の地区	計
独立戦時の戦病死者	一一七名	一三〇名	―	二四七名
独立戦後の死亡者	四八名	七〇名	―	一一八名
行方不明者	六四名	一五〇名	二四名	二三八名
生存者	一〇四名	七一名	二名	一七七名
合計	三三三名	四二一名	二六名	七八〇名

などは調べる手だてがなかったと話している。私の取材もジャワ島、スマトラ島、ボルネオ島、バリ島、スラウェシ島に限定され、マルク諸島やニューギニア島には足を運んでいない。福祉友の会の調査は一九八〇年時点での生存者一七七名の情報であり、それ以前に亡くなった方の情報は含まれていない。残留元日本兵の所在が明確になるまでには、福祉友の会の乙戸や会員ならびに福祉友の会協力会の工東らの血のにじむような努力があった。調査は、各地に散在する残留者が情報をジャカルタの福祉友の会に寄せ、それをまとめ、日本の工東に連絡をとり、彼に全面的に協力した読売新聞大阪本社社会部の記者、山田武弘に連絡したというものであった。

一方、残留元日本兵の里帰りについては、福祉友の会で厚生省（現在の厚生労働省）に働きかけ、二回に渡り未帰還者特別援護措置による一時帰国（里帰り）を実現させたが、問題は経費をどう捻出するかであった。一時帰国の旅費について厚生省は、ジャカルタ―日本間の旅費ならびに国鉄の運賃を受け持ったが、インドネシア各地からジャカルタまでの旅費と帰国の準備費用の約六〇万～七〇万ルピア（約一二万～一三万円）は含まれていなかった。よそ行きの服をつくったり、インドネシア国内の旅費を工面することは、平均収入が月三万ルピア程度の生活では難しく、福祉友の会ではこれらの費用をインドネシアで事業を営む残留者や日本企業からの寄付で捻出したが、その労苦は並たいていではなかった。

二回の里帰りに協力した工東は、残留元日本兵の悲劇についてこう語る。

「多くの日本人は、インドネシア残留者の真の実態は知らない。一時帰国した残留元日本兵は、今は亡き父母の墓前に親不幸を詫び、己の背信を嘆き許しを乞うていた。しかし、これらの戦争の犠牲者に対して詫びなくてはならないのは誰なのだろうか。インドネシアに、祖国を捨ててまで残留せざるをえなかった根源は何であったのだろうか。彼らは日本帝国の命に背いて、自己の意志で離隊、インドネシアに残留したと自分で自分にいい聞かせ自分を信じようとしている。だが、インドネシアの国籍をとるまで日本人であったことに対しては、日本政府は積極的な対応を図ろうとしない。繰り返すが、独立戦死者名簿は『福祉友の会』会員が血のにじむような思いで調査したもので、日本政府が調査作成したものではないのである。

また、残留者が国家の命令に背いて離隊したと断定する者がいるが、独断と偏見によるものであろう。一方的に故なき汚名をきせ、逃亡者扱いにするのは国家による『棄兵』に加担するものではないだろうか。これらの戦争犠牲者に対して背を向け続けてきたのは国家ではなかったのか。そのことを為政者たちは猛省すべきではないだろうか。

インドネシア共和国に対して第二次大戦前に犯した数々の軍の罪と横暴に対して我々は省りみることは少なかった。我々こそインドネシア共和国に対して犠牲を強制した加害者であったことを忘れてはならない。一時帰国者たちが流す涙を目の前に見て、このような日本人を再びつくってはならないと深く感じた」

工東はスマトラ島で終戦を迎え、実際にインドネシアの終戦後の混乱を体験している。戦争の悲惨さは、残留元日本兵自身の人生が証明している。

独立後の残留元日本兵

独立戦争直後、残留者がついた職業は、トラック輸送の用心棒、漁師、物売りなど多種に渡り、異国での生活の基盤をつくるためには相当の苦労があった。一九五〇（昭和二五）年になると、日本は朝鮮戦争の特需景気で復興のきざしが見え始め、インドネシアにもシンガポール経由で「連合軍占領下の日本製」の雑貨類が入るようになる。一九五二（昭和二七）年には、日本人が商用でインドネシアに来るようになり、インドネシアに駐在員を置き、残留元日本兵も日系企業の仕事につき始める。一九五八（昭和三三）年には、戦争賠償協定の締結がされ、日本から日系企業の進出が目立つようになり、残留者は多くの職種で活躍するようになる。

三菱商事ジャカルタ駐在次席・本社参与になった村上隆、鹿島貿易ジャカルタ駐在所長になった狭間照隆（元陸軍軍曹・大分県出身／一九七九年チレボンで死去）、木材合板会社アシトラ・グループの役員になった故小泉敏雄、塩化ビニールの会社メイワ・インドネシアを設立した乙戸昇など事業で成功した人も少なくない。

また、残留者の二世もインドネシア国内航空の女性パイロットやパナソニックの役員になったり、米国に留学するなど多くの分野で活躍を見せ、残留元日本兵の足跡が二世三世に移りつつあることを証明している。

なお、本章に登場する方々の個人データのうち、「職業」はその人の人生に大きくかかわったものをあげた。また、九割近くがイスラム教徒である。

＊見出しに続く個人データは以下のとおり。

①元日本軍所属・階級②現地名③生年月日④出身地（現在の都道府県、市の名称）**⑤現住所⑥戦後の職業等⑦家族⑧その他**

ハリマオ・ジャパン

元海軍上等兵曹・寺岡守一の場合

寺岡守一――①元海軍上等兵曹②ダライ・テラオカ③一九二〇（大正九）年一月一八日④広島県尾道市⑥自動車修理工⑦妻と子ども一人⑧ジャワ島スマランで一九八五（昭和六〇）年一一月二五日、死去

中部ジャワのスマラン市の貧しい集落の片隅に、寺岡の家があった。壁はいたるところに亀裂が入り、柱やドアのペンキもところどころ剝げ落ちていた。四畳ほどの大きさの居間の壁の中央には戦艦大和と、彼が尊敬する撃墜王といわれた加藤健夫・隼戦闘隊長の細密画がかけてあった。寺岡の描いたものである。「私は加藤中佐を神のようにあがめております」と寺岡はいった。

細密画の顔は寺岡によく似ていて、彼の心の中では大戦からの時間が途切れずに流れているようだった。

「私は終戦後、連合軍の治安維持軍に配属されました。警備にあたったバンドン市では、日本軍の武器をめぐってインドネシア独立軍との小競り合いが頻繁に起きました。独立軍にとって我々の武器が標的でした。いつ殺られるかわかりません。私は身の安全を考え離隊逃亡し、独立軍に参加したのです」

寺岡は集落の住民に愛され尊敬されていた。集落の人たちと話をする寺岡。一九八四年八月二三日、寺岡の自宅で

寺岡はこの集落では「ハリマオ・ジャパン」（日本の虎）と呼ばれていた。

「ハリマオ・ジャパンはむかし遠い東の国からやってきた。その頃、この国はオランダの植民地だった。彼はこの国の独立のために戦った英雄だ」

そう語ったのは集落の路地で会った天秤をかついだ菓子売りの男だった。「建国の父」と呼ばれているスカルノ元大統領と同じように、寺岡も「建国の士」として尊敬されていた。

懸賞金五〇〇〇ギルダー

元憲兵軍曹・青山久一の場合

青山久一――①元陸軍憲兵軍曹②ムハンマド・アリ・アオヤマ③一九〇四（明治三七）年一一月二八日④石川県金沢市⑥日本料理店経営⑦妻と子ども八人⑧スマトラ島メダンで一九八五（昭和六〇）年七月二六日、死去

「戦争中にスマトラ島メダンで連合軍の捕虜収容所の所長をしていた私は、戦後、連合軍の呼び出しを受けました。捕虜になったオランダ人たちは待遇の改善を要求しましたが、私は応じなかったので、私の顔は捕虜が覚えていたはずです。出頭すれば銃殺は間違いない。だから上司の憲兵隊連隊長も、何もいいません。祖国の繁栄のために出征したわけですが、日本が戦争に敗けてしまっては、自決も馬鹿らしくてできません。人間生きていればこそ、いいことだってあるのです。

私は離隊逃亡の道を選びました。連隊長から兵器をもらい、それを奪ったということにして、夜陰にまぎれて逃亡しました。連隊長にもちかけて芝居をうったのです。私が逃げおおせた頃を見計らって、『逃亡兵だ』と彼が叫んで発砲する手はずにしたのです。私が勝手に武器を奪って逃亡したわけですから、誰も責任は問われない。個人の逃亡となれば、連合軍も手のつけようが

ないからです。

独立戦争中はいろいろやりました。戦闘より怖いのは密告でした。私の首には懸賞金がついていて、オランダ軍に持っていけば五〇〇〇ギルダーにはなりました。

戦争で一番悲劇なのは民衆です。肉親を引き裂かれ、祖国はなくなります。なのに戦争はなくならないのです」

右が青山、左は独立戦争を一緒に闘ったというインド系インドネシア人のムハンマド。一九八四年八月六日、メダン市の青山の経営する「レストラン横浜」の前で

布団爆弾

元陸軍上等兵・菊池源吾の場合

菊池源吾――①元陸軍上等兵②ラチャマド・キクチ③一九一七（大正六）年一二月二五日④福島県⑤ジャワ島ジャカルタ⑥土木業等⑦妻と子ども一人⑧一九八八（昭和六三）年一〇月二八日、死去

「インドネシアでは日本軍の上陸後、大きな戦闘はありませんでした。ビルマ戦線の悲惨な戦争に比べて、我々はジャワの天国、ビルマの地獄、生きて帰れぬニューギニアといっていました。ジャワでは食べ物も武器も豊富でしたから、誰も戦争に敗けるとは思ってもいませんでした。八月一五日に玉音放送がありましたが、ザーザーといってほとんど放送は聞こえず、もう少しで日本が勝つからという励ましの言葉だという者もいました。私は一九三八（昭和一三）年、中国に派兵され、その後、ビルマで泰緬鉄道の建設に従事しました。

離隊は泰緬鉄道のまくら木一本につき、日本人一人が戦犯になると聞いたからで、日本には一度も帰っていません。敵前逃亡の負い目もありますし、今さら帰る気もありません」

菊池は独立戦争中、旧日本軍を離隊逃亡した約二〇人の日本人とインドネシア青年五〇人で編成された日本人部隊に加わった。菊池は華中戦線での経験をもとに布団爆弾（生ゴムの袋に火薬を

入れ、針金を信管がわりにする爆弾）を考案した。「菊池の爆弾はすごいものでした。敵のトラックを兵士ごと吹っ飛ばし、まず失敗することはありませんでした」と語るのは、ともに戦ったジャカルタ在住の元憲兵の小野寺忠雄である。

菊池は郷里から飛行機の切符を送られたこともあるが「私は昔の人間です。今さら恥ずかしくて他人の力でオメオメと帰れません」といい、ついに故国に帰ることはなかった。

菊池（中央）は写真を撮られると直立不動になってしまうと笑った。その左は近くに住む元陸軍軍属、吉良勝利。一九八四年七月一五日、ジャカルタの菊池の自宅前の路上で集落の子どもたちと

遠い幻影

元陸軍軍属・宮本英重の場合

宮本英重――①元陸軍軍属②ムハンマド・スヤフェイ・ミヤモト③一九二〇（大正九）年九月二一日④三重県熊野市⑤スマトラ島タンジュンバレー⑥建築請負業等⑦養女とその子二人⑧一九八八（昭和六三）年二月二六日、死去

一九八四（昭和五九）年八月五日、スマトラ島タンジュンバレーにある宮本の自宅を、木村実（元陸軍軍曹）の運転する車で訪ねた。

私が「宮本さん、今年でいくつになりましたか」と聞くと「わしかい……そうだな……四〇になったかいな」。宮本はすでに六〇歳になっているはずである。日本の話をすると、彼はうめくように「帰りてえ」といった。それから空を見上げて大粒の涙をこぼした。一九八二（昭和五七）年の厚生省の未帰還者に対する特別援護措置の時には彼の名も候補にあがった。しかし、日本に引き取り手はなかった。だから宮本は終戦以来、一度も日本に帰っていない。

宮本はインドネシア人の妻と別居し、今は養女ノルアニの世話になっている。宮本に連れ添う養女が「パパはこのところ、日本のことをよく話している。パパを日本に帰らせることはできないだろうか」といった。が、彼が故国に帰るすべはない。娘の言葉が聞こえたのか、宮本はつぶ

やくように、「ふるさとは、あまりに、とおい、げんえい、です」といった。

　案内役の木村実が帰りの車の中で「宮本さんには内地に妻子がいるんですが、連絡が取れないのです。妻子を捨てたことを怒っているのでしょう」と淋しそうにいった。

宮本は昔の記憶もはっきりせずに寝たり起きたりの生活だった。後ろは養女のノルアニとその子ども。一九八四年八月五日、宮本の自宅で

故郷は遠くで

元陸軍上等兵・富永定仁の場合

富永定仁――①元陸軍上等兵②イスマイル・トミナガ③一九二一（大正一〇）年一月二日④福岡県福岡市⑤ジャワ島チレボン⑥製材業・鉄工業等⑦妻と子ども一人⑧一九九三（平成五）年二月一二日、死去

「最近は日本語がわからなくなりました。軍隊では必要なこと以外しゃべらなかったので。とくに最近の日本語はわかりません。福岡市の立原飛行場にあった第八十八飛行場中隊に入隊して上官に叩かれました。私は福岡弁しかしゃべれないのです。上官が正しい日本語をしゃべれというのですが、子どもの時からの言葉は直せないのです。私は将校のいうことだって間違っていたら聞きませんでした。銃剣術は絶対にやりませんでした。アメリカさんが自動小銃で武装しているのに、どうしてこんなことして勝てるのかと喰ってかかりました。だからビンタはメチャクチャ張られました。

終戦はスマトラ島パレンバンで迎えましたが腹がたちました。勝った勝ったで来て、急に負けたのです。終戦の時の気持ちは今でもわかりません。命がけでやってきたのに嘘ばかりつきおって、だから戦争に負けたのです。終戦の報せは部隊からありました。兵隊はメチャクチャになっ

て、鉄砲でやたらに空や木などを撃ちまくりました。私は危ないので逃げました」

軍隊での苦々しい経験を悔しそうに語った富永は戦後一度も帰ってない日本のことを、

「故郷は……遠くで見るからいいのです。父も母も死にました。一九五四（昭和二九）年、日本に連絡したら私の墓もすでにできているとのことでした。私は日本に帰る気持ちはありません」

といった。

富永は戦争の話になると「馬鹿らしい」を連発し、「見るからいいのだ」といった。一九八四年一二月三〇日、チレボンの仕事場で

失われた故郷

元陸軍伍長・勢理客文吉《せりきゃくぶんきち》の場合

勢理客文吉――①元陸軍伍長②イスマイル・セリキャク③一九一九（大正八）年四月二六日④東京都・硫黄島⑤ジャワ島ジャカルタ⑥雑貨店経営⑦妻と子ども三人⑧一九九五（平成七）年五月二七日、死去

「硫黄島出身の私には帰る故郷はありませんでした。故郷はもう、日本の領土ではなくなっていたからです。一九四五（昭和二〇）年三月一七日の硫黄島玉砕のことは、自分の週番兵が知らせてくれました。私はいてもたってもいられぬ気持ちでした。硫黄島は、全てが焦土と化し、家族も全員死んだと思いました。だから、終戦をスマトラ島のテビンテンギーで聞いた時、すぐに離隊の覚悟をしたのです。短銃三丁、小銃一丁で武装し一人で離隊した私は、スマトラ島ピマタンシャンタルのインドネシア憲兵隊に入り、ここで兵士の教育と兵器の修理にあたりました。最初は親、兄弟の仇と思いながらも、インドネシア人の独立の熱意にふれ、のめり込んでいきました」

一九六二（昭和三七）年、メダンにいた勢理客はメダン領事から、軍属であった父の松と兄の幸一は硫黄島で戦死したが、母のはると姉のせつ、妹の春子は伊豆大島に疎開して無事だったと

右から勢理客、妻のマリア、末娘のマリアチュンと孫たち。一九八五年二月一六日、ジャカルタの勢理客が経営する雑貨店の前で

知らされた。母親が大使館に連絡してきたのだった。その時のことを勢理客は「体に温かい血が流れるように感じ涙が出てしかたありませんでした。家族との楽しかったことが次から次に思い出され、父と兄の戦死を本当に残念に思いました」といった。

経済的な理由で帰れなかった勢理客は、一九七五（昭和五〇）年四月、日本の戦友会・十南会有志の招きで祖国の土を踏んだ。三六年ぶりの姉妹との再会は胸がつまり言葉にならなかった。しかし勢理客をもっとも気づかっていた母は、数年前に老衰で亡くなっていた。

後悔

元陸軍一等兵・相沢喜一郎の場合

相沢喜一郎――①元陸軍一等兵②ウスマン・ルビス・アイザワ③一九二二（大正一一）年四月一五日④東京都⑤ジャワ島ジャカルタ⑥新聞販売店勤務⑦妻と子ども六人⑧一九九九（平成一一）年五月一七日、死去

「日本が無条件降伏をしたということは、一生米英の奴隷になることだと思いました。それに戦時中メダンの宮三八一一部隊自動車修理分隊で兵補教育をしたインドネシアの教え子が毎夜やってきて、独立のために戦ってくれ、武器を持ってきてくれと私を説得し続けました。どうせ殺されるのならと、帳簿もれの三丁の銃と五〇発の弾丸を持って逃亡したのです。

独立戦はひどいものでした。山の上から石を投げたり、落としたり、竹槍に弓で、近代兵器で武装しているオランダ軍と戦うわけです。

戦後はアンボン島に住んで、日系の商社で働きました。一九六五（昭和四〇）年頃のことですが、港に入ってきた日本の船が日の丸をつけてました。信じられませんでした、日本は戦争に負けたのですから。日の丸を見たら懐かしさで泣けました。その時、あの船に乗っている日本人と自分とはもう別の人間なのだと思いました。

乗組員が、あんた日本人だろうと声をかけてきて、船に上がると彼らは、私を風呂に入れてくれ、日本食を食べさせてくれました。その時、日本に帰ったほうがよかったのだと思いました。しかし、私にはすでにインドネシア人の妻と五人の子どもがいました。

戦争ですか、ああいうみじめなことは、二度とやってほしくないです。しかし、結果的にはよかったんですね、自由にものをいえる時代が日本に来たのですから……」

相沢はインドネシア軍の軍服がよく似合った。胸につけているのは英雄勲章等の略章。一九八四年七月二八日、相沢の自宅で

岸壁の母

元陸軍上等兵・吉永速雄の場合

吉永速雄――①元陸軍上等兵②ジャパル・ヨシナガ③一九二〇（大正九）年一〇月二〇日④高知県⑤ジャワ島ジャカルタ⑥漁業・日系企業勤務等⑦妻と子ども四人⑧一九九二（平成四）年七月六日、死去

「私は尋常高等小学校も出ずじまいで、一七歳の時に満州に渡り日本人の店を手伝いました。満州浪人というやつです。

一九四一（昭和一六）年三月満州で召集を受け高知の朝倉四十四連隊に入隊し、四月に関東軍南方方面援助部隊に配属されましたが、五、六回も脱走して、その度に憲兵に捕まりました。その間、人殺しばかり習っていたという気がします。

独立戦争の時は、オランダ軍が私の首に懸賞金をつけました。生きたままでも、死んでからでも首を持っていったら一〇万ルピーです。そりゃ一〇万ルピーといったら大変なものでした。米一キロ、一ルピーもしない時代でしたから。

今、離隊の理由を説明するのは難しいことです。よい言い方をすればインドネシア独立のためですが、我々は激流の時代に流された小木です。こなごなに砕けました。

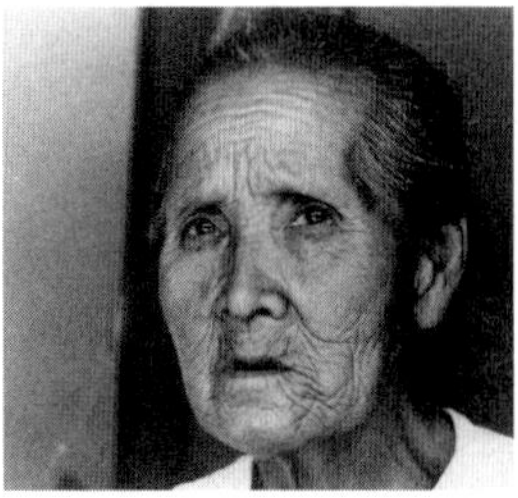

戦後、吉永の帰国を岸壁に立って待ったという母うしお

太平洋戦争、独立戦争と二つの戦争を生き延びた吉永は、インドネシアでの生活は苦しいといった。1986年8月19日、ジャカルタのステアブミ通りで

私は、東京オリンピックの前に一度日本に帰国しました。おふくろは毎日、岸壁に立って私を待っていたそうです。妹から聞かされ胸が痛みました。『岸壁の母』という歌はその時、知ったのですが、私にとってはおふくろの歌です。

私はインドネシアに妻子がいて、日本に残ることはできませんでしたが、両親に会えたことは幸せでした」

一生物として生きたい

元南方屑鉄統制組合嘱託・田中幸年の場合

田中幸年――①元南方屑鉄統制組合嘱託②アブドル・ロシド・タナカ③一九〇七（明治四〇）年一〇月二〇日④東京都⑤ジャワ島ジョグジャカルタ⑥インドネシア空軍保養所管理人⑦妻と子ども八人⑧二〇〇八（平成二〇）年に一〇一歳で里帰り後、一二月四日、死去

田中幸年は一九四二（昭和一七）年六月、南方屑鉄統制組合嘱託としてジャカルタに上陸した。いわゆる屑鉄組合の西ジャワ地区要員である。

「西ジャワのバンドンを中心として屑鉄を集めるのが私の仕事でした。私は民間人でしたから、インドネシア人にも親しみを感じました。集落を回り屑鉄を集めていた関係で、終戦を知ったのは一九四五年一〇月、バンドンに集結させられて帰国命令が出された時です。私の頭には熱い南進論が叩きこまれていました。日本が敗けることは私の頭の中にはありませんでした。この時、私の中の何かが崩れ落ちていったのです。だから私は国を捨てたのです。もう国家の大義に振り回されることのないただの一生物として、石を嚙んでも生きていこうと思ったのです」

一九四六（昭和二一）年、田中は戦前、交際のあったバンドンの警察長官のすすめでインドネ

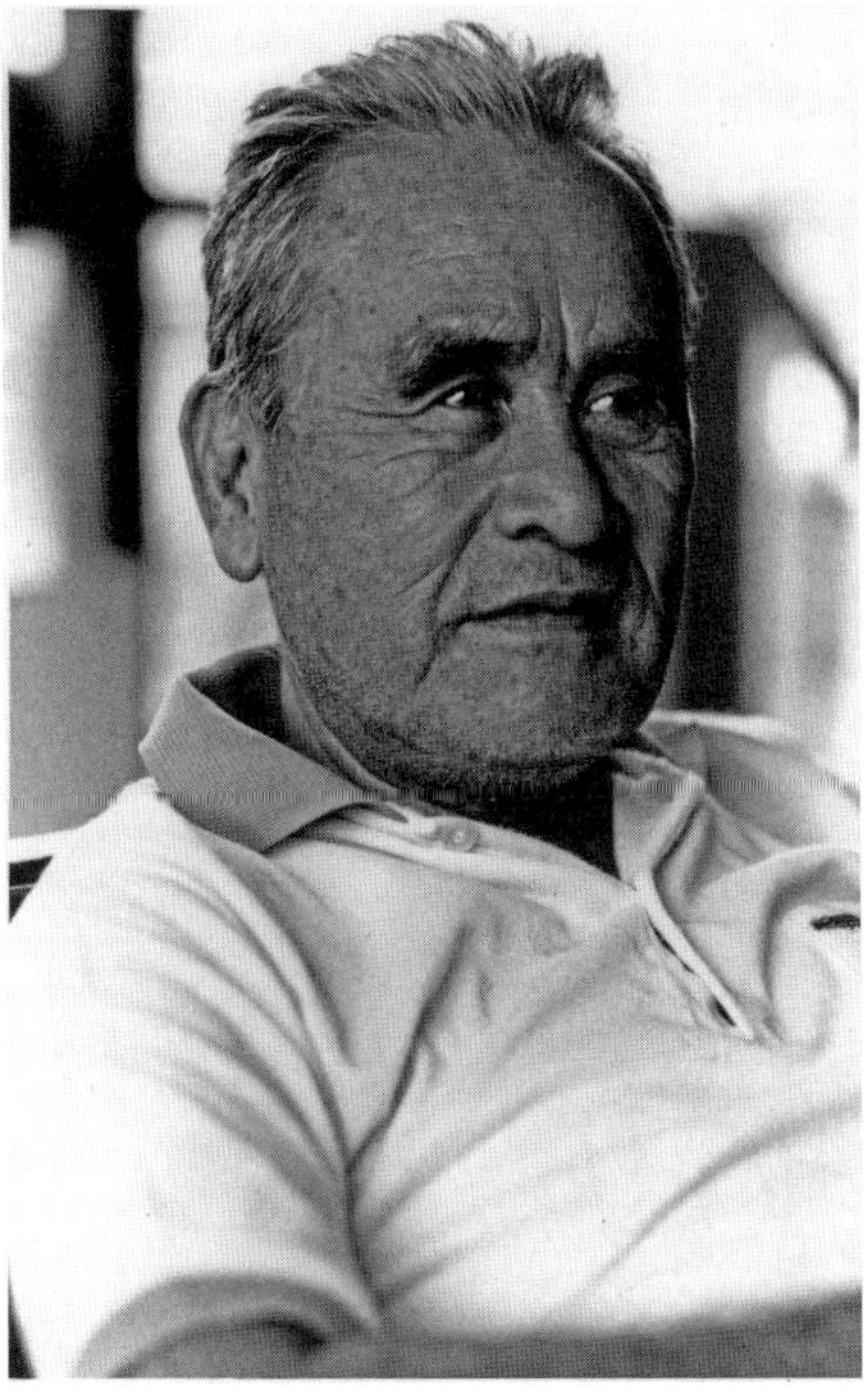

1945年、バンドンで田中の秘書だった妻のエリウスとの記念写真

田中幸年。1984年8月26日、ジョグジャカルタ郊外のカリウラン、インドネシア空軍保養所で。カリウランは軽井沢のような気候だった

シア空軍に入った。一九四九（昭和二四）年に肺を患い空軍の療養所で療養生活を送り、一九五一（昭和二六）年、ジョグジャカルタ郊外カリウランの空軍保養所の管理人になった。屑鉄組合時代の秘書で、後に田中の妻になったエリウスによく似ているという末娘の二〇歳になるヨシコを紹介された私は、その気立ての良さと美貌に、田中が残留した本当の理由は、もしかしたら、奥さんとの恋ではなかったのだろうかと思った。

戦死公報

元陸軍上等兵・林京一の場合

林京一――①元陸軍上等兵②ハッサン・ハヤシ③一九二〇（大正九）年九月一七日④和歌山県⑤ジャワ島スラバヤ⑥日系企業勤務⑦妻と子ども五人⑧一九八七（昭和六二）年九月二六日、死去

「日本が敗けたらしいという噂は聞きましたが、事実の確かめようがありませんでした。我々スラバヤ陸軍航空隊長岡隊の小隊八人は、兵補等を使い一年前からスラバヤ近くのブロモ山麓の岩山に穴を掘り、爆弾や燃料等を運び、管理していました。アメリカが来たら山中にたて籠って最後まで戦うというようなことでした。まもなく現地人に、ここにいるとインドネシア青年団に殺されるから、といわれ、戦友五人と集落の区長の家に案内されたのですが、そこで拉致され、区長にインドネシアの独立のために力をかしてくれと誘われ離隊したのです。

その時の状況では内地に帰れるかどうかも不明でしたし、オランダ軍の捕虜になって殺されるならと、インドネシアの独立軍に身を投じたのです。いま思うと早合点でした。けれども、当時のことを考えると、あれが最上の判断だったのです。殺されずに日本に帰る早道だと考えたのです。

日本を出た時、息子の照雄は、まだ生後二カ月の乳飲み子でした。毎日のように妻と子の夢を

林のアルバムから。左の家族写真の眼鏡が林、その右が妻で、抱かれているのが長男の照雄。あとは親戚の子どもたち

見ましたが、日本に帰れるあてはありません。ですから、忘れよう忘れようとしました。忘れるためにインドネシア独立軍に戦闘を教え、彼らといっしょに戦いました。戦闘をしている時だけ、日本のことを忘れていられたのです。しかし、静寂がおとずれると妻と子のことを思い出しました。日本に残してきた妻と連絡をとるのは不可能で、日本の状況もわかりませんでした。独立戦争が終わり、金ができたら、日本の妻子のもとに帰りたい、という思いだけが心の支えだったのです。

帰国するつもりで和歌山の留守宅に連絡をとったのは一九五四(昭和二九)年のことです。しかし、妻はもう私が戦死したものとあきらめて再婚をしていました。しかたのないことです。妻も子どもをかかえ戦後の日本を生きていかなくてはならなかったのですから……」

林は帰国をあきらめ、四年後の一九五八（昭和三三）年ジャワ島出身のワキナと再婚する。

林の留守宅には一九四七（昭和二二）年に戦死公報が届いていた。厚生省の記録によると、「昭和二〇年九月六日、行方不明による離隊」とある。戦死公報が届いても数年の間、妻は「生きているかもしれない」と夫の帰りを待ち続けた。しかし、夫からの便りはなかった。

一九五四（昭和二九）年、死んだはずの夫からの便りに妻は驚愕した。それ以上に驚いたのは長男の照雄であった。照雄は述懐する。「父から便りがあったのは中学一年の頃でした。僕の写真をほしいということでした。家を捨てた人に渡すことはないと抵抗したことを覚えています」。思春期の少年には、林は母と子を捨てた非情な父と映ったのである。

一九八二（昭和五七）年一〇月二六日、未帰還兵の里帰りで林は戦後四〇年ぶりに日本の土を踏んだ。成田空港で四〇歳になった照雄の顔を見た六二歳の林はただ泣くばかりだった。浅黒い父の顔には、息子の知らないいきびしい人生が深いしわとなって刻まれていた。

照雄は成田空港での記者団のインタビューに「短い滞在なので、父の望みどおりにしてあげたい。この再会が終戦直後だったらもっとうれしかった」と複雑な胸のうちを語った。

再婚した妻は空港への出迎えをこばんだが、周囲に説得されてようやく、かつての夫と対面する決心をした。再会は、生まれ故郷の清水町で町をあげての歓迎会の席上でなされた。

林は、甥の林太一の家に落ち着くと「この美しい故郷を四〇年間忘れたことがありません。友人や親類の人たちに会えてもう思い残すことはありません」と涙ながらにいった。翌日、故郷の八幡山にある祖先の墓にむかって、「いろんな事情で長い間帰ることができなかった。私の罪の全てを許してください」といって涙を流した。故郷での親類、知人、同級生の歓迎会の席でも、林はただ「申し訳なかった」といって深々と頭を下げるだけだった。わずか二週間の故郷の生活だったが、それでも林は心の傷が癒えるように感じたという。

帰国後の一九八七（昭和六二）年四月、林は熊谷組のジャカルタ出張所の総務係として勤務していたが、胃がんで倒れ、ジャカルタの陸軍病院に入院し胃の切除手術を受けた。二カ月後に退院しスラバヤの自宅に帰り、療養する林を、照雄が八月二日に見舞いに訪れた。術後の経過はかんばしくなかったが、照雄の顔を見ると力強く手を握った。照雄が去ったあと、林の気力が次第に衰え、二週間後の九月二六日、生涯を終えた。

愛車の前でインドネシア軍の軍服を着た林。独立記念日は軍服を着て儀式に参加した。一九八五年一月二七日、ジャカルタの社宅で

勇敢な戦友の死

元陸軍兵長・酒井富男の場合

酒井富男――①元陸軍兵長②ムハンマド・スマルト・サカイ③一九二二（大正一一）年三月一九日④大阪府東大阪市⑤ジャワ島スラバヤ⑥トラックの運転手・ダム工事等⑦妻と子ども七人⑧一九八五（昭和六〇）年五月九日、死去

「一九四五（昭和二〇）年八月一五日、私はジャカルタの第九航空通信連隊にいました。通信には四種類あり、そのうちの一つ、機密通信が終戦間際、頻繁に入ってきました。機密通信は重要通信ですから、そう多く入るはずがないのです。しかも、それがほとんど捕虜収容所あてのものでした。おかしいと思っているうちに終戦です。

私は日本に原爆が落とされたという情報から、日本に帰っても仕事がないだろうと思っていました。私は四男ですし、二〇歳で兵隊にとられて実社会を知りません。

戦後の混乱期に日本に帰って何ができるというのでしょう。私の部下だったインドネシア人の兵補に独立のために通信技術が必要だと誘われ、バンドンの独立軍に入ったのですが、通信機などありませんから、軍刀をつくっていました。自動車のバネが最高の軍刀の材料でした。その後、日本人部隊に入って、東ジャワを舞台に独立戦争を戦いました。

右から妻のルカヤ、酒井、孫のアデアナンデタ、次男のスリャント。一九八四年八月一九日、スラバヤの自宅前で

独立戦争中のことで今も思い出すのは若林の死です。一九四九（昭和二四）年一月三日、山中を行軍中にインドネシア兵が背負っていた重機関銃が暴発し、後ろを歩いていた若林が即死したのです。その場で大きな石で墓標をつくりました。皆は口々に、これは勇敢な戦死だといいました。それが若林への一番いいはなむけの言葉だと思ったのです。若林の出身地も、名前が本名かどうかもわかりません」

独立戦争後、若林の遺骨は酒井たちによってジャワ島マランのダンピット英雄墓地に埋葬された。

母への預金通帳

元陸軍雇員・熊崎省三の場合

熊崎省三——①元陸軍雇員②スマルソノ・クマザキ③一九一八（大正七）年九月三〇日④岐阜県中津川市⑤ジャワ島ジャカルタ⑥自動車工場勤務⑦妻と子ども三人⑧一九九一（平成三）年六月四日、死去

「一九四五（昭和二〇）年の一〇月中旬、連合軍は上陸してきましたが、私は引き続きバンドン地区のマルガハウという小さな飛行場の庶務関係の仕事についていました。私はおめおめと日本に帰り連合軍に使われるなら、インドネシアの独立のために死のうと考えるようになりました。一一月一六日、岡本曹長（名と出身地不明）から、明日午後四時、脱走するが一緒に来ないかと誘われ、決断したのです。私が当番だった翌日の衛兵長（衛門の責任者）を青木伍長（名と出身地不明）に代わってもらい、インドネシア独立戦争参加への意志を伝え、帰国できたなら私の両親にと、預金通帳を渡しました。

翌一七日午後四時、私は『母さん、わがままを許してくれ』と心でいいながら、岡本曹長とともに、車に軽機関銃と拳銃二丁を積み込んで離隊しました。ジョグジャカルタの独立軍に入った三週間後、バンドンの日本軍に武器供与交渉に行けと命令を受けました。もはや我々は日本人で

はない、インドネシア人ハッサン（後にスマルソノと改名）と名乗って面会しようと覚悟を決めました。バンドンで第二七混成旅団司令部の馬淵少将や参謀将校に面会し、トランク二個の日本軍の軍票と被服を受け取ることで合意し、馬淵少将に昼食を御馳走になりました。食事をしながら離隊の動機や父母のことなどを聞かれたのですが、とくに母のことを聞かれると胸が痛みました。終戦前まで少将といえば偉い人で、一雇員の私などは話をすることは考えられず、独立軍の代表として扱われている自分に、本当に日本人でなくなったのだと感じたのを覚えています。それでも戦後、内地と連絡がとれ、預金通帳が無事母のもとに届いたと聞いて安心しました」

独立戦争中、独立戦争の英雄スデルマン大将軍と行動をともにしたという熊崎は、民族衣裳がよく似合った。一九八四年一二月二三日、ジャカルタの自宅で

独立軍が使った日本軍の 38 式歩兵銃

インドネシア各地で見られる竹槍を持つ独立兵士の像

第二章　望　郷

——元陸軍伍長・土岐時治の場合

召集令状

一九八四（昭和五九）年一一月のある朝、私はスマトラ島パレンバン市の北西約一二キロの距離にあるベトト空港に降りた。パレンバンから約一〇〇キロ離れたプラブムリ市に住むハルジョー・ドキ（元陸軍伍長・土岐時治／石川県出身）を訪ねるためだった。土岐とは事前に連絡がつかなかったが、行けば何とかなるだろうという勘があった。もし会えなければ、パレンバンの街を撮影すればよい。

ベトト空港は太平洋戦争の始まった翌年の一九四二（昭和一七）年二月、日本軍の落下傘部隊が、油田地帯を制圧するために降りたところである。当時パレンバンにはアメリカ資本のスタンダード系のスタンバック社、オランダ・イギリス資本のロイヤル・ダッチ・シェル系のバターフセ・ペトロリアム社の二大製油所があって、アメリカ・イギリス・オランダからの石油の輸入を止められた日本は、両社あわせて年産八〇万トンを上まわる石油を手に入れようとしたのである。パレンバンの東部地区にある製油所は、戦後はインドネシア国営のプルタミナ石油公社によって生産管理されている。

ベトト空港から見たパレンバン市内の上空は鉛色の雲がたれこめ、今にでもスコールが襲ってきそうな気配だった。空港からタクシーに乗り、市内へ通じる二車線の道路に入った時、大粒の雨が降りだして沿道の熱帯樹木が風雨に激しくゆれた。私は風雨に耐える樹木の生命力のたくましさの中に、残留元日本兵の波瀾に満ちた人生を重ねていた。

パレンバンは、ムシ川の河口から約一〇〇キロ上流にあり、川の両岸に細長くのびた町である。川岸にはパサール（市場）が開かれ、朝夕は人々で混雑する。ムシ川には、野菜や魚を満載した小舟が往来し、川岸から蛸《たこ》の足のようにのびた水路には、水上生活者の集落がいくつもある。

パレンバンの街に入ると、風雨は去り雲の切れ間から青空が見え隠れしていた。タクシーは水溜まりに入ると泥水をはねとばし、そのたびに運転手は、「気にしない《テダ・アパ・アパ》、気にしない《テダ・アパ・アパ》」を大声で連発した。インドネシアでは多少のことはこの言葉で解決されるのだった。予約してあった市内のスワルナデワパホテルに着くと、立派な口髭に似合わず人の良さそうな運転手は、「車が必要だったら呼んでくれ」といって白い歯を見せて笑った。運転手はスパルノと名乗った。

その日は一日中、人力車《ベチャ》に乗り、市内のパサールやイスラム教寺院を撮って、夕方ホテルに戻ると、今朝のスパルノが駐車場に立っていた。「明日はプラブムリへ行く」と私がふと車の中で話したことをしっかり覚えていたのだという。

翌朝の六時、簡単に朝食を済ませた私は、スパルノの運転するタクシーでホテルを出発した。まだ人通りの少ないスデルマン通りを抜け、アンペラ橋にかかると、ムシ川には野菜や果物を載せた小舟が水しぶきをあげて往来するのが目に入った。ムシ川沿いの国道を走って約三時間、椰子などの南洋樹木が生い茂る田舎町がプラブムリであった。国道沿いの町の中心部には、数軒の雑貨屋と食堂がならんでいるが、町は閑散としていた。町役場の案内板を見つけた私のタクシーは国道を左に曲がった。

午前九時、オランダ統治時代の建物と思われるしゃれた役場で土岐時治の所在を聞くと「ハルジョー・ドキなら知っている」といって、女子職員が先に立って案内してくれた。土岐はこの町で、独立戦争の英雄、プラブムリ駅の元駅長、ハルジョーとして有名なのであった。

役場からプルタミナ石油公社の白い建物の前を通って、北に回ると羊が草を食んでいる。牧草地を抜け砂利道に出ると「ここから三軒目の奥の家がトワン・ハルジョー（ハルジョーさん）です」と指をさした。私はスパルノを待たせ、女子職員に礼をいって、土岐の家に続く幅一メートルの細い道を入っていった。道の両端は篠の柵があり、その隙間から数羽の鶏《にわとり》が見え、大きな声で鳴いた。砂利道から約一〇〇メートル入った道の突きあたりの白壁に朱色の屋根瓦のこぢんまりした家が土岐の家だった。

幸運にも土岐は在宅していた。ほっとした私に土岐は「神のお引き合わせです。私は昨日の夜行列車でタンジュンカランから帰ったばかりです。昨日でしたら会えませんでした。日本語を話すのは二年ぶりです。孤独ですね……ここにいると日本語をしゃべりたくてしゃべりたくて……」といって喜んだ。土岐は一〇畳ほどの大きさの居間に私を案内し、ソファーをすすめた。この家は一九八三（昭和五八）年に日本に帰った時（厚生省の未帰還者特別援護措置）に、日本の友人から送られた餞別などをもとに建てたのだという。西の窓から木々の葉が風にそよいでいる。ソファーの近く北側の壁に、日本人の若い女性タレントのカレンダーがかけてあった。窓を背にして座った土岐の浅黒い顔には幾すじものしわがあった。

私がノートを出そうとすると、ピンクのブラウスに茶色のバテック（ろうけつ染め）のサロン（腰布）を身につけた色白の若い女性が入ってきて、コーヒーを置き、笑顔で挨拶した。日本人のような顔立ちの彼女を、土岐は娘のハルティだと紹介した。

土岐がインドネシアで結婚した妻ヨマナは七年前に他界し、今は、プラブムリで小学校の先生をしているハルティと二人暮らしである。月三万ルピアの鉄道省の恩給を受けているが、生活は楽ではないと土岐はこぼし、「さあ、何でも聞いてください」といって、話し始めた。

一九一〇（明治四三）年、石川県江沼郡大聖寺町（現在の加賀市）で土岐泰太郎、ふかの長男として生まれた土岐は、地元の山代尋常高等小学校を卒業し、やはり地元の大聖寺川水電会社（現在の北陸電力）に就職した。土岐の自宅に召集令状が届いたのは、太平洋戦争が始まる三カ月前の一九四一（昭和一六）年九月二日のことである。土岐が三一歳の時であった。「あなた、召集令状が来ました。すぐに帰宅してください」と妻・婦美の震える声を勤め先の電話で聞いた。土岐は、青ざめた表情で上司に令状が来た旨をつげると早々に帰宅したのだった。

用紙が赤いことから「赤紙」と呼ばれた召集令状には、「昭和一六年九月一〇日、神奈川県相模原電信第一連隊に午前九時に入隊せよ」とあった。当時、土岐の家族は、年老いた両親と出産が間近い妻（二六歳）、そして、六歳の長男（泰男）と三歳の次男（雄司）であった。その日の夜、隣組の組長が来て挨拶をした言葉を土岐は今でも覚えている。「召集令状が下った由、お国のため御苦労さまです。ご両親、身重の奥さん、それに小さいお子さん二人を残しての出征、ご心配のこととお察し申し上げます。我々隣組は留守宅の面倒をみますから、ご心配なさらず出征してください」。土岐はありがたい言葉だと感じて涙が出た。

やがて親類、友人が挨拶に集まってきた。土岐の妻と母親は台所で酒の支度をし、土岐は来客と酒をくみかわした。初めは湿っぽかった空気は酒の勢いが加わって、ようやくにぎやかになって雑談に話がはずんだ。不思議に不安感はなかった。

翌朝八時、土岐は大聖寺町役場に行き助役の訓示を聞いた。召集されたのは、一九一〇（明治四三）年生まれの約二〇人だった。「諸氏も承知のように、現在日本と米英の国交は悪化しつつある。政府はこの緊迫した情勢に備え、動員体制の準備を進めている。今度の召集は秘密となっています。もし、召集が外国にもれた場合、日本に重大なる不利をもたらす。応召兵は厳に行動をつつしんでもらいたい。また国に捧げた体ゆえ、十分に注意していただきたい」

訓示のあとは予備役将校の兵事指示（入隊するまでの心構えと入隊にかかる諸説明）である。出征兵士の見送りについて旗の掲揚は国旗のみとし、国旗以外の旗の掲揚は禁ず。応召兵は出発の際、軍服を着用、奉公袋（出征兵士が自分で用意する奉公袋と書いた小物入れで、歯ブラシ等の日用品を入れた）は持つことを禁ず。見送り人は少数に制限し、鳴物入り、または長旗の持ち歩きを禁ず。出発は、昭和一六年九月八日、午前一〇時二七分発の臨時列車、前から二両目の指定列車に乗車、乗車は本

人及び付添い一人以外の者は乗車を禁ず。

話が終わると応召兵の一人ひとりに封筒がくばられ、役場の兵事係からさらに説明があった。「この封筒には、諸氏の頭髪ならびに爪を切って入れ、封筒の表には『形見』、裏は氏名、出征年月日を記入し自宅に残すこと」。助役・予備役将校・兵事係の説明を緊張して聞いた土岐は自宅に帰って墨をすり、いわれたとおり封筒の上に筆で形見と書いた。それから初めて家族との別離が実感となった。

出征の準備の慌ただしい日が過ぎ去り、明日は出征という九月七日、土岐は朝から別れの挨拶まわりで親類や友人を訪問した。夕方から送別会が始まった。友人から武運長久と書かれた寄せ書き入りの日の丸を、妻からは千人針の胴巻を贈られて、土岐は感極まった。

客が帰り、静かになった茶の間で土岐は二人の子どもを呼び寄せ、静かにさとすようにいった。台所からは時折、妻と母親の声が聞こえてくる。「お父さんは、お国のために汽車や船に乗り、遠い国に行かなくてはならない。留守中は寂しいだろうがお母さんの言いつけを守り、兄弟なかよく、強く明るく育って、偉い人になり、お母さんを大切にしなさい」。六歳になる長男の泰男が立ち上がり、「父ちゃん、行っちゃだめだよ」と泣きながら土岐の首にすがりついた。三つ年下の次男の雄司が、体ごとぶつかってきた。この子どもたちと離れたくない。生きて帰れる保証はない。そう思うとたまらずに二人の子どもを強くだきしめた。いつの間にか妻が側に座り泣いていた。

「噂によれば南太平洋の戦場に行くらしい。私の生還はないものと覚悟しなくてはならない。もし戦死の公報が入ったら、遺髪を位牌と思い、線香をあげてほしい」と土岐は妻の顔を見つめていった。「私は出征軍人の妻です。覚悟はできています。銃後は守り、子どもたちを立派に育てますから、心おきなく出征してください。ただかわいそうなのは一生父親の顔を知らないお腹のこの子です」。震える声で妻はいいながら、嗚咽とともに土岐の膝の上にくずれた。外では二百十日の風が吹いていた。

土岐は妻のお腹にいる子が不憫だった。父親の顔を見ることがないかもしれないわが子の名前を、召集の日から考えていた土岐は「生まれてくる子どもが男なら雄三、女なら太平洋の洋をとって洋子と名づけてほしい」といいながら、遺言のようだと感じていた。婦美はうなずきながら、「私はいつまでもあなたの妻です。あなたの言葉は忘れません」と泣いた。翌九月八日、土岐は妻のつくった千人針を胴に巻きつけ、万歳の声に送られて汽車に乗った。

令状を受け取ってから出征までの一週間のことを、土岐は今でも克明に思い出すことができる。小さな子どもの手の感触、大きなお腹の妻の姿。話しながら土岐は、何度も何度も涙ぐんだ。

神奈川県相模原電信第一連隊に陸軍通信兵として入隊した土岐は、一〇月一〇日に東京芝浦港から山下汽船の桃山丸に乗船、台湾でマレー半島上陸作戦に向けての南方熱地作戦訓練を受けた後、南シナ海の荒波に揺られ一二月二一日、マレー半島シンゴラに上陸。翌年一月三一日スマトラ島対岸のジョホールバルに進出した。土岐が参加したこの戦闘はマレー作戦と呼ばれた。

一九四二（昭和一七）年三月、土岐の部隊はスマトラ島パレンバンに上陸し、南西に一七〇キロ離れた小さな町ラハトの富五八四〇部隊の分遣隊、天谷中隊平方小隊に配属になった。富五八四〇部隊はスマトラ島ブキテンギーに本部を置く電信隊で、スマトラ島各地に分遣隊を配置し通信網の確保・充実をはかるのが任務だった。平方小隊は約二〇人からなる電信の専門教育を受けた小隊で、ラハト周辺に通信所を設け日本軍の通信業務を受け持った。土岐の任務は新たに設営する通信所の調査・設営・保全、部隊の炊事担当等だった。

土岐の家族。右から泰男、雄司、婦美、洋子

ラハトは古いオランダ植民地時代の建物が並ぶ静かな町で、日本軍の自動車部隊、砲兵部隊等が進駐していたが、戦争の影響は比較的少なかった。一九四四（昭和一九）年に入ると日本軍の戦況は悪化し始め、とりわけその年の七月の初めにサイパン島の日本軍が玉砕したという報せは、部隊に衝撃を与えた。土岐は日本が敗ければ殺されると思ったのだった。その後、日本軍の敗退

の様子は電信暗号として土岐の部隊で次々に解読され、戦局が日増しに悪化していることがわかった。そして一九四五（昭和二〇）年八月一五日、土岐の部隊は日本降伏の報せを聞いた。土岐は敗戦を信じることができなかった。通信隊の隊員がダイヤルを回すとインドのニューデリーからの放送がさかんに日本の敗戦を告げており、さらにダイヤルを回すとラバウルの日本軍から徹底抗戦を宣言するといった通信が入ってきたりした。

土岐が日本が本当に敗けたのだなと思ったのは、八月の末、高松宮殿下が勅使としてスマトラ島にやってきて「戦争は終わったから、戦闘は行わず、全員無事帰国するように」といわれた時だという。土岐の最後の階級は、陸軍伍長であった。

終戦

日本軍の敗戦後、南スマトラのパレンバンの周辺では、日本軍と武器を奪取にきたインドネシア独立軍との間に小ぜりあいめいたものが続いていた。戦闘と呼べるほどのものはなかったが、実力で武器を獲得しようとするインドネシア側と、これを何とか防ごうとする日本側は緊張状態の中に置かれていた。敗戦した日本軍は少なくとも表向きは連合軍の現状維持命令と、敗戦間際に日本軍が決定したインドネシアの独立には不介入という方針を遵守しなければならなかった。ラハトにいた土岐の部隊もまたそうだった。

一九四五（昭和二〇）年八月、連合軍の上陸とともに日本軍はその支配下に入った。土岐の部隊もラハト地区の治安の維持と使役に分けられ、治安維持についた土岐の任務は、四人の戦友とトラックで巡視し、インドネシア側の情報をラハトのオランダ軍地区司令部に連絡するというものだった。

その年の一〇月下旬、土岐はオランダ軍地区司令部から土岐の所属部隊を通じてインドネシア独立軍の情報収集の指令を受けた。土岐の任務は斥候としてインドネシア独立軍の動きを探ることだった。つまり、オランダ軍が放ったスパイの役目を強いられたのである。それが土岐の悲劇の始まりだった。この頃になるとオランダ軍、インドネシア独立軍双方の動きはますます活発になっていった。

一一月のある日、収容所に近いラハトの集落で情報を収集していた土岐は独立軍に囲まれ、目かくしされたまま山中に連行された。一軒の小屋に拉致された土岐の前に尋問のために姿を見せたのは、ラハトの日本軍兵舎で話をしたことのある元義勇兵ウマルだった。彼は独立軍の少佐になっていた。「土岐、貴殿はオランダの手先となってスパイ活動をしているというが本当か」と尋ねられて、かつてインドネシアの独立を彼と約束したことのある土岐は答えようがなかった。ウマルは困惑する土岐を説得した。「我々は貴殿の力がほしい。今ここで我々に協力を誓わなければ銃殺する。銃殺するのはしのびないが、帰すわけにもいかない。どうするか」。目の玉をえぐられて処刑された陸軍憲兵・高橋曹長、花輪伍長（ともに名と出身地不明）のことを土岐は知っていた。選べる道は一つしかなかった。

土岐はその時の状況を次のように語る。「帰りたい一心でした。だから何がなんでも生きようと思いました。ただ妻子に会いたい、生きたいと思いました。独立軍に銃殺されれば犬死です。道は他になかったのです」

土岐が独立軍に入ってからわずか二〇日後に、日本軍はラハトの収容所を去った。その報せを聞いた夜、土岐は一人で泣きあかした。どうしておれだけが残らなければならないのか……ただ己の運の悪さを嘆くだけだった。

ウマル少佐の独立軍に入った土岐は、日本軍が川に捨てた兵器を拾ってきて修理する任務を与えられた。間もなく土岐はウマル少佐のすすめで、ハルジョーと名のる。脱走した日本兵探しのオランダ軍が、土岐の潜む集落にも姿を見せ始め、日本名では危険だったからである。

日本兵に手を焼いていたオランダ軍の追及は、一九四八（昭和二三）年一月レンビル協定後、厳しさを増した。必死になって日本兵を探すオランダ軍は、土岐たちのゲリラ部隊が潜む集落に来て、「日本兵はいるか。日本兵がいたらすぐに引き渡せ」と叫び回った。「我々の独立戦争は、昼は山中に潜み、夜はオランダ軍の通り道に石を落としたり、道路に木を置き行くてをはばみ、竹槍と拾った兵器で戦うゲリラ戦でした。まともな武器もなく、正面から戦ったらとても太刀打ちできません。食うものは少々の米に混ぜたトウモロコシで、ひどい時は木の葉まで食べました。靴はすぐだめになりあとは裸足で、足の裏は裂けていつも血が出ていました」

ゲリラ戦に明け暮れた土岐は、独立達成後の一九五二（昭和二七）年にインドネシア国軍を除隊する。除隊後、土岐はラハトから七〇キロ北にあるプラブムリに行き、知人の紹介で南部スマトラ鉄道省に入局し、プラブムリ通信区に配属され同地に住むことになる。一九四一（昭和一六年）年の出征から一一年目にようやく手に入れた安穏な生活であった。

鉄道省に勤めて二カ月後、インドネシアに住むのならと、上司に紹介されたのがプラブムリに住んでいた二四歳になるインドネシア女性のヨマナだった。日本に妻がある土岐にとって、ヨマナとの結婚は悩んだ末の選択だった。結婚した翌年の一九五三（昭和二八）年に長男のスギアンドが生まれ、次々と三男四女をもうけた。鉄道省では、三年目には通信区長となり、二〇年間勤務して、一九七二（昭和四七）年にプラブムリの駅長を最後に定年退職したが、その間の生活は決して楽なものではなかった。日本でも当時の公務員の給料は低かったが、インドネシアでも同様で、妻が乾電池の包装の内職などして生活がやっと成り立つといった具合だった。

独立達成後、土岐は日本に帰らなかった。帰ろうとしなかった。それどころか、自分の消息さえも日本に知らせようとはしなかった。なぜだったのか。私のぶしつけな質問に、土岐は苦しそうにつぶやいた。「私は日本軍の逃亡兵です。もちろん祖国に手紙を出し、生きていることだけでも知らせたかった。しかし、逃亡兵の私が日本に連絡をとれば、非国民を出したとして日本の家族に迷惑がかかると思いました」

パレンバンから一七〇キロ離れたラハトで独立戦争に身を投じていた土岐が、第二次大戦後の情勢の変化について十分な情報を得られなかったのは、しかたのないことだった。しかし、一九五〇（昭和二五）年八月、現在のインドネシア共和国が発足した時には、土岐のもっとも心配していた逃亡の重罪も、日本軍が解体し旧軍刑法が廃止された日本では、もう追及されるはずもなかった。勇気をふるって、もし土岐が祖国の妻子に手紙を出していたら、彼の運命は変わっていたに違いない。土岐がプラブムリの町長から、オランダ軍が去ったことを知らされたのは、インドネシア国軍を除隊して三年後の一九五五（昭和三〇）年のことである。しかし、その時にはすでに二人の子どもがいた。「帰ればインドネシアの妻子を誰が養うのか、帰ることは二度目の罪を犯すことでした」。土岐は手紙を日本に出そうとはせず、望郷を胸に秘めて、異国で生き続けていた。

涙の文通

土岐がヨマナと結婚して四年目の一九五六（昭和三一）年、ジャカルタの日本大使館に一通の手紙が届いた。日本にいる妻の婦美からであった。「夫が生きているなら、帰ってきてほしい」という内容を読んで、大使館のパレンバン出身のインドネシア人スタッフが、そういう日本人のことを聞いたことがあると申し出た。やがてその手紙が土岐のもとに回ってきた。その手紙を開けた時のことを土岐は鮮やかに記憶している。「受け取った一二枚の便箋は一枚一枚に涙のしみあとが残っていました」。しかし、土岐は返事を出そうとはしなかった。返事を出せば帰れない理由として、すでにインドネシアで結婚し、妻子のいることを知らせなくてはならない。自分はすでに戦死していると思わせたほうが、妻には幸せだろうと思ったからだった。土岐は四六歳、そして婦美は四一歳であった。

しかし、この年パレンバンにやってきた北陸電力の技術者が、通訳した幸松嵩（元陸軍中尉／大分県出身）から土岐が生きていることを聞きだし、石川県加賀市に住む婦美に知らせた。婦美はその後、何回か土岐のもとに手紙を書いたが、それでも、土岐は手紙を出そうとはしなかった。だが、一九六二（昭和三七）年に届いた手紙に同封されていた一枚の写真を見て、土岐は初めて筆をとった。出征の時、妻のお腹にいて、今は二〇歳になる娘が微笑んでいた。いい残したとおり娘の名前は「洋子」とつけられていた。「無事でいること、申し訳ないと思っていることだけを書いた」

それから土岐と婦美の間で手紙のやりとりが続いた。それを土岐は「涙の文通」と呼んだ。婦美からは懐かしい日本の梅干しや海苔などが届けられることがあった。ヨマナは土岐と婦美との手紙のやりとりを見て、時々「日本に帰ってもいい」といったという。しかし、土岐は黙って首をふるだけだった。一九七七（昭和五二）年にヨマナが病気で世を去った。会うこともないまま、土岐も婦美も老いていった。最初の手紙から二六年後の一九八二（昭和五七）年四月、二枚の便箋に書かれた婦美からの手紙には、こう書かれていた。

「お父さんお元気ですか。私はいま血圧が高くて病院にかよっています。この体では会うことが出来ないと思います。でも私は頑張りもう一度元気になって必ず会います。お互い長生きしてその日を待ちましょう。手紙とともに、くすり、昆布、浅草のり、カラシ漬けを送りました。
かしこ
なつかしのお父さんへ
四月一二日
婦美」
これが最後の手紙になるとは、土岐も婦美も知らなかった。
この年の八月二〇日、インドネシア国営放送とテレビ朝日が、衛星中継によるインドネシア残留元日本兵の肉親対面を放送した。電波を通してとはいえ、戦後初めての内地の家族との対面である。番組に出ることが決まっていた土岐は、やはり胸が騒いだ。
衛星中継の二週間前の八月六日深夜、土岐は不思議な夢を見た。婦美が黒地の紋付き姿で夢枕に立っていた。それは、テレビとはいえ四三年ぶりに姿を見る妻の思いの深さが現れたもののように感じられた。
二〇日午後、ジャカルタにあるインドネシア国営放送局のスタジオのテレビ画面に、懐かしい家族の顔が映った。その時の様子を、土岐はジャカルタの福祉友の会の乙戸昇にあてた書簡の中で次のように書いている。
「テレビの画面に弟が写真を抱いて映りました。四一年ぶりに見る弟の顔です。あまりに変

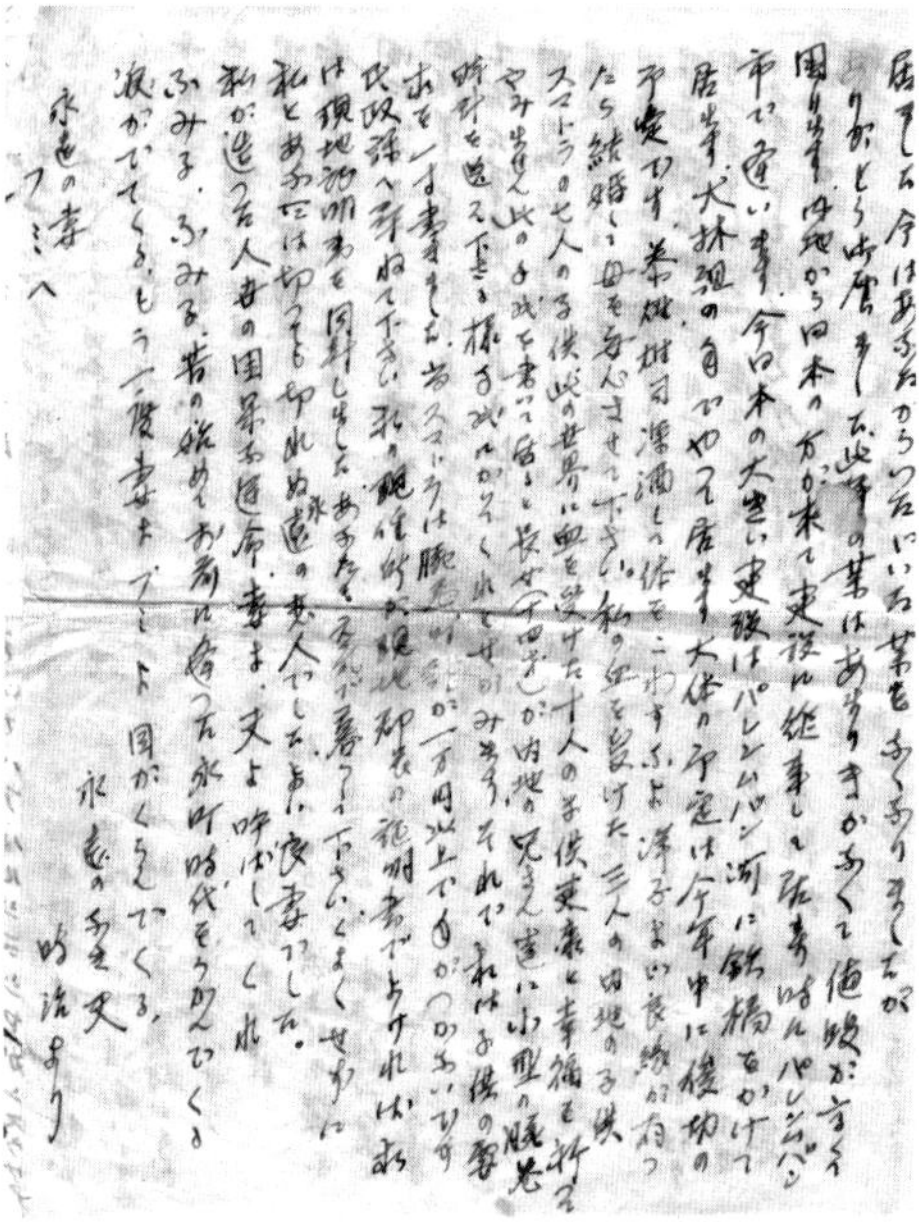
居りました 今はあなたからつたにいる弟を なくなりましたが
[illegible]居りました 此等の弟はあまりきがなくて[illegible]
困ります 内地から日本の方が来て 建設に従事して居ります 時々パレンバン
市で逢います 今日本の大きい建設はパレンバン河に鉄橋をかけて
居ります 大林組の手でやって居ります 大体の予定は今年中に[illegible]の
予定です [illegible]
たら結婚して母を安心させて下さい 私の血を受けた三人の内地の子供
スマトラの七人の子供 此の世界に血を受けた十人の子供 健康と幸福を祈る
やみません 此の手紙を書いて居ると 長女(千恵子)が内地の兄さん達に小型の腕
時計を送って下さる様子[illegible]
[illegible]一寸書きました 当スマトラは腕時計が一万円以上で[illegible]
民政部へ尋ねて下さい 私の[illegible]証明書で[illegible]
は現地説明書を同封しました あなたを[illegible]暮して下さい くよくよせずに
私とあなたは切っても切れぬ永遠の夫人でしたよ 良妻でした
私が逢った人母の国界な運命 妻よ 文よ 呼ばしてくれ
ふみ子 ふみ子 昔の眺めて お前と[illegible]永い時代を[illegible]でくる
涙がでてくる もう一度妻よ [illegible]国がくるようでくる
永遠の夫 時治より
永遠の妻 フミへ

土岐から婦美にあてた手紙

わった弟の姿にはじめは他人かと疑ったほどです。弟だ、と私は叫びながら椅子から転げ落ち、そのままテレビの前に座りました。私は大声で弟の名を呼びました。弟も泣いていました。やがて弟は兄貴、よく生きていたなあ、といってハンカチで目頭をふきました。私は懐かしさと感動で言葉が出ませんでした。それから弟がいいました。姉さん（婦美）は、この日を待ちこがれながら、八月一五日、がんで死にました。姉さんの心情を察し、せめて遺影に対面してほしいと写真をもってきました、と。私は微笑んでいる妻の遺影を焼きつくように見つめました。涙がとめどもなく頬につたわってきました、かんべんしてくれよと叫んで、思いあまってテレビにしがみつき画面を両手でなでました。八月六日の夢の話をすると弟は、姉さんはいつも兄貴の話をしながら泣きました。きっと姉さんの執念が霊魂となって別れに行ったのでしょうといいました。画面は涙でぼやけて見えなくなりました。私は与えられた短い時間に積もる話もできずに終わり、やがて弟と妻の遺影は画面から消えました」

肉親対面後まもなく、長男の妻から土岐に便りが来た。「お母さんは八月一五日終戦記念日にお父さんの名を呼びつつ永眠しました。私は伯父の話に、母の霊魂が八月六日の深夜、お父さんに会いに行ったことを聞いて驚きました。あの夜、私の兄が観音経を読経しました。いままで苦しみぬいたお母さんが寝入り、その間にお母さんの魂が体から抜け出して、お父さんに会いに行ったのでしょう。臨終前にお母さんは半狂乱になって、私はいまインドネシアの死界にいて苦しんでいる、洋子、早くお父さんに電話して助けてくれるようにとわめいて洋ちゃんを困らせました。お母さんはいつもお父さんのことで苦悶していました」

土岐は手紙を読み終えると、目がくらみ、手紙を握ったまま倒れた。「パパ」と泣き叫ぶ娘ハルティのかん高い声で気がついた土岐の目に、娘や注射器を持った医師や近所の人の顔がおぼろげに映った。土岐は婦美の四十九日の忌日に、「涙の文通」に火をつけて燃やした。数十通の手紙は青い炎をあげて灰になり、スマトラの土となった。

帰郷

婦美が死んだ翌年、一九八三（昭和五八）年六月、土岐は厚生省の未帰還者特別援護措置で四二年ぶりに故国の土を踏んだ。とはいえ、遠く離れた土地で別々の人生を歩んでしまった肉親にとって、会うことはまた苦悩でもあった。当時、彼の帰国のために奔走し、彼を温かく迎えるように留守家族を説得した、東京にある福祉友の会協力会の工東太一はこう語っている。「今さら帰ってほしくないという留守家族の意向も無理のないことです。その間に挟まれて私も悩みました。四十数年間の空白と断絶を埋めることの難しさを、いやというほどに味わいました。それだけに、彼の帰国が実現した時は本当にうれしく思いました」

近衛捜索連隊本部の書記で陸軍伍長だった工東は、北スマトラの商港ムラボーで終戦を迎えた。終戦後の混乱を体験して、一九四六（昭和二一）年五月に復員している。復員後、神戸製鋼に勤務し一九七五（昭和五〇）年に定年になった工東は、一九八〇（昭和五五）年から、インドネシアに残った戦友の生死と現状を知るために旅立った。インドネシア各地で工東が残留元日本兵に会って感じたことは、どのくらいの日本人が残留したのか、どうして残ったのか、を裏付ける資料が何も残っていないということだった。その後、工東は近衛捜索連隊の戦友でジャワ島のスラバヤに住む事業家石井正治や乙戸昇と連絡をとり、ボランティアで福祉友の会を支援し続けている。

六月七日、土岐たち残留元日本兵四名をのせた日航機は成田空港に到着した。一行は土岐の他、吉良勝利（元海軍軍属／愛媛県出身・チレボン在住）、石川芳男（元陸軍兵長／茨城県出身・ジャワ島プラブハンラトゥ在住）、相原秀雄（元陸軍兵長／神奈川県出身・一九八七年一月死去）であった。それぞれが辛い里帰りであった。

空港の記者会見で吉良は胸をはって、「私は英霊を背負って帰ってきました。インドネシア独立戦争に散った日本軍人のいたことを話すために帰ってきました」といった。しかし、土岐は悲痛な言葉を語るばかりだった。「私は四二年ぶりに帰国しました。しかし、私はうれしいとか楽しいという気持ちはありません。子どもたちに詫び、辛い思いを手紙で書き送ってきた妻の墓に土下座して謝りたいと思います。戦争は罪悪です。その激流に巻き込まれ、陸に上がろうと苦しみもがいてきました。私は戦争という激流に敗けました」。今しがた土岐は、知人や戦友や報道陣でごったがえす到着ロビーで、出迎えた長男・泰男に「かんべんしてくれ」とくり返しくり返し詫びたのだった。土岐の帰国はさながら懺悔の旅、謝罪の里帰りであった。この朝、長女の洋子は成田空港に姿を見せなかった。

その日の午後七時過ぎ、土岐は故郷の加賀市大聖寺駅に着いた。夢にまで見た故郷である。駅正面玄関には「歓迎・土岐時治君」と書かれた加賀江沼戦友団体連合会の横断幕が張られ、元県議の北出秀雄が集まった人たちに「土岐時治君が四二年ぶりに故郷に帰ってきました」と紹介した。駅頭に集まった親戚たちは日の丸の小旗をふり、拍手で迎えた。出征した時と同じ日の丸だったが、駅前に立った土岐の口からは謝罪の言葉しか出てこなかった。「私は謝りに来ました。家族に、市民の皆さんに詫びに来ました。すみません。すみません。堪忍してください」。あとは声にならなかった。

この三〇分前に、列車の乗り換えのために降りた芦原温泉駅で、土岐はもっとも会いたかった洋子と対面し、思わず「いやぁ、似とる、婦美によう似とる」と叫んだ。出征した時に胎内にいた長女は妻に生き写しだった。洋子は四二歳。土岐が出征した時の婦美の年齢より一六歳年上であった。「一番会いたかったのはお前だったんだ」。土岐はその場に崩れるようにして長女にしがみついたが、しかし、長女は戸惑っていた。「私が生まれた時に父はいなかった。父を知らずに成長した。だから今さらお父さんなんていえない。でも、インドネシアに帰るまでに必ずお父さんと呼べるようにしたい」。そう小さな声でいい、土岐を気づかうのが精一杯だった。洋子は二日後に土岐の弟の林泰二にこうもらしている。「おじさんどうしよう。私どうしてもお父さんという実感がわかないの」。四十数年間の溝は、突然会ったからといって簡単に埋まるようなものではなかった。

今は長男が住む加賀市の実家で帰国第一夜を明かした土岐は、翌日の午後二時、出征中に亡くなった両親と妻が眠る同市大聖寺岡町の墓地を訪れた。しっかりとした足どりで墓地までの山道を歩いてきた土岐であったが、釈尼妙文と法名が刻まれた真新しい妻の墓に、一瞬息をのみ、そのまま墓前に崩れるように座り込み、土下座した。「すまなんだ、すまなんだ、堪忍してくれ、苦労かけたのう、許してくれ、成仏してくれや」。あたりをはばからず、何度も何度も地面に頭をこすりつけ、離れようとはしなかった。

婦美は死の淵で「一度会いたかった。一年遅かった、いや一〇年遅かった……何もかも遅かった」といって息をひきとったという。墓参のあと、市内の空善寺で営まれた婦美の一周忌法要には親族三七人が集まったが、土岐はただ泣き続けるばかりだった。土岐の二週間の里帰りは涙にくれて終わった。

抜けるような青空のプラブムリに戻っても、土岐の鬱屈した心は晴れなかった。どうして自分は祖国に帰れなかったのだろう、帰れたのではなかっただろうか。帰らないことが日本の家族をあれほどまでに苦しめると、わからなかったのだろうか。自責の念は日々、消えることなく身を苛んだ。

その年の一二月、タンジュンカランからの帰り激しいスコールに全身を打たれた土岐は、四〇度近くまで熱が上がり、マラリヤが再発した。熱にうなされ、毎日のように日本の家族の夢を見た。中でも年が明けた一月の一五日に見た夢は不思議な夢だった。

夢の中で土岐は日本に帰り、自宅の居間に座って懐かしく四方を眺めている。子どもの下駄、子どもの破いた障子、妻が食事の用意をする音、全てが昔どおりだった。居間の入口に座って頭を下げる妻に、「婦美、帰って来たぞ」と声をかけると、妻は泣きだしたが、不思議と声が聞こえなかった。妻に近づこうとすると姿がふっと消えた。「お父さーん、お父さーん」「父ちゃん、行っちゃだめ」「私はいつまでも貴方の妻です」。土岐を呼ぶ声が次々と聞こえた。すると、出征の夜の居間での別離が次々に浮かんでは消えた。

土岐は復員したら「婦美、帰ってきたぞ」と大声で叫ぶことを夢見てきた。かなわぬ夢がマラリヤ熱とともに土岐を苦しめた。それからも妻は夜ごと、白い袴をはいて夢枕に立った。うなされて、「パパ、パパ」という悲鳴で夢からさめると娘ハルティの顔があることもしばしばだった。

「食欲もなく妄想が続きました。眠れないので、眠り薬を飲んでやっと眠るという状態で、体力も次第に衰えていきました」

雨期がもうすぐ明けようとする二月一五日、土岐は睡眠薬を飲んで自殺をはかった。遠い祖国、背信、死んだ妻。土岐は自身を追いつめることによって罪のつぐないをしようとした。

「私は死ぬつもりで睡眠薬を多量に飲み、ベッドに横たわりました。娘のハルティは、朝から学校に行っていたので知られることはないと思ったのです。婦美が夢の中に出てきて、白いエプロン姿で私の家の入口の前に立ちました。私が見ると、悲しそうな顔をして入口から家に入ろうとしてつまずいたのでかけよると、すーっと消えてしまいました。すると遠くのほうから『パパ、パパ』と叫ぶ声が聞こえてきたのです。意識が次第に回復してくると、目の前に娘や医者や近所の人の顔が見えました。娘はパパ、死なないで私を一人にさせないでといっていました。続いて、ハルジョー、ハルジョーと呼ぶ近所の人たちの声が聞こえました。水を飲まされ、胃の中のものを全て吐き出しました。ハルティに呼ばれなかったら死んでいたかもしれません。子どもたちは結婚したり、学校の寄宿舎にいたりで、今はハルティだけが残り、私の面倒を見てくれています。娘を見ると不憫でなりません。プラブムリのようなこんな田舎町でも電気製品や車は日本製で、ハルティは日本が素晴らしい国だと思い、父の国にあこがれ、行きたがっています。でも私はもうこのとおりだし、いくら稼いでも日本に行かせることはとうてい無理なのです」

その日の夕方、土岐はキアイ（イスラム教の指導者）を自宅に呼び、悩みを打ち明けた。老師は目を閉じコーランを唱えたあと、目を開けると、「あなたが日本の妻に与えた罪は深い。そのため霊魂が今も幽界にさまよっている。一月一五日に夢で見たことを書いて、それを日本の子どものもとに送りなさい。霊前で遺族が代読し、家族そろって供養したならば必ず霊魂はやすらかになるでしょう。そうすれば、あなたの妄想も消えるでしょう」といった。土岐は老師からもらった漢方薬を飲み、長男の泰男に最後の別れの様子や、婦美が夢に現れること、すまなく思っていることを書き連ねて日本に送った。その後、婦美は夢に現れなくなったという。

娘ハルティ

私と土岐が話をしている間、娘のハルティは居間の隅に座って裁縫をしていたが、近づいてきて心配そうな表情で土岐に耳打ちをした。うなずいてから土岐は「娘が心配しているのです。私が日本に一緒に行ってしまうのではないかと」といった。彼女は日本にもお子さんのいることを知っているのですねと尋ねると、「もちろん知っています。ここは日本人のほとんど来ないところだけに、娘にしてみれば心配なのです。ハルティは、兄たちに聞いて、日本にもお母さんのいることを小さい頃から知っていました。婦美のことを日本のお母さんと呼び、日本の兄や姉に会いたいといっています」。ハルティはかたことの日本語しかわからなかったが、土岐の話すのを聞いて微笑んだ。腕時計を見ると、もう一二時三〇分を回ろうとしていた。九時三〇分に始まったインタビューは、すでに三時間に及んでいた。私は最後に、土岐さん自身にとって戦争とは何だったのですかと聞いてみた。「戦争ですか……、そうですね」。土岐はしばらく考えると「さみしいですね」といった。

私と土岐は彼の家を出て町の食堂に入り、ミークワ（中華そば）、チャプチャイ（野菜いため）を注文した。「町の中は何でも高いですから、外で食事なんてめったにできませんね」と土岐はいった。食堂は粗末な木製のテーブルの上に、プラスチックの丸いはし入れとピンクの小さい紙ナプキンが置いてあった。数匹のハエが音を立てた。私が運ばれてきた料理をタクシー運転手のスパルノと土岐に配ると、スパルノが土岐のことを「日本人か」と聞いた。私が「彼はオラン・ビンタン（独立戦争の星の意。英雄勲章を持っている人をいう）だ」というと驚いた表情を見せた。オラン・ビンタンは地方に行くほど住民から尊敬されているのだった。

ミークワが三〇〇ルピア（約七五円）、チャプチャイが四〇〇ルピア（約一〇〇円）である。味は良かった。食事が終わると土岐は、チャプチャイを指差し、「これをもう一つ頼んでいいですか。娘のおみやげにしたいのです。こんなおいしいものを食べさせたことがありませんから」と恥ずかしそうにいった。娘に対する父親の愛情がにじんでいた。

店を出ると土岐は永年駅長として勤めたプラブムリ駅に私を案内し、私は延々と続く鉄路を背景にして何枚か写真を撮った。プラブムリ駅を背にすると土岐の顔が輝いて見えた。通りかかった町の人が土岐に向かって頭を下げた。

別れしなに「泊まっていけ」とすすめられたが、しかし、私はこれ以上、土岐の悲しみの深さを見据えていくことができなかった。構内を出て白い路に出た。火炎樹が道に影を落とし、道端の娼館らしき建物で女が気だるそうに大きなあくびをした。私はタクシーに乗り、別れを告げた。振り向くと土岐はいつまでも手をふっていた。

土岐はプラブムリでは独立戦争の英雄、元プラブムリ駅長として有名である。1984年11月24日

子どもが描いた独立戦争の壁画（独立軍兵士がオランダの国旗を降ろそうとしている。中央にムルデカの文字が見える）

断章　第二部

スカント誕生

元陸軍兵長・本坊《もとぼう》高利の場合

本坊高利――①元陸軍兵長②スカント・モトボウ③一九二一（大正一〇）年三月二八日④宮崎県えびの市⑤ジャワ島バンドン⑥雑貨店経営⑦妻と子ども二人⑧一九九五（平成七）年一月四日、死去

「玉音放送はバンドン近くのチマヒ警備隊本部で聞きました。翌朝、当番兵だった私は、部隊長を起こしに部屋まで行きましたが、何度呼んでも返事がありません。おかしいと思いドアをこじ開けたら銃口を口の中に入れ自決をしていたのです。蚊帳は真紅に染まり、血糊は天井にまでついていました。遺書は二通あり、一通は断じてあとを追うなという部下へあてたもの、もう一通は遺族へあてたものでした。それで、日本の敗戦を実感しました。

一〇月に連合軍が進駐し、日本軍は指揮下に入り、バンドンのインドネシア独立軍陣地を砲撃しました。敗戦まで日本とインドネシア人は兄弟といっていたのに、砲弾をあびせることはまことに苦痛で、将校の一人は涙を流してくやしがりましたが、どうすることもできません。私はこんな毎日を送るより、インドネシア独立のために戦ってやれと決心しました。幸い英軍発行の公用通行証を持っていたので、同部隊の本橋忠雄軍曹（東京都出身）とともに一九四六（昭和二一）

本坊は「戦後日本がインドネシアで商売ができたのも我々残留元日本兵がいたからですよ」といった。一九八六年八月八日、バンドンの自宅で

年一月五日、簡単に離隊しインドネシア軍に身を寄せました。そこの部隊長にスカントと命名されました。

本橋はその後、オランダ軍につかまり銃殺にされましたが、私は幸いに生き延びました。

一九五五（昭和三〇）年、バンドンで第一回のアジア・アフリカ会議が開かれました。まだ日本人が珍しい時代で、日本代表を建物のかげから見ていると故郷が恋しくなり涙が出ました。戦後は食うためにいろいろやりましたが、一九七二（昭和四七）年にはバンドンの代理領事になり在留日本人のお世話をさせてもらいました。今は雑貨店をやっております」

遠い昔のことです

元陸軍雇員・宮原永治の場合

宮原永治——①元陸軍雇員②ウマル・ハルトノ・ミヤハラ③一九二二（大正一一）年一月一日④台湾台南州⑤ジャワ島ジャカルタ⑥貿易業⑦妻と子ども三人⑧二〇一三（平成二五）年一〇月一六日、死去

「遠い昔のことなど、もうどうでもいいですよ。それより酒を飲んで陽気にやりましょうや」と宮原はいった。宮原は台湾出身で敗戦で戻る故郷を失い、やむなくインドネシアに残ったのだという。宮原の楽しみは、福祉友の会の忘年会と新年会に出席し「同志」（残留元日本兵）と会うことである。

「いつから始まったかはわかりませんが、苦楽をともに語り、楽しみ飲み、食べることは同志の絆をより緊密にします。祖国を捨てざるをえず、インドネシアの国籍をとった私には何よりもうれしい集まりです。大正生まれの戦中派の我々は第二次世界大戦の戦禍をくぐり抜け、さらにインドネシアの独立戦争をともに戦って生き延びてきました。四十余年来、祖国を離れ、このインドネシアを第二の祖国として、この地に骨を埋める運命にあります。我々のほとんどがすでに還暦を越しており、強気でいますが本音はやはり故国日本が懐しいのです。この集まりを奇異に

感じる日本人の方がいたら、老人のノスタルジーとお笑いください。

私は今まで病気とはほとんど縁がなく頑強に生きてきましたが、一九八五（昭和六〇）年一一月に交通事故にあい、今では杖がなければ歩行ができなくなりました。今年の新年会は、同志に支えられ出席し二〇名の方と会いました。本当にうれしいことです」

宮原は話を聞こうとすると、つまらない話はやめて酒でも飲もうやと軽快に取材から逸れた。一九八六年八月一九日、ジャカルタ市内の日本料理店裏で

役に立たない勲章

元海軍上等兵曹・井上助良の場合

井上助良――①元海軍上等兵曹②アリピン・イノウエ③一九一〇（明治四三）年二月二〇日④愛媛県⑤ジャワ島チレボン⑥アイスキャンディー製造⑦妻死去、子ども三人⑧一九九八（平成一〇）年一月九日、死去

ジャワ島チレボンの郊外チレドに住む井上は、

「私の歴史は日本の戦争の歴史そのものです。その上、異国の戦争にまで巻き込まれてしまいました」

といった。

「一九三一（昭和六）年に兵隊にとられ、満州事変で勲七等瑞宝章、上海事変では勲七等日桐章といった戦争の手柄に対しての勲章を戴きましたが、今の生活には何の役にも立ちません。太平洋戦争が始まり流れついたところがインドネシアでした。戦争が終わると力が抜け、次から次に死んだ戦友の顔が浮かんでは消えました。私は独立戦争で死のうと考え離隊しましたが、また生き残りました。戦争は残酷です。

今は三台の冷凍庫でアイスキャンディーをつくり、近所の子どもたちに売らせていますが、一

井上は別れ際にさみしそうに「もう帰るの」といった。一九八五年一二月三〇日、井上の自宅近くのモスク（イスラム寺院）前で

本一〇ルピアで卸し一日一五〇〇本売る商売で、材料代を差し引くと手元には一カ月で七万ルピアしか残らず、その中から子どもの学費と生活費を賄うことは大変なことです」

私が日本の家族は、と質問すると井上は「私には親の資格はありません」といい、触れようとしなかった。

青春なんてありませんよ

元陸軍曹長・小泉敏雄の場合

小泉敏雄――①元陸軍曹長②バハルデン・コイズミ③一九一五（大正四）年三月二一日④神奈川県横浜市⑤ジャワ島ジャカルタ⑥会社経営⑦妻⑧一九八四（昭和五九）年一二月三一日、死去

「戦争は食うか食われるかです。理性を持っていれば、などと質問する若い人がいますが、そういう次元じゃないんです、戦争は。戦争は人間を変えます。私は二〇歳で徴兵され、三年後に満期除隊、そして二五歳で再び徴兵ですから、人間の生活をしていたのは、二年かそこらです。だから、私は一九七〇（昭和四五）年に日本に初めて帰った時には驚きました。私の時代は、女と二人で手を組んで歩くことはありませんでした。石をぶつけられるくらいのものです。それが堂々と男と女が手をつないで歩いている。羽田空港の出発ゲートのところで抱き合ってキスをしている。いやや、びっくりして、えらいことになったと思いました。

今の若い日本人は確かに恵まれています。しかし、これは時代の流れですからしかたのないことです。そんなことを恨んだことは一度もありません。我々には青春なんていう甘い言葉はありませんし、使ったこともありません。

私は一九三九（昭和一四）年に召集され、満州、サイゴン、シンガポールと転戦し、一九四六（昭和二一）年一月二〇日にスマトラ島メダンで離隊しました。私がスマトラ島で訓練したインドネシア義勇兵が毎日近衛輜重《しちょう》連隊の私の部隊に来て、インドネシアは今困っている、独立のためにどうしても一個小隊（約四〇人）の日本兵を残してくれというわけです。彼らの気持ちを考えると残らざるをえませんでした。

一個小隊を残すわけにはいきませんから、私と陸軍曹長の飯森英男（長野県出身）が離隊したのです。一九四七（昭和二二）年一〇月四日、飯森はテビンテンギーで食事の最中にオランダ軍に急襲され手榴弾で戦死しました。

戦後は偽医者、用心棒、機械工……、泥棒以外は何でもやりました。オランダ軍と停戦のあと、私はパンカランブランダンの外港に沈んでいる日本の貨物船からエンジンを引き揚げ、鉄道の貨車に乗せ、約二〇人のインドネシア人を使い発電所を建設するためコタラジャに運びました。インドネシアのイスラムの長老に感謝され、米をもらいました。それを売って華僑の店でキニーネ（解熱剤）やモルヒネ（痛み止め）などを買い偽医者をしたんですが、これは儲かりました。何しろ患者のほとんどが薬を飲んだことがないのですから、効果てきめんでした。

一九六〇（昭和三五）年に入ると日本の商社や企業の進出が目立ち始め、私は日系企業の材木伐採作業現場で働きました。材木を日本に送れば儲かるという時代でしたから。

しかし、各地で伐採権の争いが起こりました。カリマンタン島の奥地に入り腰に銃をつけ伐採の指揮をとっていると、我々の小屋に、威勢のいいインドネシア青年が三人やって来て、蛮刀を抜き、ここを出て行けと脅しました。でも私が腰の拳銃を抜き、天井に一発ぶっ放し拳銃をなめ、この銃につけた唾が乾かないうちに失せろ、というと、奴《やっこ》さんたちは一目散に逃げていきました。私は戦争の修羅場をくぐった人間です、怖いものなんてありません。

一九六九（昭和四四）年に安宅産業のジャカルタ支店と契約し木材輸出をやり、四年後の一九七三（昭和四八）年に木材の会社アシトラを設立し、今は数社の役員をしております」

小泉は心臓まひで亡くなる二カ月前の一九八四（昭和五九）年一〇月に、スマトラ島出身の娘ほども年の違う岡本ヤスコ（三八歳）と結婚した。六九歳だった。ヤスコは残留元日本兵の二世で、父親はヤスコが生後二カ月の時にビルマに渡りそのまま日本に帰ったという。結婚の数日後、小泉は私にいった。

「やっと恵まれた結婚ができました。ヤスコが戦後苦労をしたことは私と変わりがありません。財産はヤスコに譲ります」

小泉は残留元日本兵の中では、木材で財を成した成功者といわれている。しかし、近衛輜重《しちょう》連隊の戦友、故・立川庄三（元陸軍軍曹／栃木県出身、一九八五年一一月一九日死去）は小泉の葬儀の数日後、こう語った。

「小泉さんは戦友から親しみを込めてグモ（肥満）と呼ばれた太っ腹の人間でした。グモさんは結婚に恵まれず、何回か離婚をしています。残した財産も多いが、さびしかったのでしょうね」

妻のヤスコに抱かれる小泉の遺影。ヤスコは月に一回は必ず小泉の眠るジャカルタの英雄墓地に墓参する。一九八六年八月一一日、ジャカルタの自宅で

義勇軍の指揮官

元陸軍中尉・前田博の場合

前田博――①元陸軍中尉②スフィアン・マエダ③一九二〇（大正九）年一二月一一日④兵庫県神戸市⑤スマトラ島メダン⑥医者・薬剤師等⑦妻死去、養女一人⑧一九九四（平成六）年六月六日、死去

日本人には合わないと聞かされていた前田に会ったのは、三度目にスマトラ島メダンを訪れた時だった。前田は一〇年前から椎間板ヘルニアと骨粗鬆症《こつそしょうしょう》を患っている。腰を九〇度近く曲げ、けげんな顔つきで出てきた彼は、私を警戒しているようだった。小さなテラスで三〇分もインタビューすると彼は顔をゆがめた。そして、痛み止めを打つからちょっと待ってくれといって、家の中に入っていった。大阪薬専（現大阪大学薬学部）出身の前田は、薬の調合は、全て自分でやっている。痛みが和らぐと前田は戦争を話し始めた。

前田は終戦までスマトラ島アチェの近衛歩兵第三連隊に所属し、インドネシア人で組織した郷土防衛義勇軍（Tentara Pembela Tanah Air、略称PETA《ペタ》）を率いていた。ペタは一九四三（昭和一八）年一〇月、日本軍政下で民族軍として結成され軍事指導は日本将兵が行った。前田は、中隊長として約三〇〇人を指導し、インドネシア兵との合言葉はムルディカ（独立）である。

一九四五（昭和二〇）年八月一五日終戦、敗戦の報はアチェにいた前田のもとには数日後届いた、と同時に近衛歩兵第三連隊長から以下の命令が出た。

「郷土防衛義勇軍の火器弾薬を全て集積せよ」

戦後日本から送ってもらったというアルバムには前田の人生が凝縮されていた。一九八六年八月一四日、スマトラ島メダンの自宅で

前田は愕然とした。三五〇年に渡るオランダの植民地から解放、義勇軍の教え子との約束ムルディカ（独立）はどうなるのか、独立のため彼らは辛い訓練を耐えてきた。前田は連合軍が上陸する前に義勇軍に武器弾薬を渡そうと思った。武器弾薬の管理簿を捏造し、武器弾薬を教え子に渡し解散させた。これは連合軍命令違反であり、連合軍が上陸してくれば責任を追

及されることは必然だった。だが前田にそれ以外の選択肢はなかった。

八月三〇日、スマトラ島キサランの連隊に前田が戻ると連隊長から連合軍命令を受けた。

一　日本軍の武器弾薬は連合軍に引き渡すこと。
二　連合軍が進駐し機能するまで現地の治安維持をすること。
三　インドネシア人の暴力行為や非合法運動は全て抑圧・鎮圧すること。
四　理由の如何に関らず日本軍所有の武器をインドネシア側に渡さぬこと。

前田の部隊に、アチェ地区の治安維持、日本軍重火器の集積の命令が下った。しかもインドネシア側に与えた武器は全て奪還せよというのだ。前田は承服できなかった。日本の勝利を誓い、激しい訓練に耐えてきたかつての教え子たちを敵にまわせというのか。彼らとこの国の独立を夢見てきた、約束はどうする、せめて武器を渡すのが武士道ではないか、と連隊長に食い下がったが、連合軍相手ではどうすることもできなかった。

一〇月に入るとインドネシア各地で日本軍の武器をめぐり、インドネシア側と日本軍との間で衝突が起き、日本人の多くが犠牲になった。

一一月二四日午後三時、近衛歩兵第三連隊に将校が招集された。メダン北方クルンパンジョで約一〇〇人の日本兵が乗った列車が、約五、六〇〇〇人のインドネシア人群衆にとり囲まれ身動きが取れない状況だというのだ。

クルンパンジョ紛争解決のために派遣されたのが、義勇兵をよく知る前田とシグリ県のインドネシア人知事だった。

翌朝八時、前田と知事は紛争解決のために現地に出発した。クルンパンジョに近づくと銃声が散発した。群衆は列車を囲み、鎌、蛮刀、銃を手に殺気立っていた。

「オランジャパン　マティ（日本人を殺せ！）」

「武器を奪え！」

前田たちに気づいた黒装束の男数人が、銃を持ち、車を取り囲んだ。

「お前は誰だ、降りろ」

男が銃を前田に向けいった。

車を降りると知事が男と話し、二人が列車内に入ることを許された。

列車に無数の銃弾が撃ち込まれガラスが散乱していた。床に日本兵が横たわり、その中に顔見知りの経理中尉が横たわっていた。中尉はかすかな声で「水をくれ」といった。前田はひざまずき中尉に水を飲ませた。中尉は水を飲むと列車内を指さした。そこには六人の日本兵が横たわり二人が死亡、四人が重傷だった。前田は左胸に生々しい血が付着した日本兵に近づいたが、すでに死亡していた。負傷者の手当てをし、経理中尉のもとに戻ると彼も息絶えていた。

「これが人の定めか、戦争が終わったというのに……」

前田は深い悲しみに襲われた。

列車から降りると群衆の中に郷土防衛義勇軍の教え子を見つけた。

「独立の約束を守れなかったのは悪かった。しかし日本は負けたのだ、武器は全て渡そう、しかし列車内に多くのけが人がいる、列車を出発させてくれ、俺と知事が残るから」と前田は説得した。

列車は部隊を乗せクルンパンジョの平原をゆっくりと走り出し、やがて小さくなった。前田は列車を見届けると急いで車にひきかえしたが、背後から「オランジャパン　マティ」という声がした。知事は群衆をなだめるためにクルンパンジョに残り、前田は知事に守られ車に乗った。車は白い砂埃を上げ連隊本部へと向かったが、約二〇キロ先のボンカイ村の路上で一〇数人の武器を持った男たちに車を止められた。

立ちはだかった男たちは、「オランジャパン　マティ」と叫んだ。

前田は引きずり降ろされ椰子林の中に連れ込まれた。男たちは前田を地面に座らせると竹槍で胸や首を押した。周囲はすでに二〇〇人ほどの群衆が取り囲み、前田は観念するしかなかった。

前田は取り囲んだ男たちを見た、その中に顔見知りの元義勇軍兵士がいた。前田は彼に「もう結婚したか」と声をかけた。すると彼は前田に近づき耳元で「死にたくなければしゃべるな」といった。

そのとき一人の男が前田に近づき耳元で「だんな、車に乗りましょう」といい、前田を車に押し込んだ。この男に見覚えがあった。終戦時、日本軍の武器を与えた男だった。

連隊本部に帰った前田は大隊長に、日本将兵を救うためには連合軍命令を無視してでも武器弾薬をインドネシア側に渡すしか選択肢はない、と進言した。

「連合軍への説明をどうするのか」

「大隊長、私が責任をとります。独立軍が兵営内に侵入し、やむなく武器を引き渡したとの架空事件を作り、前田も逃亡した、ということにしたらどうでしょう。それしか兵を救う道はありません」

一九四五（昭和二〇）年一二月一五日、武器をインドネシア側に渡し、前田もその日独立軍に入った。インドネシアの独立をともに戦うという約束と、前田が入れば日本軍を襲うことを阻止できるだろうと考えた末の行動だった。

インタビューをした夜、前田は私を自宅に泊めた。夜の静寂の中で、日本人は戦後のスマトラのことをあまり知らないといった。妻に先立たれ養女と二人暮らしの前田は、「今は国家や社会に何もなすことができない身です。養女が結婚したらいつ逝ってもいい」と寂しそうに語った。

前田が痛み止めといい、打っていたのはヒロポンだった。「これを打てば全て忘れられる」といった前田の顔を私は忘れることができなかった。

ひと暴れして死のう

元陸軍一等兵・堀井豊の場合

堀井豊――①元陸軍一等兵②スヨノ・ホリイ③一九二一（大正一〇）年四月一八日④大阪府大阪市⑤ジャワ島マゲラン⑥日本企業の寮管理人⑦妻と子ども七人⑧一九九九（平成一一）年一月二日、死去

「フローレス島の近くの島で歩哨に立っていた時、突然引揚げ命令が出され終戦を知りました。フローレス島の陸軍第三揚陸隊に戻ってくると重機関銃とトラックが放置されているだけで、すでに部隊はバリ島の本隊に引き揚げ、誰もいません。一カ月かけて、バリ島の本隊に戻りました。戻らなくては逃亡と見られますから。その後、部隊は連合軍命令でジャカルタ、マゲランと移動しました。戦友の佐藤昇（陸軍上等兵／宮城県出身）が私にいいました。日本が滅びたのに、何が皇軍、何が帝国軍人ぞ、自決すると。私は止めましたが、止める確かな理由が見つかりません。どうせ死ぬなら、独立戦争に参加し、ひと暴れして死んだらどうだといいました。そういった手前、私も離隊逃亡せざるをえなくなったわけです。

ジャワ島マゲランの町で一〇メートルの道をはさんでオランダ軍と対した時です。機関銃で武装した敵陣にインドネシア兵は竹槍で飛び込んでいき、バタ、バタと倒されました。敵の手榴弾

美しい中部ジャワの田園に映えるボルブドール仏教遺跡周辺が、堀井の独立戦争の舞台である。一九八四年八月二四日、ジャワ島ボルブドール仏教遺跡前で

が私の足元に落ち、私は拾って投げ返しました。そんな戦いを死ぬ気でしているうちに、私は戦争の神様と呼ばれるようになりました。佐藤は一九七三（昭和四八）年、マゲランで病気で亡くなりました」

独立戦争のあと、マゲランに住んだ堀井は、住民の相談をあれこれと受けるようになったという。

我が草臥《くたびれ》人生

元陸軍兵長・山本忠雄の場合

山本忠雄――①元陸軍兵長②サバル・ヤマモト③一九一八（大正七）年三月一日④大阪府大阪市⑤スマトラ島メダン⑥ゴム園従業員・通訳等⑦妻と子ども七人⑧一九八七（昭和六二）年七月三一日、死去

「私は一九三九（昭和一四）年四月三日、大阪港から出征しました。終戦後、日本にない自由をこの国に感じて、帰国せずに独立戦争に参加したのです。インドネシアの独立達成後、一九五二（昭和二七）年に日本政府が手配したオランダ船が入港し少なからぬ人数の残留日本人が引き揚げましたが、その時はすでにインドネシア人の妻と二人の子どもがいて帰国できませんでした。日本にいる家族とは連絡がとれましたが、ゴム園で働いたり、通訳をしたりで、帰国できる経済的なゆとりはありませんでした。一九六三（昭和三八）年、母は亡くなりました。異国で母の訃報を聞いた時は胸が痛みました。私が母にした唯一の親孝行といえば、一九四〇（昭和一五）年に華中戦線での功績によって日本国から勲八等旭日章を授与された時でしょうか。母の喜んだ手紙を受け取りました。

日本に帰ったのは一九七〇（昭和四五）年四月のことです。母は毎日三度の食事の時には必ず陰膳

を据え、一目会うのを楽しみに待っていたと弟に叱られました。私もすでに母の亡くなった時の年齢を越え、親の愛情がわかるようになりました。やはり母には辛い思いをさせたのだと思います。メダン軍政部時代からの友人立川庄三が近くに住んでおり、一カ月に一回くらいの割合で行ったり来たりしています。私は詩をつくり、立川は自分の半生を綴っていて、それを互いに交換しては昔を懐しんでいます。私の人生を書いた拙い詩ですが、読んでください」

行って来ます　お母さん
永遠の別離の　幾星霜
東の空の朝ぼらけ
今もなつかし母の国

功を残して　露と消ゆ
友を偲んで　霊魂の
松明の列　粛々と
英雄墓地に　雨も泣く

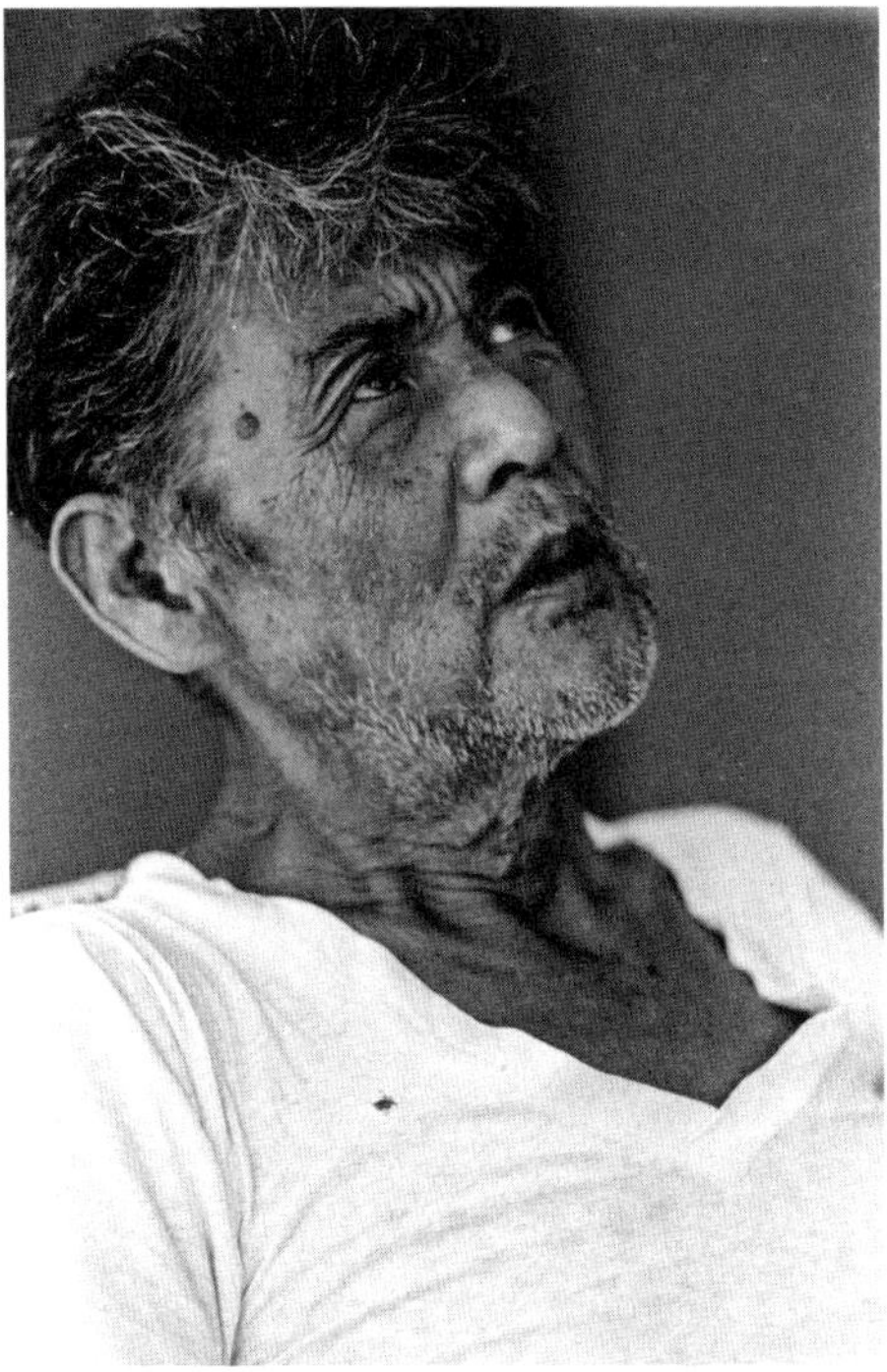

日本軍時代から独立戦争までの長い戦闘を思い起こす山本。1984年8月3日、メダンの自宅で

こんなはずではなかった

元陸軍兵長・大塚秀夫の場合

大塚秀夫——①元陸軍兵長②ムハンマド・スマルト・オオツカ③一九一一（明治四四）年七月二七日④大阪府堺市⑤ジャワ島スラバヤ⑥新聞販売店勤務・会社員⑦妻と子ども五人

大塚は妻と三男一女を残して一九四一（昭和一六）年一〇月一四日出征した。終戦をジャワ島バンドンで迎え、兵補に誘われ独立戦争に参加したのは、一九四五（昭和二〇）年一〇月三〇日であった。戦後の混乱の中を女手一つで子どもを育てた妻のキヨは、一九五二（昭和二七）年、大塚の生存を確認する。キヨは夫の帰りを待ちわびたが、大塚は帰らなかった。

「私には帰れない事情がありました。現地結婚し妻子がいたのです。悩んだ末に妻に事情を明かしたのは、一九六四（昭和三九）年のことです」

キヨは異国の夫の報せに驚き、衝撃のあまり寝こみ、翌年帰らぬ人になった。

「妻は死に際に、もう帰ってきてほしいとは思わないが、せめて大きくなった子どもたちを見てほしい、と遺言を義兄に残したそうです。

一九八二（昭和五七）年、厚生省の帰国援助で里帰りをしましたが、灰と化したはずの祖国は

ビルが立ち並び商品はあふれ、想像以上に生活は豊かでした。インドネシアの私の生活に比べたらはるかにましでした。
私は自分の選択が間違ったのではないかと自分自身を疑い、こんなはずではなかった、とつくづく思いました」

左から大塚、長女エニイスシロワテイ、妻のガデケム、二女のイダロハヤテイ、妻の後ろが三男のブデイパブンカス、二男のハリウナルノ。一九八四年八月二〇日、スラバヤの自宅で

虎になったスワンデー

元陸軍兵長・山口京次の場合

山口京次――①元陸軍兵長②スワンデー・ヤマグチ③一九二一（大正一〇）年五月一九日④東京都小平市⑤ジャワ島スマラン⑥建築業等⑦妻と子ども三人⑧一九八六（昭和六一）年八月一四日、死去

一九八四（昭和五九）年八月二三日、スマランの湾岸に密集している集落に山口を訪ねると、近所のおばさんが、虎のスワンデーなら知っていると案内してくれた。

「昼は静かに眠って、夜になると酔っ払って真赤になる。インドネシア軍の軍服に勲章を光らせて、腰に軍刀（日本刀）をさげガチャガチャ鳴らし、『ウ！』とか『イ〜！』とか声を出し、あっちこっちでひっくりかえり、集落中が大騒ぎ。『スワンデー（山口の現地名）が虎になった』といってみんな知らんぷり」とおばさんは笑いながらいった。イスラム教徒は酒を嫌うが、独立戦争の功労者で、今は住民の相談役の山口に寛大だった。

「私は一九七一（昭和四六）年一〇月に日本に帰り、親の財産を分けてもらいました。日本円を現地通貨に両替して悠々自適の生活です。でもさみしいですね。どうしても故郷のことを忘れることはできない。だから酒を飲み、忘れるようにしているのです」と山口はいった。日本ではま

だ残暑の厳しい一九八六（昭和六一）年の八月一四日未明に山口が亡くなった、との報せが子息から届いた。山口は集落の住民に見守られて、近くのブルゴダ一般墓地に葬られたという。

山口の写真を撮りたいというと、背景にいいところがあるといって三時間、あちこちを案内された。一九八四年八月二三日、山口の自宅で

短気だったのです

元陸軍上等兵・武藤守の場合

武藤守――①元陸軍上等兵②ドラー・ムトウ③一九二三（大正一二）年四月二六日④愛知県名古屋市⑤スマトラ島パレンバン⑥工場経営⑦妻と子ども一二人

「終戦後、パレンバンにイギリス軍が上陸しその中に女の兵隊がいたのには驚きました。たしか名前はカーマイケル軍曹、彼女が、敬礼せよというのです。むかっときましたね、負けたといっても、日本男児たる者、女にどうして敬礼をしなくてはならないのか、それがいやで日本軍を離れましたが、今思うと短気としか思えません。

独立戦争中の一九四六（昭和二一）年、幸松嵩、山本芳正（元陸軍兵長／高知県出身）、板垣寛六（元陸軍上等兵／山形県出身）たちとパレンバン近くの陸橋を爆破した時、オランダの偵察機の機銃掃射を受け、あとで服を見たら七カ所も穴があいていました。弾丸がまるで私を避けているようでした。大きな声ではいえませんが、当時、私は殺しのプロといわれ、武藤のドスの前に立つな、といわれたほどだったんです。

戦争が終わると食うのに困りました。中国人経営の自動車工場で働き、やっとのことで自動車

の部品をつくる小さな工場を持ちましたが、それも一九八一（昭和五六）年八月の火事で灰になって、一からやり直し。ついてませんな。今は息子二人と三人の工員を使って、工場がどうにかやっていけるというところです。子どもは一二人、多いほどいいです、日本では考えられないでしょう」

武藤は初めて会った私に子どもは何人と聞いた。武藤の子どもは一ダースの一二人。どうにかなるものさ、と気軽にいった。一九八四年一一月二三日、パレンバンの武藤の自動車部品工場で

流され続けた一生のようです

元陸軍軍属・岩元富夫の場合

岩元富夫――①元陸軍軍属②フセイン・イワモト③一九一七（大正六）年六月一六日④鹿児島県⑤ジャワ島ジャカルタ⑥貿易業⑦妻と子ども五人⑧二〇〇〇（平成一二）年一〇月五日、死去

「東に霧島山脈がそびえ、南に桜島が見える溝辺村の小高い丘の麓に生まれた私は、貧乏農家で薩摩芋と粟飯で育ち、青春時代は農業以外の仕事は知りませんでした。

一九三七（昭和一二）年、徴兵検査を受け、第二乙種で、後日第一補充兵に変更となりましたが、第二乙種では恥ずかしく、淋しい気持ちで過ごしました。その心の傷が私に浮浪者のような一生を送らせたと思うのです。

一九四〇（昭和一五）年、両親の許可を得ぬままどうにかなるだろうと、満州の新京に行きましたが、たいした学歴のない私にはよい仕事は見つからず、知人の紹介で憲兵隊軍属に就職しました。二年後に部隊は大連から東シナ海を南下し、二月二八日、ジャワ島バンタム湾からジャワ島に上陸、ジャカルタのジャワ憲兵隊本部の軍属となり、敗戦で連合軍の捕虜になってしまいました。

一発の弾丸も撃っていない私は、敗戦の実感がわかず、一九四六（昭和二一）年四月二一日、部隊を抜け出して、ジャカルタの南にあるカリバタ駅から列車に乗りマッサン駅でおりました。

そのまま小さな部落でインドネシア独立軍に入り、除隊して現在に至っています。戦争とはいえ、私の人生は行き当たりばったりの流され続けた一生のように思えるのです」

一九七〇年から一九七三年までに岩元が売ったベモ（後ろの車、ダイハツ・ミゼット）は、今でも庶民の足としてジャカルタ市内を走っていた。一九九一年八月三日、ジャカルタ市内で

刑務所から刑務所へ

元陸軍雇員・庄司重雄の場合

庄司重雄——①元陸軍雇員②スカルノ・ショウジ③一九一九（大正八）年一二月二七日④長崎県⑤スマトラ島メダン⑥医師等⑦なし⑧一九九〇（平成二）年二月一二日、死去

一九八六（昭和六一）年八月一四日、庄司を訪ねると「戦争はね、人間をおかしくしますな」と脳溢血の後遺症の不自由な言葉でいった。

「私はスマトラ島メダン近郊のオランダ人捕虜収容所の所長補佐をしていて、敗戦とともに戦犯容疑でメダン刑務所に入れられました。イギリス軍が裁くか、オランダ軍が裁くかはっきりせずに、マレー半島のジョホールバル刑務所、シンガポールのチャンギー刑務所、ジャカルタのグルドック刑務所、チピナン刑務所と転送され、最後に行きついたところは元のメダン刑務所でした。容疑は捕虜虐待ということです。スマトラ二十五軍司令官、田辺盛武中将（一九四九年七月一一日処刑）も収監されておりました。どうしたらいいか相談すると、君は若いから好きなようにやれ、といわれ、一九四六（昭和二一）年、刑務所の格子を鉄鋸で切り脱走しました。一時、オランダ派の集落で捕らえられましたが、村長を殴り倒して逃亡し、インドネシア独立軍に救われ

たのでした。

　独立戦争後は、一九五二（昭和二七）年、メダン日本人会を組織し、福祉を目的に就職の紹介や懇親会等をしました。一九五八（昭和三三）年に厚生省が未帰還者の調査をした時に全面的に協力しましたが、多くの残留元日本兵は現地結婚をし、もう日本に帰れる状況ではありませんでした。

　一九六一（昭和三六）年にメダン日本領事館が開館され、私は代理領事の立場で領事館に協力することになりました。戦争がなければ私も日本でのんびりと老後を送れたと思いますが、時代ですからしかたのないことです。戦争が全てをおかしくしてしまったのです」

庄司のインドネシア名は初代大統領と同じである。庄司は、スカルノと同じくらい偉大だからだ、といった。一九八六年八月一四日、メダンの自宅で

元陸軍兵長・出口良夫（ムハムンド・デグチ）の軍葬
1918（大正 7）年 1 月 20 日、大阪府出身
妻と 7 人の子がいる。1985（昭和 60）年 2 月 8 日死去

第三章　異国の愛

――元海軍軍属・上田金雄の場合

終戦

残留元日本兵にできるだけ会うために、日曜日はジャカルタ市内やその近郊、二、三日のまとまった休暇がとれた時はバリ島やスマトラに足を延ばすのが、一九八四（昭和五九）年から私の日課のようになっていた。

一九八五（昭和六〇）年の二月一〇日の朝、私は元海軍軍属の上田金雄（岡山県出身）を訪ねて、ジャカルタの東、チリリタンのバス・ターミナルに降りた。ターミナルを右に折れボゴール街道に入ると、人で満載のバスが黒い煙をはいて走っていく。日曜日の朝とあって沿道には、洋服、おもちゃ、日用品などを広げた露店が立ちならび、客引きの声、値引き交渉の客の声が響いている。インドネシアで値引き交渉をしないで買い物をする人はいない。それが買物の楽しみの一つなのである。

おもちゃ屋の脇の小道を通り抜け、コンクリートの路地を入っていくとこぢんまりとした集落がある。家々の庭には花が植えられ、小さなベランダの軒には観葉植物や小鳥かごがかけてある。ベランダで新聞を読む人に会釈をすると、「おはよう《スラマット・パギ》」という言葉がかえってきた。朝の陽光はやさしく、どことなく東京の下町の雰囲気と似ている。上田の家はこの一角にあった。

木戸の前に立つと、白いイスラム教徒の衣装をつけた浅黒い顔のオラン・ハジがにこやかに笑った。イスラム教徒がサウジアラビアの聖地メッカに巡礼に行くことを、アラビア語でハジといい、巡礼の旅から帰るとインドネシアではオラン・ハジ（巡礼者）と尊称され、白いソンコ帽をかぶることができる。オラン・ハジと一目でわかる彼は、上田の妻、オノの兄ハロムであった。上田はこの数カ月間、体調を崩し、ジャカルタ郊外のクラマットにあった自宅を出て、義兄宅に間借りしていた。

上田は腰に巻くサロンにインドネシアのロウケツ染めの民族服バテックの姿で、四畳半ぐらいの広さの部屋に私を招き入れた。木戸の端の小さな庭に、あずき色の花が咲き、朝の光に輝いている。鶏頭の花だった。目をやった私に上田が、そばにいる妻を見やりながらいった。「鶏頭の花は日本の夏にはよく見られますが、インドネシアでは珍しいのです。これは妻のために植えました。……こいつには苦労をかけました。花のように美しい心を持ってるんです」。小柄だがかつてはエネルギッシュだったたであろう、骨太の上田の風貌からは、思いがけないやさしい言葉だった。ジャワ更紗《さらさ》のブラウスを着た妻は、にこにこと笑いながら、私たちの話を聞いていた。彼女は日本語がよくわからない。それでも上田の愛情は感じたに違いない。二人が結婚したのは独立戦争の戦火の中だった。

上田は、一九一五（大正四）年九月二〇日、岡山県阿哲郡大佐町《おおさまち》の農家の六男に生まれ、同町の刑部尋常高等小学校、青年学校を卒業すると神戸に出てタクシーの運転手となった。日本がハワイの真珠湾を奇襲攻撃する三カ月前の一九四一（昭和一六）年九月、呉海軍軍需部自動車技術員（軍属）として徴用され、二カ月の訓練後、呉を出港、同年一二月一〇日、フィリピンのダバオに上陸した。ダバオでは、海軍軍需部のトラックを運転し、その間に米軍捕虜の悲惨な状態を多く見たという。ジャワ島の東部に位置するインドネシア第二の都市スラバヤに上陸したのは一九四二（昭和一七）年三月三日。海軍軍需部から南西方面艦隊司令部に運転手として派遣され、司令長官高橋威望中将など将校の車の運転をしたあと、一九四五（昭和二〇）年五月一五日からバンドンの第二南遣艦隊司令部の自動車配送係長で終戦を迎えた。上田の軍属としての期間は三年一一カ月である。

インドネシアの民族衣装、バテックを着た上田と妻のオノと孫娘。上田はオノを花のように美しい心の持ち主ですといった。1985 年 2 月 10 日、ジャカルタの上田の義兄ハロム宅前で

運転手として、日本軍の将校を乗せる機会も多かった上田は、終戦前から多くの情報を耳にしていた。

「日本の船が撃沈されたという情報が入るたびに、もう長くはないだろうと思いました。そのうちに海軍はバンドンに集結させられました。あとから考えれば、

終戦間際だったんですね。バンドンはジャカルタから一八〇キロも入った山の中にあります。そこで我々は、擲弾筒《てきだんとう》（手榴弾や発煙筒などを発射する小型の迫撃砲）をつくらされ濠も掘りました。どう考えてもゲリラ戦の準備のようでした。しかし、間もなく八月一五日の玉音放送です。ラジオの音はザーザーいって何も聞こえません。ただ、日本が戦争に敗けたらしいことはわかりました。皇軍の一員として、勝たずば生きて帰らずと誓って国を出てきたわけですから、日本の無条件降伏はショックでした。兵隊は暴れて、それはひどい状態でした。一緒にインドネシアに残ろうと私にいう部下もいましたが、日本軍はインドネシア人にきつい労働をさせましたから、兄や父を亡くして日本人を恨んでいるインドネシア人も相当いました。殺されても不思議ではありません。私は部下に原隊残留を説得しました。それに日本の憲兵も脱走日本兵に目を光らせていましたし。それでも聞かない部下には、命の保証はない、それでよければ離隊逃亡しろといいました」

部下の離隊逃亡を押し止めながら、しかし、上田の心は揺れていた。あの時の心理状態は今でも明確に説明できないと語りながら、上田は当時の心境を綴った手記を見せてくれた。

「入ってくる情報は、日本に帰る船はほとんど沈没し、連合軍の用意する復員船も何年先になるかわからないという。この地ではインドネシア民族が、三五〇年に渡るオランダの植民地政策の圧迫から立ち上がり独立を叫んでいる。さらに日本軍政時代に受けたインドネシア国民の感情が報復となってあちこちで発生。治安は日増しに乱れ、防犯指導者も、その体制もなく、各地で犠牲者が続出している。連合軍は我々をどうするであろうか、日本軍の将兵は全員虐殺のうわさもある。皇軍の一員として捕虜になるとその汚名は永久に消えないであろう。その上、日本に残された留守家族は非国民と呼ばれるに違いない。捕虜になるのは死よりも辛い侮辱の行為、先祖に申しわけない」

上田もまた、インドネシアの地に骨を埋めた多くの残留元日本兵と同じように、戦陣訓、「生きて虜囚の辱めを受けず、死して罪禍の汚名を残すこと勿れ」の言葉が心の中に深く刻みこまれていたのである。

この言葉は、日本の敗戦時に多くの不幸な事件を引き起こした。例えばサイパン島の日本軍が米軍の攻撃で全滅した一九四四（昭和一九）年七月、サイパン島の日本人住民は、米軍の投降勧告にもかかわらず、島北端に追いつめられ用意した手榴弾や毒で自決をし、マッピ岬からは多くの婦女子が「バンザイ！」と叫びながら、断崖から飛び降りた。従軍看護婦としてフィリピンに派遣された、青森出身の大山タイさんは後に、「あの戦陣訓の一節がなかったら、何十万と犠牲者を出さないですんだかもしれない」といっている。

「日本軍政時代、インドネシア人は私に協力してくれました。だから、私はインドネシアに報いるために、彼らに協力するしかないと思いました」と語る上田の言葉は、多くの残留元日本兵と共通のものだった。明日もわからない日々の中で、上田の頭を捕虜、離隊、捕虜、離隊……と二つの言葉がかけめぐっていたに違いない。

離隊

標高七二〇メートルにあるバンドンは周囲を小高い山に囲まれた盆地である。年間平均気温が二二度とすごしやすく、戦前はオランダ人の別荘地であった。一九四五（昭和二〇）年一〇月上旬、上田はバンドンから十数キロ入った天然温泉の湧くチアトルで、海軍車両整備班の班長として部下の野田上等兵曹（名と出身地不明）と指揮をとっていた。

ある日、ジャカルタの連合軍司令部から「車をバンドン駅に配送せよ」と命令が下った。上田はその時、ふっきれたように「離隊の好機が来た」と感じたという。わずかな手持ちの衣類と食料を背嚢《はいのう》につめこんで、上田は野田の運転する車に乗った。野田には車内で短く事情を説明した。「捕虜になるより、ジャングルで生活しながらインドネシアの状況を見る」。チアトルからバンドンに下る山中で車を降りると、野田が「上田さん、早く帰ってこいよ」と笑いながら声をかけた。気の高ぶっていた上田は「帰ることを期待するな」と厳しい口調でいい、山中に走った。振り返ると野田が手を振っていた。野田の顔が小さくなるにつれ、上田の足は重くなった。自動車係だった上田は、インドネシアの地理に詳しく、山中で生活する自信はあったが、しかし、すぐに見通しの甘さを知らされた。

「海抜二〇〇〇メートルの山で独りで生活をすることは大変でした。食料はすぐになくなり、バナナやパパイヤ、草木も食べました。日増しに人が恋しくなって、寂しくて夜も眠れないのです。様子を見るどころか、何が起きているのかもわかりませんでした。人間はもろいものです。孤独に耐えられないのです。赤道直下といっても山中ですから、夜は寒くて眠れません。火を燃やせば人に見つかる。しかし、人が恋しい、話をしたい。そう思うと、自然と足が人家のほうへと向かっていくのでした。

山の中で貧しそうな家を見つけ、近づくと軒下で二人の子どもと老婆が遊んでいました。敵の家かもしれませんから、恐る恐る近づきました。子どもの一人が私を見て、鬼でも見つけたように三人とも家の中にかくれました。夕方の五時頃だったでしょうか、まだ明るかったですから。困りましたが、腹をくくり庭先で待っていました。薄暗くなって夫婦が農具を手にもどってきて、日本人ですね、ときれいなインドネシア語で尋ねてきました。『貴方はどうして日本に帰らないのですか。インドネシアはスカルノ大統領が独立の宣言をし、青年たちが独立達成のためにいま戦っています。私の長男は一五歳ですが独立のために献身しています』というのです。私は心を打たれました。そして、その家にやっかいになることになりました。敵の家かもしれませんが、心配してどうなるものでもありません。そこしか頼るところがないのですから。夜になって独立軍に所属している長男が帰ってきて、戦況を話してくれました。可憐な若者が自国の独立を熱く話すのです。私も愛国心から銃を握ったことが思いだされ、インドネシア独立戦争に参加しようと決心をしたのです」

情にもろい上田は、山間で祖国の独立に燃える若者と出会い、義侠心と熱い血が騒いだのだった。揺れていた気持ちは若者の言葉で、固まった。翌日、上田は若者に案内されて、レンバンの独立軍のシリワンギ部隊に加わった。日本軍の引揚げ状況を知ろうということさえ、頭には浮かばなかったという。

「神から授かった命ですから、最期の死に場所も神が決めるものと思いました。皇軍の作戦に忍耐と協力を惜しまなかったインドネシア民族に対して、引き揚げる日本人の罪ほろぼしとしても独立戦争に参加しなくてはと思ったのです」

結婚

一九四六（昭和二一）年三月、バンドンではオランダ軍とインドネシア独立軍の戦いが激しくなった。オランダ軍はかつて蘭印軍の本拠地だったバンドンを必死に陥れようとしていた。再植民地化の足掛かりにしようとしたのである。空襲を含む連合軍の攻撃にインドネシア独立軍は抗しきれず、バンドンの町に火を放ち退却した。有名な「火の海事件」といわれるものであり、退却時、独立への意志を高らかに歌いあげた「ハローハローバンドン」は、独立軍の兵士たちによって歌いつがれ、現在でも折りにふれ歌われている。「ハローハローバンドン　美しい都よ、ハローハローバンドン　思い出深き都よ、長いこと私はあなたに会っていなかった、今はその町も火の海になってしまった、さあ、青年たちよ、取り戻そう」

オランダ軍の猛攻を逃れ、チアトル山中に退却する上田の目に、真赤に燃えたバンドンの街が見えた。かならず取り返すと誓った時、上田はインドネシアと離れることができなくなっている自分を改めて認識したという。足に負傷した上田はそのまま、チアトル近くの集落で治療に専念する。それが結婚につながっていった。

「ある時インドネシア人の知人が、かわいいジャワ娘がいるといって紹介してくれたのです。私もインドネシアに残る以上はインドネシア人にならないといけないし、それにインドネシア人の妻をもらおうかなと思っていたところでした」

バンドン出身の痩身で目の大きいその娘は名前をオノといい、上田より少し背が高かった。バンドン近くのスメダンにあるモスクで、村長、郡長、村人に祝福されて二人は結婚式を挙げる。出席者は、花嫁側は母と実兄、花婿側が上田の友人とインドネシアの青年たちだった。「質素でしたが感銘深い結婚式でした」と上田は懐かしそうにいった。上田が三一歳、オノは一八歳だった。結婚式で上田は自分の名前も変えた。上田はそれまで、上田の「ウエ」と金雄を「カンダ」ともじり、「ウエカンダ」と名乗っていたが、そんなおかしい名前はインドネシアにはないと、イスラム教の指導者が「アビデン」と命名したのだった。

足の傷が癒えると、上田は再び戦場に戻った。戦局はめまぐるしく動いていた。オランダとインドネシア共和国との領土の取り決めがされた一九四八（昭和二三）年一月のレンビル協定の調印、インドネシア国軍の中部ジャワへの移動「ヒズラ作戦」、その年の一二月、協定を破棄したオランダ軍がインドネシア側の領土に攻撃をかけたオランダ軍の第二次侵攻。インドネシアの各地では激しい戦闘が続いていた。

この時、上田もまたジョグジャカルタ山中で戦っていた。それは上田と妻のオノにとって忘れることのできない戦闘だった。

「ヒズラ作戦で我々の部隊も中部ジャワに移動せざるをえなくなりました。家族を連れて戦闘はできませんから、私は家内に残れといいましたが、あなたが独立のために戦ってくれているのだから、ついていくといってきかないのです」

上田はオノと生後三カ月の長男のプラトモを連れて、ガルトの山中を越え、タシクマラヤに出る。途中の農家で飯をわけてもらう、乞食同然の逃避行だった。「敵に見つからないように山の中ばかり歩いているから、塩が不足し、体がだるくて力が出ない。ひどい状態で海辺のチカロンという村に出ました。チカロンはタシクマラヤの南のインド洋に面した村です。そこで塩をつくりました。干潮時に白い砂浜に穴をいくつか掘ると、満潮時には海水が押し寄せ穴の中に海水がたまります。干潮時に、強烈な太陽が照りつけ穴の中の海水は蒸発し、穴の底にうっすらと塩だけが残り、それを集め袋に入れて、一カ月ほどかかってジョグジャカルタまで歩いて行きました。妻は栄養不良で乳が出なくなり、子は泣く力もありませんでした」

ようやくジョグジャカルタにたどり着いた上田は、有名なボルブドール仏教遺跡から北へ二〇キロほど行ったマゲランに近い農村の民家を借りた。しかし妻子とともに落ち着く間もなく上田は、独立軍のゲリラ部隊と出会い再び戦闘に戻ったが、オランダ軍に包囲されてオノが銃撃で負傷する。

「マゲランに現在住んでいる田中光之（元陸軍兵長／岐阜県出身）と、拠点にしている民家で銃の整備をしている時でした。オノは子どもをあやしていました。その頃、オランダ軍がスマラン方向から追撃し、近くまで来ているということは知っていましたから、一応歩哨も出していました。

突然、バリバリという機関銃の音がしたので、田中は軽機関銃を持って家の外に飛び出しました。弾丸は飛んでくるが、どこから攻撃されているのかがつかめない。私は腹這いになって裏口から外に出ていくと、若い兵隊は逃げて、誰もいません。私と妻だけが残されました。妻を呼びに戻り、長男を抱えて這って裏口から外に出ると、三〇メートルほど離れた竹で編んだ六畳ほどの大きさの粗末な家に妻とともに逃げ込みました。敵は機関銃を乱射してきました。竹の家ですからプスプスと音を立てて、弾が突き抜けていきます。私は実弾を込めて敵が現れるのを待ちました。しかし、子どもがいるからできれば撃ち合いたくない。突然、妻が、お父さん、やられたと叫び、苦痛に顔をしかめ大腿部に手をあてました。サロンが血でグッショリとぬれ、見ると弾丸は貫通していない。取り除かないとそこから腐ります。傷口の奥まで指を入れても弾には届かない。私は一瞬絶望的になりました。一〇〇メートルほど先には敵の戦車が見え、居場所を知られたらおしまいです。脱出できないなら、お前とこの子を殺して私も死ぬというと、妻は敵に捕まって残酷な殺され方をするよりも、ここで一緒に死にましょうと……。私は妻のこめかみに銃口をあてました。だけど、手が震えて引き金を引けない。妻は私を見て手を合わせていました。涙を流している妻の目は、私を信頼している目でした。私も声を殺して泣きました。私には撃てません。短い間ですが、信頼してついてきてくれた人間を……」

上田は語りながら、何度も手で涙をぬぐった。

オランダ軍の戦車は上田に気づかず、潜んでいた家のそばを地響きを立てて通り過ぎた。負傷した妻を励まし、長男を背負って家を出た上田は、懐に一丁の拳銃だけをしのばせた。自決の時に使う覚悟だった。降りだした雨にぬれながら、偶然に出会ったインドネシアの青年の道案内で一キロほど離れた集落にたどりつく。上田はオノの足から弾を抜き、ボホン・ミィニャク（油の木）から採った薬を村人からもらい、傷口に詰め込んだ。その夜、上田は体が弱っているオノのために、非常用にと持っていたわずかな米を炊いて食べさせたという。

上田がジョグジャカルタで所属した部隊は、クダプティィ（白い馬）部隊と呼称され、中部ジャワで最強の部隊だったという。再び戦闘の生活が始まった。闘いはゲリラ戦である。いくつかの集落を根拠地にして、戦闘の時はオノと長男を集落の長に預けて出かける。長い時で三日間ぐらい戦い、戻ってくる。そうした日々の中で、一九四九（昭和二四）年、上田な長男を亡くした。

「熱があるなと気づいたら、間もなく息を引き取って……。食うものもひどいし、山の中ですから医者も薬もなくて。あの子は何のために生まれてきたのでしょうか。神の山といわれるジョグジャカルタ近郊のメラピ山の麓に埋めました。富士山に似た裾野の長い美しい山です。埋めた場所はもうわかりません。ですから、メラピ山全体が長男の墓です。ジョグジャカルタに行くと必ずメラピ山に向かって合掌します。空が晴れて山がくっきり見える時は、長男の機嫌のいい時です。雨の日は泣いていて、噴煙の見える時は怒っているのです」

様々な死の中でも上田の脳裏から離れることのない一つの死である。

オランダ軍の第二次侵攻が始まった一九四八（昭和二三）年、上田は九人の日本人とともに、それまで根拠地にしていたスメダンから中部ジャワのジョグジャカルタに移動した。インドネシア人は汽車や車を使ったが、身元がばれる心配があった日本人は徒歩で移動せざるをえなかった。逃避行の仲間の九人は上田を含め、全て妻帯者だった。

バンドンからチカロンに行く途中の村で、「南《なん》ちゃん」と呼ばれた共同通信の従軍記者だった南（名と出身地不明）は、マラリヤに倒れ、亡くなった。村の人に手伝ってもらい、穴を掘っただけの簡素な葬式をした時のことである。村人が「この間、タシクマラヤの元日本軍航空隊の兵士が来て、日本人を置いていった。かわいそうだから連れてってくれ」と頼んできた。男の名前はスマルナーといった。日本人とわからないようにインドネシア名を使っていたので、日本名はわからなかった。

「話しかけると彼は大声で、番犬がいる、見ろといい、ウオーン、ウオーンと叫んだのです。驚いている我々の前で、急に走り出し、木に頭をぶつけ、血を流して気絶しました。よほど恐ろ

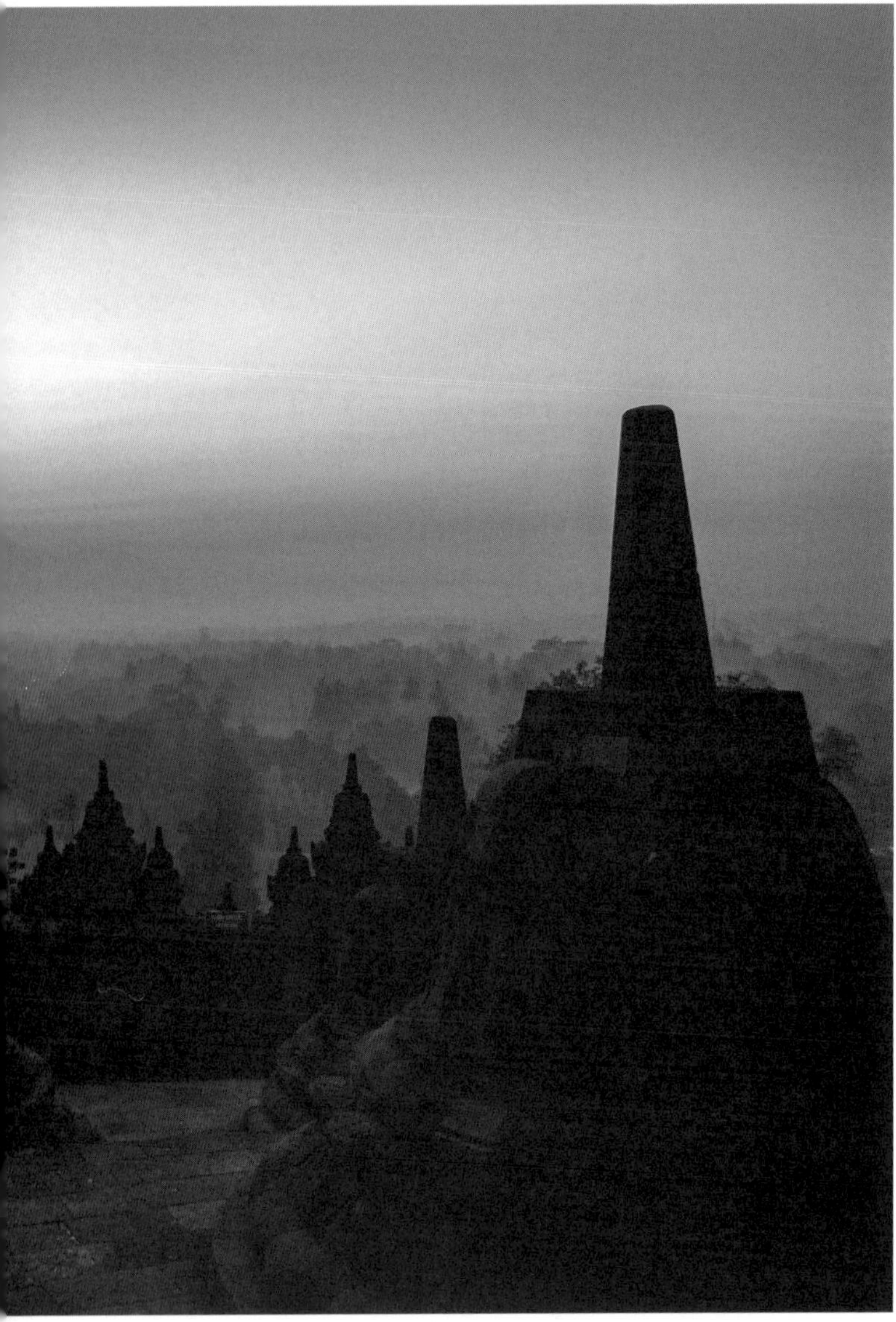

ボルブドール仏教寺院跡から見たメラピ山

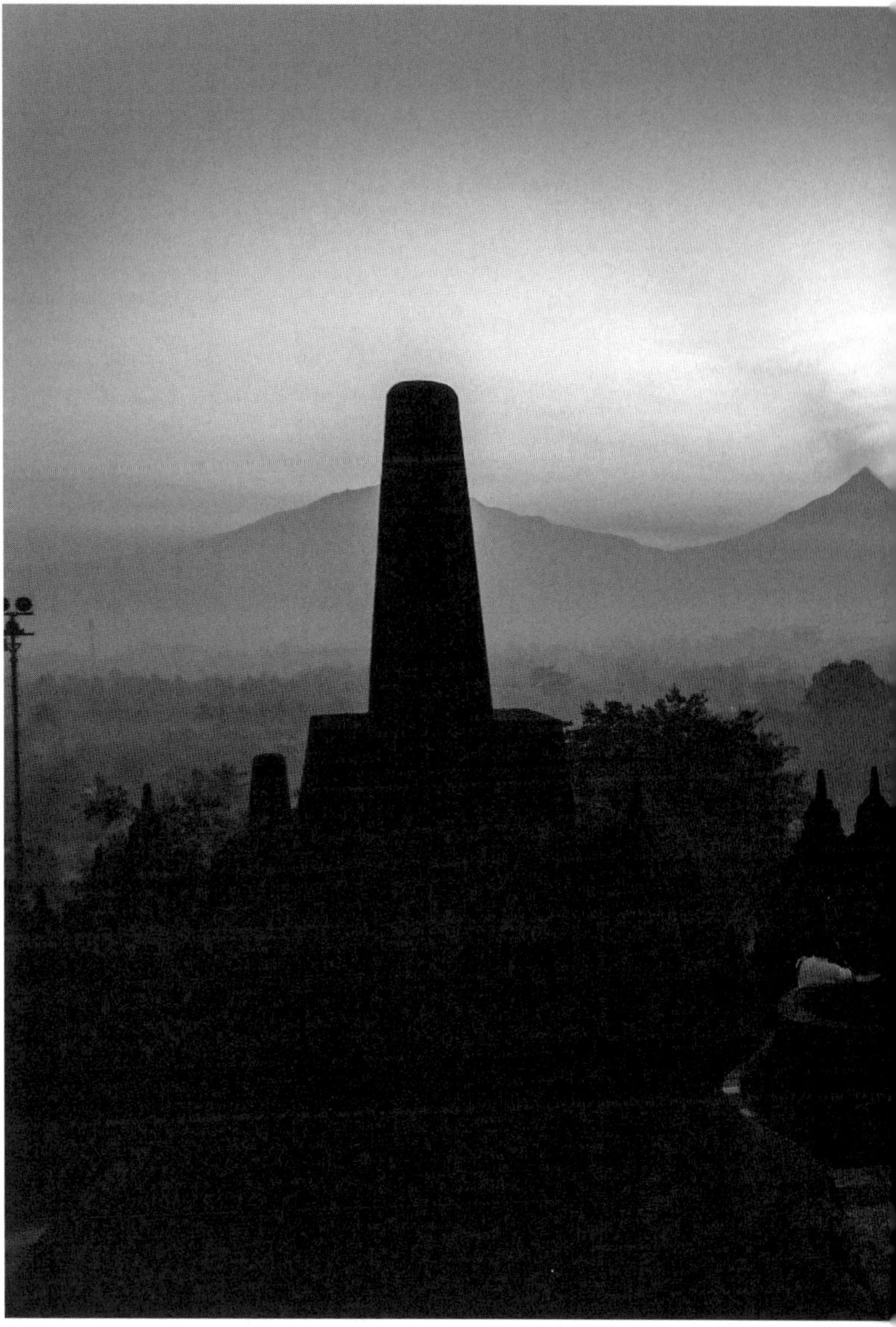

しい体験をしたのだと思います。彼を連れていく余裕がなく、とりあえず村に預けたまま、ジョグジャカルタ方面に移動し、戦局が良くなってから連れ戻してマゲランにある病院に入れました。彼はいつも病室の隅で、母親の写真と手紙をじっと見つめていました。たぶん母親の手紙だったのでしょう。時間があると、いつまでもながめ日本のことを思い出しているようでした。けれど我々が近づくと写真も手紙もさっと懐に入れ、オランダが来たといってわめくのです。とくに、竹を見ると荒れ狂いました。竹槍でオランダ軍と戦ったとか、竹藪に追い詰められたとか、何かがあったのですね。その後の消息はわかりません。おそらく亡くなったのではないでしょうか。日本にスマルナーらしき男が帰ったという話も聞いていませんから」。スマルナーが体験した極限状態は何だったのだろうか。私には、彼の消えずに残る母への思いが、せめてもの救いのように思えた。

上田は一九五〇（昭和二五）年三月に、インドネシア国軍を除隊し、マゲランに残って、独立戦争中に破壊されたオランダ軍の自動車の部品を集め、三台の乗合自動車をつくり営業を始めた。市内を走る上田の乗合自動車は人気があったという。その後、一九五三（昭和二八）年にジャカルタに出て、妻の兄の果樹園を手伝い、日系企業に勤めたりしている。

一時帰国

上田の生存の報が、故郷の岡山県大佐町に住む兄の輝雄のもとにもたらされたのは一九六九（昭和四四）年のことだった。呉港から出征して以来、二八年ぶり。輝雄はもちろん親族は上田の生存を知って驚いた。しかも、現地で結婚し子どももいるというのである。家族を驚かせたこの報せは、しかし、上田が自分でもたらしたものではなかった。当時、上田はジャカルタの合併会社「トヨタ・アストラ」で、現地採用の従業員として働いていたが、日本から派遣されたトヨタの社員が、上田のことを輝雄に知らせたのである。輝雄は病気だったので、甥の歳信がすぐにジャカルタの日本領事館に手紙を書くが、返事はなく、二回目の手紙のあと、ようやく上田からの返事が届いた。

「独立戦争が終わったあとは、食うことで精一杯でした。日本に連絡をする手段も、考えつかなかった。生活が落ち着いてからは、生死をともにした妻のことを思えば、帰国はあきらめるのが当然というものです。それでも、故郷に私の墓があると思うとおかしかったものです。日本に連絡すれば、皆に迷惑をかけるとばかり思っていました。妻のこともそうですが、何しろ、私が逃亡兵であることには間違いないですから」

それから一三年後の一九八二（昭和五七）年一〇月二五日、上田の他五人のインドネシア残留元日本兵を乗せた日航機が、東シナ海の上を飛んでいた。インドネシア残留元日本兵で組織した「福祉友の会」と日本国内支援組織「福祉友の会協力会」が、初めて実現させた厚生省の未帰還者特別援護措置による一時帰国である。上田は胸中複雑な思いがあった。四〇年ぶりの故国は懐かしく、胸がおどったが、心の片隅では、恥ずかしさをぬぐうことができなかった。かたときも脳裏から離れず、悩み続けた三文字「逃亡兵」。日本に着いたら、どのように釈明したらいいのだろうか。日本の肉親や社会はどのように我々を迎えてくれるのだろうか。日本が近づくにつれ不安はつのった。二六日午前五時、鹿児島だ、と誰かが叫んだ。窓から見下ろした懐かしい祖国は、しかし、老人性白内障を患っていた上田には、ぼんやりとした緑にしか見えなかった。

午前七時二〇分、日航七二二便で、この日のために新調した背広にネクタイ姿の上田は四〇年ぶりに故国の土を踏んだ。機内から到着ロビーまで、一行の林京一（元陸軍上等兵／和歌山県出身・一九八七年死去、一〇四頁参照）が手をにぎってくれたが、体のふるえがとまらなかった。出口あたりで報道陣のシャッター音が聞こえ、突然前方で万歳、万歳、という声が沸き上がった。視力の乏しい目に、日本とインドネシア両国の旗がふられているのがぼんやりと映った。「祖国の人たちに歓迎されている」と思った時、体から力が抜けるように感じたという。

一時帰国する前に上田は、兄の輝雄に寄せた手紙にこう書いている。「今は小さな果樹園を耕し生活をしています。しかし、私は目が不自由になり物を見ることができません。一時帰国できる時には、懐かしい大佐山や郷里の姿を一日中ながめていたいと願っています」。輝雄は入院の準備を整えて待っていた。岡山大学病院で手術を受けた上田は、光を取り戻した。

上田は故郷が四〇年ぶりに見えた時の印象を「病院の窓からポプラの木が見えました。すーと空に伸びていました。そして次に松の木が見えました。松を見て初めて日本だと思いました」と話している。視力を回復して生家に戻った上田は、子どものころ遊んだ川や野原を十分に懐かしみ、楽しんだ。母校の小学校の校庭に立った時は、思わず、あれが大佐山だと叫んだ。苦労した弟にと、輝雄があつらえてくれた新しい眼鏡と入れ歯も心地よかった。一二月、三五日間の滞在を終えて、上田は再びオノが待つインドネシアに飛び立った。

翌年の三月九日の朝日新聞に、上田はこう投書している。「日本の皆様。私は昨年の秋、一時帰国で四〇年ぶりに夢にまで見た日本の土を踏み、皆様の御厚情で失明同然の目に光を回復していただいた、インドネシア残留元日本兵です。戦後ずっと祖国と肉親に後ろめたさを持ち続けていた私にとって、何よりもうれしかったのは、成田空港や故郷で、まだうっすらとしか見えない目に映った日の丸とインドネシア国旗による温かい歓迎でした。この時の気持ちはちょっと言葉では言いあらわせません。許された、免罪符をいただいたといった感じでしょうか。逃亡兵、脱走兵と呼ばれる負い目がどんなものであるか、若い人たちには理解できないでしょう。病院での手術が成功し、故郷の山河がくっきり見えた時は、涙が止まりませんでした。インドネシアに帰って、仲間からお前は一番の果報者だといわれています。今、女婿の家具店を手伝う一方、新しい商売を準備中です。これも全て厚生省や福祉友の会協力会はじめ、日本の皆様のおかげと感謝しています。また六月には第二陣が里帰りする運びですが、六〇、七〇歳を越える老人たちは、私がそうであったように不安で一杯のようです。どうぞ私同様、温かく迎えて下さいますようお願い申し上げます。ジャカルタ市、ムハンマド・アビデン（旧日本名、上田金雄）」

陸軍病院

ジャカルタにあるカテイスグルト陸軍病院の長い回廊を渡ると、消毒薬の臭いが鼻についた。鉄筋の近代的な病棟の下を流れるドブ川に沿って、夾竹桃《きょうちくとう》の赤い花が咲いている。川の右にある木造の古い建物が上田の入院している五号棟一〇七号だった。最初に会った一九八五（昭和六〇）年二月一〇日からわずか三日後の二月一三日、私は上田が入院したと聞いて、急いで病院を訪れたのだった。

上田は大部屋の病室の窓際のベッドで目を閉じていた。枕元にいたオノが私を見て頭を静かに下げた。「上田さん」と呼んだが答える様子がない。しばらくして私に気づくと、寝たままで息をつぎながら話した。「今日は勘弁してください。薬を大量に飲むものですから、まったく食欲がないのです。苦しくてだめなのです。早く良くなって仕事をしなくてはいけません。私と仕事をする人間が待っているのですが」。上田はがんを患っていた。私は上田の顔を見ていることができず、病室を出た。夾竹桃の咲く川まで来ると、どこからか「海ゆかば」が聞こえてきた。振り返ると二六歳になる上田の二男のマルヨノの姿が見えた。上田が教えた日本の軍歌を口ずさんでいたのだった。彼は「父はもう長くないと思います」と静かにいった。

一カ月後の三月一一日、私は再び陸軍病院を訪れた。上田はベッドに起き上がり笑顔を見せながら、「うれしいことに明日にも退院できるということです。この首のところの腫れもなくなりました。たぶん薬が効いたのでしょう。それはそうと、南里（勇・元陸軍軍属／佐賀県出身）が亡くなったそうじゃないですか。実は日本の姉から電話が入りましてね、アビデンが死んだと聞いたが、生きているのかというのです。私、アビデンは病院に入っておりますが死んではいません。誰かが南里と間違えたのでしょう。それにしても滑稽です。本人に死んだのかと聞くんだから」といって笑った。この日の上田は雄弁だった。

「見てください、この病室も、もう私とあそこにいる二人だけです。同じ病室で仲間が死んでいくのを見ることは辛いことです。薬で食欲がなくなったので、どうにかしなくてはと思っていましたが、そうだ梅干しだと気づきました。日本ではお粥に梅干しを入れて食べる。それで息子に日本食品店に行かせ、買ってこさせました。食欲が出るのです」

私は自分の帰国の日が近づいたことを告げた。「残念ですね」といいながらオノを振り返り、インドネシア語で「長さんが日本に帰る」といった。オノは優しい目で手を差し延べて、日本語で「ありがとう」とだけいった。柔らかく温かい手だった。

帰国した私のもとに、上田の訃報が届いたのはジャカルタを発ってから二カ月後だった。一九

上田の遺髪は上田の死後、故郷に届けられ大佐山の見える墓地に埋められた。1985年2月10日、上田の義兄ハロム宅で

八五（昭和六〇）年五月六日午後一時、上田はあの陸軍病院で亡くなった。享年七〇だった。翌七日、インドネシア国軍葬がジャカルタのカリバタ英雄墓地で行われたという。インドネシア軍の階級は大尉であった。

鶏頭の花の咲く家で、初めて会った上田は、「呉海軍軍需部に入隊した時のものです」といいながら、茶封筒の中から数枚の写真を取り出して見せてくれた。写真の上田は初々しく、少年の面影を残していた。正面を見つめた黒い瞳は純粋そのものに見えた。私はふと、異国の地に上田を留まらせたのは、この「純粋さ」なのだろうと思った。

写真を見ている私のそばで、上田が問わず語りに話したことを思い出した。「戦後、二回ほど日本に帰るチャンスがありました。しかし、妻を残して日本に帰ることはどうしてもできませんでした。最初は偽装結婚のようなものだったとはいえ、子どもができ、苦労をともにして、今まで四〇年も一緒に生きてきたのですから」。しみじみとした口調だった。

もう一つの白い封筒は中央が少し盛りあがり、隅に小さいしわができていた。封を開き中を覗くと黒い繊維状のものが見えた。「私の遺髪です。私は英雄墓地に眠ることになる人間です。国籍もインドネシアですし、英雄勲章も持っています。しかし、私は日本人です。私が死んだら、遺髪だけは故国の大佐山に埋めてもらうつもりです」。それから上田は傍の棚から筆と硯《すずり》を取りだし、封筒の上に筆を走らせた。「上田金夫遺髪　昭和五十七年十一月」。私は不思議な気がした。上田の名前は金雄のはずだし、いまは昭和六〇年二月だ。いぶかし気な私の顔を見て上田は、「金夫のほうが字画がいい。昭和五七年一一月は、日本に帰った時の記念だよ。こうして字が書けるのも、帰国したおかげだからね」と笑った。

　岡山県大佐町にある甥の歳信の隣家に、上田が亡くなった翌月、上田とともに働いたという高橋というビジネスマンが訪れて、オノに頼まれたという封筒を置いて立ち去った。この時、歳信は病気で岡山大学病院に入院して留守であった。帰宅した歳信の妻、孝子が、封を開くと、中に遺髪が入っていた。上田の遺髪は二年後、病死した甥とともに上田家の墓に葬られた。上田が子どもの頃に遊んだという小川の近くにある墓地からは、大佐山がよく見える。

断章　第三部

トロッコで逃避行

元陸軍上等兵・赤岩秀吉の場合

赤岩秀吉――①元陸軍上等兵②ザイアル・アビデン・アカイワ③一九二一（大正一〇）年一一月二五日④鹿児島県串木野市⑤ジャワ島スカブミ⑥自動車修理工・ダム工事等に従事⑦妻と子ども四人⑧一九九七（平成九）年五月六日、死去

「独立戦争は遠い昔の思い出です。一九四七（昭和二二）年、すでにパレンバンの飛行場中隊を離隊し独立軍に入っていた私と富永定仁と大野庚（元陸軍上等兵／新潟県出身）は、スマトラ島のテビンテンギーから、南部戦線に移動するため早朝三時に駅に集合しました。しかし、汽車がありません。内地でトロッコは扱いなれているという大野の言葉を頼りに、ブレーキがついていないトロッコに乗ることになり、私も富永も不安ながらも彼のいうなりに乗り込みました。ゆるやかな下り坂でトロッコは加速がつき、平坦な駅も登りも何の抵抗もなく通り過ぎ、初めは押す必要がないと喜んでいましたが、スピードが時速一〇〇キロくらいになると、恐怖に襲われました。大野が、通過した駅で、止めてくれと大声を出したがどうにもならない。運を天に任せるとはいいますが、トロッコに任せたのは我々だけに違いありません。轟音をたててカーブでトロッコは

引っくり返り、私たちはふきとばされました。でも幸いなことに大した怪我もなく、歩いて八時間かかるところをわずか四〇分で目的地に着いたのです。

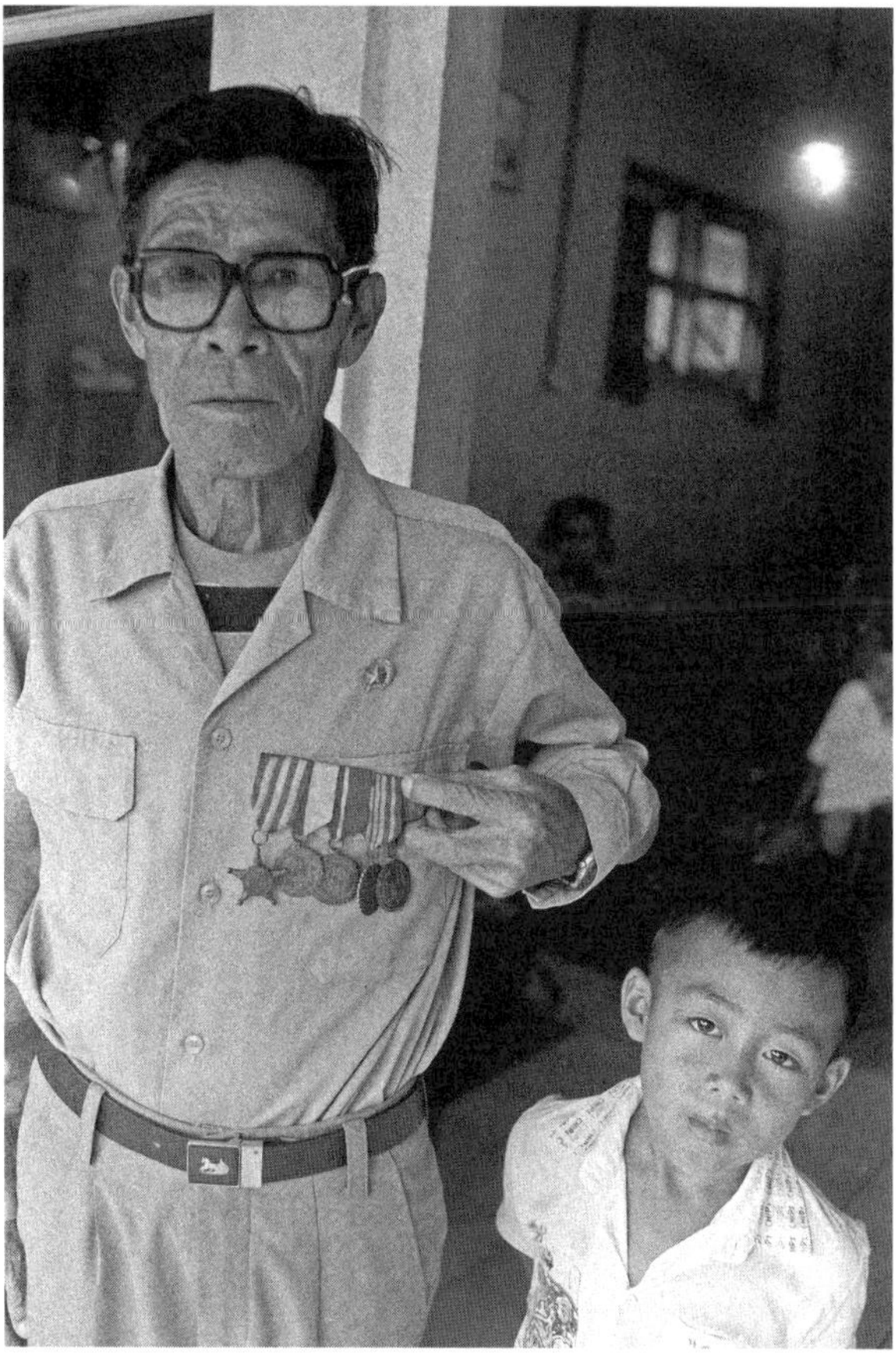

赤岩は、「私にとっても家族にとってもこの英雄勲章（左の星型）は誇りであり、私の血がインドネシアで生き続けるのです」といった。一九八五年二月一一日、スカブミの自宅で

その後、大野は南部戦線で五発の弾丸を受け、一九七四（昭和四九）年にその傷がもとで亡くなりました。私の青春は独立戦争そのものなのです」

インドネシア国籍取得

元陸軍主計軍曹・山梨茂の場合

山梨茂――①元陸軍主計軍曹②サリム・ヤマナシ③一九二二（大正一一）年二月九日④東京都⑤スマトラ島メダン⑥日系企業勤務⑦妻と子ども四人⑧死去日不明

「私は学徒兵です。一九四三（昭和一八）年四月一四日、近衛歩兵第三連隊に入りました。その頃私は中央大学の学生で、比較的華奢《きゃしゃ》だったので、経理を志願し、翌年の一月に経理部二種幹部候補生として、経理室勤務となりました。小銃がソロバンになり安心したものです。終戦とともに日本兵は全て銃殺されるといったような噂が飛び交い、これでは殺されると思い、一九四六（昭和二一）年一〇月私はスマトラ島ブラスタギーで離隊し独立戦争に加わったのです。独立戦争中オランダ軍に捕まった元日本兵が戦車で引き回され殺されたと聞きました。ところが戦後何年かたってその元日本兵が無事日本に帰っていると聞き愕然としたものです。スマトラから日本に引き揚げた学徒兵の中には企業のトップや大学の先生に出世した連中もいます。これは運命だからしかたのないことですが。

独立戦争後は東洋綿花メダン支店に入り、現在はメダン支店長をやっています。我々がインドネシアに残って一番の問題は身分が不安定なことでした。何といっても脱走日本兵ですから、どうしても日本から人が来ると肩身が狭くなるわけです。一九六二（昭和三七）年から三年にかけて東洋綿花がスマトラ島のアチェ州にパルプ工場を建設し、古内大使（当時）がジャカルタから工場見学に来られて、私が通訳をしました。そのおり大使に、あなた方が一番困っていることは何ですか、と聞かれ、インドネシアの国籍がとれずに困っていると答えました。それから一年もたたない一九六三（昭和三八）年の一二月に、大統領令第一三号令により、残留者は申請すれば、全員インドネシア国籍が取得できることになったのです。独立戦争に参加した意義が認められたのですから大いに感激しました」

山梨は、「いずれ私も英雄墓地に眠ることになりますが、日本人として独立戦争に参加したことが墓碑に書かれないことは残念です」といった。一九八四年八月七日、メダンの英雄墓地で

オランダ人上官に反抗して

元海軍軍属・吉良勝利の場合

吉良勝利――①元海軍軍属②ムハンマド・アバス・キラ③一九一七（大正六）年三月一八日④愛媛県⑤ジャワ島ジャカルタ⑥自動車工場勤務⑦妻と子ども二人⑧一九九五（平成七）年一一月八日、死去

「一九四五（昭和二〇）年八月一六日夕刻、ジャカルタの一〇二海軍軍需部に所属していた私は、終戦も知らずに、軍の仕事でジャカルタのタンジュンプリオク港に出かけ、帰りの道をトラックで急いでいました。道は混み、ようやく帰隊したところ、週番士官が道に跳び出し、私の車にぶつかりそうになりました。私はとっさにばかやろうと怒鳴った。怒った士官に私は車から引きずり下ろされ、さんざん殴られました。私はそのことがもとで、バンドンに配置換えになりました。ところが二カ月後の一〇月一九日、私の所属していた部隊八六名が、西ジャワのブカシでインドネシア武装集団に襲われ、惨殺されてしまったのです。

バンドンに送られた私は、連合軍の車両整備工場で使役につきました。ある日大尉と称するオランダ人が仕事中なのに敬礼せよというのです。仕事中の敬礼は不必要といわれていたので無視すると、私に平手打ちをくれたのです。私はカッとなり、持っていたハンマーで殴りかえしました。

一部始終を見ていたイギリス兵がお前が正しいといって逃がしてくれました。その後、オランダ軍の捜索が始まり、ビンタをくらった日本人は銃殺だという噂が耳に入りました。そんなことで殺されたらたまりません。それで独立軍に参加したのです」

一九八四年一二月、私は吉良と一緒にジャカルタからチレボンまで汽車に乗ったが、吉良は車内の老人や子どもたちにまで弁当を振る舞った。一九八六年八月一二日、ジャカルタの吉良の勤める自動車工場前で

戦犯名簿にあったイニシャル

元陸軍兵長・森下孝之助の場合

森下孝之助——①元陸軍兵長②ムハンマド・サハラ・モリシタ③一九一九（大正八）年八月一日④大阪府貝塚市⑤スマトラ島ルブックパカン⑥診療所開業⑦妻と子ども三人⑧一九九〇（平成二）年七月七日、死去

森下を訪ねて、元陸軍主計軍曹・山梨茂の運転する車でメダンから一時間の距離にあるルブックパカンに着いたのは、真昼の太陽の照りつける昼下がりだった。POLIKLINIK（診療所）と書かれた看板が森下の家だった。家の中は診療所特有の薬の臭いもなければ、患者が来ている様子もなかった。

森下は敗戦の年の八月二五、六日頃、終戦を知らされた。一〇月、所属する部隊は連合軍によってメダン近郊の農園に収容され、森下は日本軍関係者の復員名簿の作成を命じられた。森下は「これで日本に帰れると、もううれしくてしかたありませんでした」という。ところが、復員名簿をもとに戦争犯罪人該当者名簿らしきものがつくられ、それに森下のイニシャル、K・Mがあると知らせたのは戦友だった。森下は銃殺刑を恐れ、逃亡した。イニシャルが自分であるかどうかを確かめたのかという私の質問に、森下は「名簿も見ていません、戦友のいうことだけを信

じました。それが今でも悔やまれてなりません」といった。森下は独立戦争後も、連合軍の追及があると人目を忍んで暮らしていたという。私が調べたスマトラ二十五軍関係の戦犯処刑者の中に、元陸軍軍曹の宮原清人という姓名があった。イニシャルはK・Mだった。

私がインタビューした三時間の間、患者は一人も姿を見せなかった。インタビューを終え別れの挨拶をすると、娘と付き合っていた日本の青年が結婚の約束をしながら日本に帰り、音信がないから探してくれといった。帰国した私は、一枚の名刺を頼りに探したが見つからなかった。

戦後は戦犯の汚名におののいていたという森下。やはり戦争は罪悪としかいいようがない。一九八六年八月一四日、ルブックパカンの自宅前で

忠良な国民

元陸軍軍曹・石原征后の場合

石原征后――①元陸軍軍曹②ウマル・イシハラ③一九一三（大正二）年一〇月三〇日④山梨県⑤スマトラ島バタンクイス⑥診療所開業⑦妻と子ども八人⑧一九八五（昭和六〇）年一一月九日、死去

石原はスマトラ島メダンから車で一時間ほどのバタンクイスという小さな町で、診療所を開業していた。診療所といっても正式な医師の免許を持たない石原は、医師の看板を借り診察をしている。石原は日本軍時代、近衛第二師団第四野戦病院に勤務していた。その経験を活かしての仕事である。医師の少ないこの町では、次から次に患者が石原のもとに通ってくる。この町に石原は欠かせない。

なぜ、ここに残ったのですかと私が聞くと、石原は、

「日本よい国、清い国。世界に一つの神の国。日本よい国、強い国。世界に輝く偉い国。我々はこのように教育され、忠良な国民であることを求められていました。敗戦でおめおめと祖国に帰るわけにはいきませんでした」

といいながら笑った。

その表情には淋しさがにじんでいた。老婆が来ると「今日はどうしたの、どこが悪いの」とやさしく石原は話しかけた。

診療所の看板をかけてはいるが、粗末な椅子と机が置いてあるだけで、医療施設や薬の棚があるわけではない。

診療所は長いのですか――。

「私がインドネシアで生きていくには診療所が一番だと思いました。独立戦争のあとも日本軍から持ち出した多少の医薬品がありましたから、それをもとにしてこの地で開業したわけです。日本軍時代は戦傷兵の面倒を見ていたのですが、今は患者が年寄りと小さい子どもがほとんどですから心が休まります」

また老婆がやってきて、石原の診療を受けたあと大きな声で、石原に向かってインドネシア語で訴えている。

どうかしたのですか――。

「いつものことですよ。あのおばあさんは悪霊が腹に住みついたといって三日に一回の割合で来るのですが、最後には診察代をまけろといってわめくのです。でもね、話を聞いてやれば納得して帰っていきますから、それでいいのだと思っています」

石原は、呪術や祈祷などの非科学的なものが、医療の障害になるのだが、それとうまく付き合うのもこの地では必要なのだといった。

失礼ですが石原さんの一カ月の収入はどのくらいですか――。

「そうですね。だいたい一五万ルピアといったところですね。ここでは一カ月の生活費がだいたい一〇万ルピアですから、どうにか生活はしていけます。ここの人たちから儲けようという気持ちはありません」

石原の家族は奥さんと子どもが八人、その中にアケミ、ルミ、エミコ、サナエといった日本名をつけた娘もいる。

日本名をつけた理由を石原に聞くと、少し考えたあと、

「日本への郷愁でしょうか」

と静かな口調でいった。

写真を撮るために外に出ると近所の青年たちが集まってきて、

「トワン・ウマル（ウマルさん）、日本からの客人か」

と尋ねた。

うなずきながら石原は丸い眼鏡の奥を細めて笑った。写真を撮ったあと石原が、撮影料はいくら払えばいいのだろうかと私に聞いた。多くの残留元日本兵を訪ねたが、初めて聞いた言葉に私は驚いた。石原は写真を撮られると撮影料を払うものと思っていたのだった。

石原は一九八五（昭和六〇）年一一月に、三年来患っていた心臓病と腎臓炎が併発して亡くなった。私が訪ねた時に病気のことをおくびにも出さなかった石原は、今はバタンクイスの一般墓地で

インドネシア人ウマルとして静かに眠っている。

中央が石原、右後ろが末娘エミコ、左後ろが妻ラマラ、左右は孫。一九八四年八月一一日、石原の診療所で

妻がいたから

元陸軍憲兵伍長・堤清勝の場合

堤清勝――①元陸軍憲兵伍長②リデワン・ツツミ③一九一九（大正八）年一一月一三日④北海道函館市⑤ジャワ島ジャカルタ⑥農業、日系企業勤務等⑦妻死去、子ども八人⑧一九八九（平成元）年七月一三日、死去

「日本の敗戦後、オランダは再植民地化するため、スマトラ島のアチェに住むインドネシア人と日本軍を戦わせようと謀略作戦に出ました。憲兵だった私はインドネシア側要人に謀略にのらぬように説得するため離隊し、説得は成功しました。一九四六（昭和二一）年の終わりに、日本軍は帰国のため集結地オレレ港に向かって移動しました。私はインドネシア住民と沿道で日本軍部隊を見送りましたが、砂塵を巻き上げ去っていくトラックを見て、追いかけたい気持ちにかられたものです。しかし、離隊した以上、戻るわけにいきません。

私に希望を与えてくれたのは、当時一七歳の私の妻のラウヤでした。ラウヤとは、一九四六年、北スマトラ島メダン郊外ビンジャイで結婚しました。独立戦争の最中のことで、ビンジャイの実家に妻を置き、戦闘に出ては妻のもとに帰るという生活をしていました。独立戦争の終わる一九四九（昭和二四）年に長女が生まれ、日本式にヨシコと名付けました。機会あって一九六五（昭和

四〇）年に北海道に半年間里帰りした時、妻はもう帰ってこないものと思ったそうです。その後、私は、ジャカルタに移り、三菱商事木材部、三井不動産建設、帝人などの日本企業の出先に勤務しました。その妻も一九八一（昭和五六）年八月二七日脳溢血で亡くなりました。五三歳でした。妻とは三六年間生活をともにし、その間八人の子どもを育ててくれました。家庭持ちが良く、先立たれた時は、片腕を切り取られた思いでした。インドネシア国籍をとった私が戦後をそれなりにやってこれたのも、妻がいたからだと思います。インドネシア人とはいえ異民族という意識はまったくありませんでした。し、彼らの方が日本人より異民族に対しては寛容なようです」

普段は日本軍憲兵時代と独立戦争のことしか話さない堤だった。一九八五年二月二〇日、ジャカルタのサバンホテル前

戦時補償一時金

元海軍兵曹長・千代森道治の場合

千代森道治——①元海軍兵曹長②ウマル・チヨモリ③一九一七（大正六）年四月二四日④鹿児島県鹿児島市⑤ジャワ島レンバン⑥農業⑦妻と子ども七人⑧一九九五（平成七）年八月四日、死去

「私は一九三四（昭和九）年六月一日に佐世保海兵団に志願兵で入りました。以来、敗戦の年の一二月六日にジャカルタ海軍第五警備隊を離隊するまで、日本海軍に足掛け一二年軍籍を置きました。無事日本に帰国していれば当然、戦傷者戦没者遺族等援助法・恩給法により経済補償されているわけですが、日本国籍を離れた私も含めた残留元日本兵には両法が適用されていません。一九八二（昭和五七）年に福祉友の会の伊丹秀夫さんが、少なくとも国籍をとるまでは日本人であったから戦時補償一時金を受け取る権利があると提案され、申請書の書類が送られてきました。しかし、五〇年前の軍歴を細かく思い出すのは容易なことではありません。それでも私はだいたい間違いなく書きましたが、日本政府はなしのつぶてです。

残留元日本兵のほとんどは七〇歳を過ぎた老人です。書類さえ書けない人もいると思います。インドネシアでは福祉制度は整備されていませんし、戦後の混乱の中で老後のことまで考えてい

孫とチェスに興じる千代森。一九八四年一二月一六日、レンバンの自宅で

る余裕はありませんでした。ですから、すでに古稀を迎えた廃人同様の我々にとって、戦時補償一時金こそ最後の天恵といえます」

千代森とインドネシア人の妻との間に生まれた七人の子どもたちは立派に成人し、今は孫たちに囲まれた安穏な日々を送っている。

伊丹の提案した戦時補償一時金は、残留元日本兵が生きているうちに出るのだろうか。

国は国民がつくるもの

元陸軍上等兵・辛川国次の場合

辛川国次——①元陸軍上等兵②ウイラ・カラカワ③一九二一（大正一〇）年二月三日④熊本県⑤ジャワ島ジャカルタ⑥日系企業勤務・新聞集金員⑦妻と子ども五人⑧一九八五（昭和六〇）年九月二一日、死去

「国とか国家とかいいますがいったい何なんでしょう。国のために玉砕覚悟でインドネシアまで来て、終戦を迎えたスマトラ島パレンバンの第八十八飛行場警備隊で最初の上官命令は、自分たちで掘った塹壕を埋め戻せ、だったのです。何だか馬鹿らしくて気力が抜けていったのを覚えています。もう日本という国はなくなったと思い、米と三八銃を持って戦友四人と離隊しインドネシア独立軍に入りました。独立軍の階級は少尉で、一九四七（昭和二二）年頃、パレンバン近郊でオランダ軍と遭遇し、擲弾筒でインドネシア兵四名が即死、私は足と腹と腕をやられました。近くの部落に運ばれて、止血に効くと生卵を二つ飲まされました。そんな戦闘の場面が今でもぽつんぽつんと浮かんでくるのです。

部下のインドネシア人が、オランダから独立し自分の国をつくると話していた時は羨しいと思いました。国は国民がつくることを初めて知ったのです。

英雄勲章をもらいましたが、名誉だけでは生活していけません。今は新聞の集金業務をやって、二〇万ルピアの月給から家賃三万五〇〇〇ルピアを引かれるとジャカルタでの生活は楽ではありません。故郷ですか、それは懐しいです。でも、親、兄弟もすでに亡くなり帰る気はしません。貧乏していますが、やはり独立を勝ち取った、この国が私の国なのです」

辛川の胸についているのは在郷軍人章。ソンコ帽のこのスタイルで出勤していた。一九八四年一一月二九日、ジャカルタのプレジデントホテル前で

ヤブ医者

元陸軍軍曹・木村実の場合

木村実——①元陸軍軍曹②スデマン・キムラ③一九一九（大正八）年三月一五日④東京都⑤スマトラ島テビンテンギー⑥医者・農園経営等⑦妻と子ども三人⑧一九九九（平成一一）年一一月六日、死去

一九八四（昭和五九）年八月四日、私が宿泊しているメダンのデルガスリヤホテルに木村が小型トラックで迎えに来たのは午前一一時だった。武田信玄を思わせる入道頭のこわそうな風貌に私は少々たじろいだ。

「昼飯はまだでしょう」という木村の言葉に誘われメダン市内の中華料理店に入った。木村は店の内外を気にしながら、豚肉のたっぷり入った中華そばをおいしそうに食べた。「木村さんはイスラム教でしたね」と聞くと、「女房には内緒だよ。メダンに出てくる楽しみはこれなんですから。人間、豚肉を食わなくては力が出るはずがないですよ」と大きな声で笑い、うまそうにスープをすすった。木村にとっては宗教はインドネシアで生きるための処世術のようであった。

メダンから二時間、椰子の木やゴム園の続く国道を南下したテビンテンギーに木村の家があった。紹介された奥さんはまだ二〇代とのことで、あまりの年齢差に私は驚いた。木村は「ここは

二番目の妻の家で、一番目はテビンテンギーの郊外で農園をやっている。私がいるのはほとんどこの家です」とポツリといった。イスラム教徒は四人まで妻を持つことができるのである。

「私は終戦をメダンで迎え、終戦後、連合軍の車両部品をメダンから一〇〇キロ離れたマハリット農園に運ぶ途中、インドネシア人に捕まり、部品を与えてしまいました。近衛第三連隊に帰れば処罰されるに決まっていますから、そのまま離隊逃亡しました。復員船の第一陣二隻が魚雷で沈められたと聞いていましたから、いい機会だと思いました。

豪放磊落な木村。1984年8月4日、木村の自宅で

独立戦争が終わってからは食うのが大変でした。戦争にとられて実社会の経験がないんですから、何をして食っていいかわからない。

残留元日本兵の多くは華僑の店で車の修理工などをやっていましたが、私は、人に使われるのはいやでした。

しかし、人間やる気になれば何でもできるものです。

独立戦争中に覚えた、拳銃の製造や兵器の修理の技術を活かして、連合軍が捨てたミルク缶を拾い集め、それでブリキの玩具をつくりました。トバ湖に近いパラヌリシテンパンの市場に持っていくと評判が良く、驚くほど売れました。売れると真似をして同業者が出てきました。それではと、今度はドラム缶をたたいて鍋をつくりました。これは労力が大変なわりに儲からずやめました。

次は医者をやるためにテビンテンギーに出てきました。ブリキのオモチャ屋のオヤジが医者になっても信用はありませんから場所替えです。

戦争で負傷兵の治療を見てきましたから、見様見まねです。これは儲かりました。しかし、長いことできる商売じゃないです。もし患者が死んだら叩き殺されます。だから、死にそうなのは見ないのです。初めから、これはもう危ない手遅れだというわけです。ですから治ると大変でした。あのドクターは名医だということになりましてね。儲かりましたが医者は早めにやめました。ヤブもいいところなんですから、もしものことがあったら私の命がありません。今でも、この町では私のことをドクターと呼ぶ人もいます。まいりますね。その後、一番目の女房と結婚して農園を経営し、今は国営アルミ工場イナルムの総務係をやっています」

木村はインドネシアで生きるためにイスラム教を上手に使い分けていた。しかし、プライバシーをあまり語りたがらないのは、日本人の一夫一婦制に対して引け目があったのではなかろうかと思われた。

木村は笑いながら二番目の妻と子どもたちを紹介した。一九八四年八月四日、木村宅で

私が木村に会った翌年の六月、レバラン（断食明け儀式、日本の新年祝賀のようなもの）の最中、木村の運転する車は妻と子どもを乗せメダンに向かっていたが、道路に飛び出した子どもを避けようとハンドルを切りそこね、その弾みで車は三転して溝に突っ込み止まった。

この事故で同乗の五歳の子どもが即死し、木村も重傷を負いメダンのエリザベス病院に入院した。二カ月の療養のあと、職場に復帰したが、子どもを失った衝撃は余りにも大きく、すっかり老け込んでしまったと、私は人づてに聞いた。

親友

元陸軍兵長・岩井正男の場合

岩井正男――①元陸軍兵長②ムハンマド・ユスフ・イワイ③一九一七（大正六）年一二月九日④群馬県⑤スマトラ島ピマタンシャンタル⑥自動車修理工場経営⑦妻と子ども二人⑧一九九三（平成五）年七月一日、死去

一九八四（昭和五九）年八月四日、スマトラ島のピマタンシャンタルの岩井が経営する自動車修理工場「ベンケル・トウキョウ」（東京修理工場）に連れていってくれたのは、元陸軍軍曹・木村実である。木村は道すがら、「やはり日本人だけあって岩井は仕事が丁寧で仕上げがいいんですね、だから評判が良くいつも繁盛しています」と話した。

木村と岩井は独立戦争以来の親友である。二人とも海釣りが趣味で、仕事の合間を見ては二人でマラッカ海峡のタンジュンバレー等で釣糸をたらす。二週間ほど前に岩井は、一人で釣りに出掛け大物を釣った。「どうだい木村さん最近は、でかい魚を釣れたかい」「そりゃ、あんたと違って腕がいいからな」「どう、こんなの釣ったことはないだろう」岩井と一緒に写っている背丈ほどあるメバチの写真を木村に見せた。「ほうー、魚もあわれんであんたに釣られたんだな、これは」「木村さん、すなおに負けたといいなよ。二時間はかかったな、釣りあげるまでに。写真が

あるから木村さんも降参だな」と岩井がいうと、木村は悔しそうな顔をした。私は二人の少年のような会話に心が和んだ。

木村が午後七時に引きあげると、岩井は「彼とは長い付き合いですね。何でも話をできるのです。異国にいるとやはり頼りになるのは日本語の話せる親友です。週に二、三回行き来をしています」といったが、肝心の離隊のことは、話したがらなかった。まだ小学生だという岩井の子どもが脇によりかかり甘えた。部屋の壁には、昭和天皇とともに父・末次郎の写真がかかげてあった。

岩井正男。1984年8月5日、岩井の自宅で

親友の木村実と。1984年8月4日、ピマタンシャンタルの中華料理店前で

若かったから逃げたのでしょうか

元海軍雇員・石堂明吉の場合

石堂明吉――①元海軍雇員②イデリス・イシド③一九二三（大正一二）年九月一日④福岡県大牟田市⑤スマトラ島メダン⑥日本人学校勤務⑦妻と子ども二人⑧二〇〇二（平成一四）年一二月二三日、死去

「敗戦をスマトラ島のコタラジャで八月一七、八日頃知りました。内地に新型爆弾が落ち、日本が破壊された、もう日本には何も残っていないから帰ってもしかたないという者もいました。敗けたと聞いて張り詰めていた気持ちがどこかに吹き飛び、不安だけが残りました。

私は雇員で、醤油や味噌をつくっていましたが、原料集めに行った集落で知り合ったインドネシア人に『残らないか』と誘われました。仲間数人とトラック二台に機関銃等の兵器を乗せて離隊しましたが、憲兵に捕まって戻る途中、昼食のすきをねらって山中に逃げました。その後も海軍部隊に捕まりましたが、またしても逃げました。

私は当時二〇歳、若かったのでしょう。若かったから判断を誤り、逃げたのでしょう。

集落では水田の手伝いをしていました。今はメダンの日本人学校の用務員をしています。日本の子どもたちが二〇人ばかりいるのですが、子どもたちを見ていると、日本人という気がしない

のです。実に裕福で、自由にものをいいますし、まるで外国の少年たちを見ているようです。日本人学校の子どもたちはインドネシア人の子どもたちとあまり遊びません。それが気がかりです。どうしてでしょうか。治安の悪いことはわかりますが、日本とインドネシアの将来のためには、もっと遊ぶことも必要だと思うのですが……」

小学校の先生をしている石堂の妻エリタと孫のクレンチャン。一九八六年八月一五日、メダンの自宅で

営倉入りよりも

元陸軍兵長・志田安雄の場合

志田安雄――①元陸軍兵長②スバギオ・シダ③一九二一（大正一〇）年六月一〇日④宮崎県延岡市⑤ジャワ島ジャカルタ⑥農業等⑦妻と子ども一人⑧二〇一〇（平成二二）年一二月三一日、死去

「敗戦のショックも時間が経過すると自暴自棄に変わっていきました。バンドンの兵舎では自分の衣服を華僑の店で中国酒と交換し、日中から酒を飲む者、上官に喰ってかかる者、中には上官にお前らのために日本が敗けたのだという者もいました。軍規は乱れ、殺伐とした状態でした。ある日、花札賭博で敗けがこんで、いらいらしていた私は以前から憎々しく思っている古参兵に馬鹿にされ、思わず殴り倒しました。その場は、仲間の仲裁でおさまりましたが、営倉に入れられるという噂がたちました。戦争に敗けたのに営倉に入る馬鹿はいません。私は離隊逃亡を決意しました。一九四五（昭和二〇）年一〇月下旬、将校用のピストルと軍靴を拝借し、買物に行くといって兵舎を出ました。

インドネシア独立軍では将校待遇でした。最初の任務は日本軍との武器の譲り受け交渉で、バンドンのプリアガンホテルに出向きましたが、すぐに日本兵だとばれ、しかたなく日本軍に帰隊

することを約束し、インドネシア軍宿舎に荷物を取りに戻って、そのまま、逃亡しました。それからは数十回の戦闘に参加し、私の指も手榴弾製造中に吹っ飛びました。戦後は、華僑トラックの用心棒、日系企業、日本大使館等に勤めました。古参兵を殴ったことで、私はインドネシア人となりました。私の名はスバギオ、ジャワ語で『偉大』という意味です。私の人生も偉大だと自負しています」

後方の絵は、ペタの出身で、三四歳で肺結核に倒れた初代インドネシア国軍総司令官スデルマン。一九八五年一月六日、ジャカルタの軍事博物館で

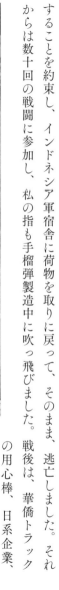

第四章　国軍葬

――元陸軍軍属・南里勇の場合

別れ

一九八五（昭和六〇）年の一月一〇日、ジャカルタ近郊に住む残留元日本兵の新年会が、市内の日本料理店「菊川」で開かれた。招待を受けて足を運んだ私は、再会したスマルデ・ナンリ（南里勇・元陸軍軍属／佐賀県出身）の変わりように、胸をつかれた。彼と初めて会った前年の夏、かくしゃくとしていた南里は、その日は料理に手をつけることもなく、背をまげ腹をかかえるようにして座っていた。蒼白い顔をやっとのことで上げて挨拶した言葉は、「わしも長いこともないので……」であった。この時、南里は人工肛門をつけ、直腸がんの末期だった。誰が見ても、もう長くはないだろうと感じたが、それを一番よく知っていたのは南里だったのだろう。彼はその日、戦友に別れを告げに来たようだった。

南里の言葉にそばにいた藤山秀雄が驚いて、「南里さん、座がしめっぽくなるじゃないの、どうだい歌でもうたっては」と励ましたが、衰弱した南里には通じなかった。藤山の誘いに岩元富夫が、「はい、手拍子！」といって「同期の桜」を歌い、次に「暁に祈る」を歌った。「ああああの顔で　あの声で　手柄頼むと　妻や子が……」。岩元の記憶力の良さと節回しが、一同を喜ばせた。「あんた良く覚えているね、すごい記憶力だよ」と伊丹秀夫がいった。岩元の歌に連られ座は盛り上がったが、しかし、南里は終始うつむいて笑顔を見せることはなかった。

後列左から長男のカズミとその妻、南里勇、南里の妻ルキヤ、前列は南里の孫たち。1985年1月19日、南里の自宅前で

新年会からしばらくたった一九日、南里の様態が気になった私は、彼の家を訪ねることにした。その日も太陽は容赦なく照りつけていた。ジャカルタ郊外ハリム国際空港に近いボゴール街道を右に折れ、集落の中のゴムの大木のある広場に車を止めた。二本の竹と白い紐でつくられたサッカーゴールがある広場はスコールに地面を削られ、幾筋もの水の道ができていた。休日には子どもたちの遊び場になり、歓声が集落のすみずみまで響き渡るに違いない。ゴムの木の下を通って南里の家に着くと、彼は足をひきずりながら「やあ」と力ない声で私を迎えてくれた。「もう、私もいかんです。しかし、まだ大学に行っている子どももいるので心配です。せめて、あいつらが卒業するまで、働きたいと思っていましたが、残念です」。そういって彼は肩を落とした。

壁の中央に「実相」と大きな文字で墨書された額がかけてある。南里の直筆である。その右にはインドネシア国軍の軍服姿の南里の肖像画がかけてあった。額の下の椅子に腰をおろした南里は、「葬式用に描いてもらったものです。写真はなかなか気にいったものができませんから。額の下に入っているのが、私の英雄勲章です。インドネシアの勲章は一応全部もらいましたが、日本からは何ももらっていません。逃亡兵の汚名はもらいましたが……」

四、五歳の男の子が部屋に入ってきて、南里の膝に乗ろうとした。「長男の子です。戦争が終わって四二年、早いものです」。それから南里はぐっと目を見開いて、話を続けた。「あんた、東京には女が裸でコーヒーを持ってくる喫茶店があるんだって！　日本はひどいですな。今度、日本に帰ったら、経営者と女と客を全部叩き切って靖国神社で戦友と会います。その時、日本の指導者が私をどう裁くのか見たいものです。故郷のおふくろは、貧しい一人暮らしをしています。今もサイパンで戦死した兄の益男の帰りを待っています。遺骨も遺品もありません。我々はあんな日本にするために戦争に行ったわけではありません。それなのに何だ！　これでは祖国は破滅します」。南里はこれまでに二度、日本に里帰りしている。その度に急速に変わっていく祖国の姿に、やりきれなさを感じたのだ。私は初めて見る彼の怒りに、たじろいでいた。

拉致

南里勇は、一九二四（大正一三）年五月一九日、今の朝鮮民主主義人民共和国の平壌から南西へ約五〇キロの距離にあった鎮南浦（現在の南浦）で京染店を経営する父・増太郎、母・ハツ子の二男として生まれた。南里京染店は使用人を数人かかえた工場を持つ専門店で、日本人を相手に繁盛していたという。幼少の頃を何不自由なくすごした南里は、鎮南浦尋常高等小学校、平壌工業中学（旧制）を卒業すると、平壌の明電舎に電気技師として入り、おもに送電線の工事に従事した。一九四二（昭和一七）年五月に徴用令状を受け千葉県東部八五部隊に入隊、すぐスマトラ島のパレンバンに技術雇員として派遣された。正式な肩書きは治一四一二部隊電気隊パレンバン技術雇員という。この年の二月、日本軍は落下傘部隊でスマトラの石油基地、パレンバンを攻略、アジア最大の石油基地を手に入れている。だから日本は多くの電気技術者を必要としていたのである。パレンバンで南里は発電所建設の電気要員としてジーゼル発電所の工事に従事していた。

終戦のわずか二カ月前の一九四五（昭和二〇）年六月、南里はスマトラ島で現地召集を受け、メダンの近衛歩兵連隊に入隊した。二等兵である。入隊直後に盲腸炎を患い入院した南里は、退院して一カ月ほどで終戦を迎える。もう日本へ帰れると南里は安堵した。しかし、インドネシア全土に拡がった独立戦争が、彼の運命を変えた。

死を前にした南里は、淡々と本音を語った。

「私は大義名分を信じて、この国の独立戦争に参加したのではありません。巻き込まれたんです。言い方をかえれば独立軍に拉致されたのです。実をいうと、日本が戦争に敗けたと聞いた時には、ホッとしました。これは当時の日本人の本音ではないでしょうか。戦争が終わり、軍隊にしばられることなく、荒廃しているとはいえ、懐かしい故郷の山河、懐かしいおふくろの顔を見ることができるのです。もうびくびくしなくていいのだと思いました」

一九四五（昭和二〇）年八月末のある日、南里の所属する近衛歩兵連隊の一個小隊（約一五人）はメダン近郊にあるシンパンティガで海岸警備のための任務についていた。よく晴れた日には遠くマレー半島までが見渡せ、その遥か向こうに父や母の住む鎮南浦があると思うと「今頃父母や兄弟は……」と懐かしさと不安が交錯した。

その日、メダンの連隊本部より撤収命令が下った。小隊長は連合軍に引き渡す武器弾薬をトラックに乗せ、小銃だけで武装した一個小隊の半数を残して「明日迎えにくる」といってメダンに引き揚げていった。残された警備兵の中にいた南里は、それでも「いよいよ日本に帰れる」と胸をおどらせた。翌日の午前三時頃、すさまじい音と悲鳴に南里は目を覚ました。「敵の攻撃か？いや戦争は終わったはずだ」と南里は思ったが、「逃げろ！　逃げろ！」と叫ぶ声に着のみ着のままで一目散に暗闇に向かって逃げた。あとで知ったことだが、この攻撃は農具などで武装したインドネシアの青年集団、独立青年団が、日本軍の武器を奪うために襲ってきたのだった。南里は人の気配を感じなくなるまで逃げ続け、倒れるように畑に座りこんだ。裸同然の姿だった。

「これからどうしたらいいのだ」と南里は途方にくれた。

東の空が次第に明け、真紅の太陽が地平線に顔を出した。遠くで鶏が鳴いた。「鶏の鳴いている方向に行けば人家があるだろう」と南里は思い、足をひきずりながら歩いた。太陽は高くなり、喉が渇き空腹のため体がだるくなって、もう歩けないなと朦朧《もうろう》とした頭で思った時、目の前に芋畑が広がっていた。南里は必死になって素手で芋を掘り、泥を手ではらいのけがつがつと食った。芋の甘味が口の中に広がった。「誰だ！　そこにいるのは、立て！」。背後でインドネシア語が響いた。振り向くと、屈強の若者が数人、銃を持って立っていた。独立青年団だなとわかったが、南里はかまわず口を動かした。南里は若者二人に、両腕をかかえられたまま三〇分ほど歩かされ、シンパンティガの村長の家に連行された。

「殺される」と思ったがどうすることもできなかった。十数人の青年が南里を取り囲み、中央の村長が部隊名、階級等を聞いた。突然、「やあ、南里班長」という日本語が聞こえた。驚いて声のほうを振り向くと、南里のパレンバン電気隊時代の部下、兵補のムスターパが笑って立っていた。彼は村長にささやくと、南里に近寄り、いった。「班長、我々の部隊に入るしか道はありません。覚悟してください」。選択の余地はなかった。南里が独立青年団に協力することが明らかになると村長は、南里に食事とサロン（腰布）を与えた。次の日から南里は、インドネシアの民族服に身を包み、インドネシア青年を集めて軍事教練をすることになった。

南里の離隊はまさに不可抗力といっていい。その時の状況について彼はこう話した。

「その時の戦友の消息はわかりません。何しろ逃げるのが精一杯で、人のことを考える余裕はまったくありませんでした。もう、これでだめだと思いました。やっと戦争が終わって日本に帰れると思ったのに……。何しろ、日本に帰りたい、一日も早くおふくろに会いたいという一心から、彼らのいうことを聞かざるをえなかったのです。戦争に敗けた日本の兵隊で、インドネシアの独立のためにと思った人間がどのくらいいたでしょう。いたとしても、ほんのわずかだと思うのです。多くが日本に帰りたいと考えながら、生き延びるためにこの国に残ったのではないでしょうか。結果としてこの国が独立をした。しかし、戦後四〇年も経過した今日、本音をいったって始まりません。独立のために戦った英雄として死んでいったほうが、子どもたちのためにはいい。そう思わなければ戦後を異国で生きた意味がなくなります。たとえ、それが我々のように拉致された人間であっても……」

南里は村の青年団に銃の使用法、戦闘訓練等を教えた。村に拉致された三週間後の九月八日、ムスターパと連れだって南里のいた日本軍兵舎に行った。村からたったの二時間だった。意外と近いのに南里は驚き、どこをどのように逃げてきたのだろうかと思った。荒れ果てた小屋同然の兵舎に人の気配はなく、海からの風で兵舎の戸がバタン、バタンと音をたてていた。全てが略奪され破壊され、わずか一カ月前に日本軍がいたとは思えなかった。部隊はもう日本に引き揚げ、南里は見捨てられたのだと思った。

暴　発

スマトラ各地では、独立戦争の火の手があがっていた。この年の九月末、南里はインドネシア青年たちとトラックに乗り、スマトラ島南端のタンジュンカランに向かい、そこでインドネシア独立軍に入り、憲兵隊に配属された。南里の任務は一個小隊のインドネシア兵約二〇人とともに、港湾地区の治安とジャワ島に出航する旅行者の渡航検査にあたることだった。南里がインドネシア軍に入ったのは、独立のためでなく、死ぬためだった。

「私は孤独から自殺も考えました。日本人は私一人です。それに現地語もよくわかりません。もう日本に帰ることができないのなら、戦争で死のうと思い、幾度も最前線にたちましたが、弾丸が当たらないのです。弾丸が当たらなければ死ねません」

南里の入隊後、杉本一夫（元陸軍上等兵／奈良県出身・スラバヤ在住）、落合重次郎（元陸軍兵長／宮城県出身・タンジュンカラン在住）が独立軍に加わり、二カ月後には原正士（元陸軍軍曹／岩手県出身・戦後死去）が小銃と弾丸を持って参加した。南里が独立軍とともに行動していると、他の部隊内に日本語通訳兼自動車修理工として三名の日本人のいることがわかり、南里は会いにいった。西村義晴（元陸軍軍属／福岡県出身・一九七八年死去）、村上隆（階級不明／広島県出身・ジャカルタ在住）、小平良一（元陸軍軍曹／栃木県出身・タンジュンカラン在住）であった。

南里のいた独立軍は、オランダ軍の侵攻に備え、資金の調達、武器の確保、軍隊の補強に必死になっていた。各部隊の指導者は、日本軍の訓練を受けた元義勇軍、兵補出身者が主体である。一九四六（昭和二一）年二月、南里たち日本兵は、少ない銃器類の補塡として手榴弾製造の命令を受けた。ゲリラ戦に手榴弾はどうしても必要だったのである。

タンジュンカランの隣町、トルックブトンの発電所の工作機械を使っての手榴弾づくりが始まった。鉄パイプを探し出し、パイプに縦溝をひく者、日本軍が残していった爆弾から爆薬を取り出して手榴弾に詰め込む者等、各々が分担を決めて作業にあたった。

「村上は一番若くおぼっちゃんでしたので何もさせませんでした。強いていえば、歌をうたうことと料理の味見くらいでしょう。私はマラリヤがひどく、毛布もない当時のことですから、ゴザを体の上にかけてぶるぶると震え寝ていました。村上はそんな私の足を揉んだり、添寝をして私の体をあたためてくれました。明日の見当もつかない時代でした。仕事が終わると、皆ひとところに集まり故国の話や日本軍時代の話をし、最後にはこれからどうなるのだろうという話に落ち着きました。

小平さんは一番、話好きでした。相手があれば一晩中でも話し続けていました。中国戦線の砲兵曹長時代の実戦談が多いようでした。今、思うと小平さんもさみしかったのだと思います。西村さんは背が高く嵐寛十郎を思わせる美丈夫で、踊りや物真似が上手でした。茶碗酒を飲む真似、チャールストンを踊る身のこなし、とくにヤクザ渡世人姿の踊りで、三度笠を投げ片膝をついての刀さばきは、皆に受けていました」

手榴弾の第一号が完成する日が来た。起爆装置を受け持っていた杉本が、ある日突然、「さあ、できたぞ」と踊りあがった。試験は次の日曜日に決まった。小平が、手榴弾を川で爆発させて魚取りをしようと提案した。その日、一行は山道を歩き一〇時頃に目的地に着いた。手榴弾の投擲《とうてき》は小平が受け持つことになった。南里はマラリヤが回復せず遠く川の端で見ていた。小平が水の中にじゃぶじゃぶと入り、腰まで水につかり準備にかかった。杉本や原たちは手榴弾の爆発で死んだ魚をとろうと川下で待機していた。大きな爆発音が川面に響き渡った。南里は音のほうを見たが、小平の姿がなかった。脇に座っていた村上が「アッ!」と絶叫しながら川に向かって走り出した。南里も思わず立ち上がった。川下にいた杉本たちが水をかきわけ小平のところに行くのが見えた。小平は水の中で失神していた。持ちあげると、右の手首から血がどくどくと流れ川を真紅に染めた。手の平の肉が手首からたれ、白い骨が露出している。「早く止血しろ!」と誰かが叫んだ。岸まで小平を運び応急処置をしたが、出血は止まらなかった。

南里は部隊に連絡するため現場を離れた。熱で体がだるくよろけ、何回も何回も途中でころんだ。やっとのことで通りかかった独立軍の小型自動車をつかまえ、トルックブトンの病院に小平を運んだのは夕方の四時を回っていた。運悪く日曜日で医者はなかなか来ない。小平は傷を水で冷やすだけで薬も与えられず、高熱と苦痛にうなされていた。医者がやってきたのは翌朝だった。手術が始まったが、麻酔がきかず、暴れる小平を、原と西村が押さえた。医者はメスをとり、口の中でアラーの神に祈ると、瞬時に執刀箇所を計り、小平の皮膚を切り、最後に骨はのこぎりで切断した。医者に付き添っていた二人の看護婦は、青くなって手術の終わる前に姿を消した。南里は胸がつかえ、目頭が熱くなるのを必死でこらえ手術室を出た。

病室に帰った小平は、ベッドに寝かされ、手術した腕の下に枕があてがわれた。切断した部分は、白い包帯で巻かれ、リバノールが黄色くにじんでいた。飲み薬は相変わらずキニーネの錠剤

隻手の小平の撮影をためらっていると、小平は戦争の悲惨さを残すため撮れといった。
1984年12月24日、小平の自宅で

（マラリヤの治療薬・解熱剤としても使われる）だけだった。医者の家から特別の食事（鶏肉の揚げ物と野菜炒めとおかゆ）が届けられたが、小平はただ眠るだけだった。南里は手つかずに机の上に置かれている御馳走を見ると、あさましいことだとは思ったが、部隊に戻る気がしなくなった。その晩は西村と二人で付き添い、南里は久し振りに肉を食べた。

その夜、目を覚ました小平は「アッ、俺の手をどこへやった」と何回も何回も叫んだ。南里は慰めようがなかった。明け方になって南里は、うとうとし、椅子から落ちそうになって目が覚めた。すでに目覚めていた小平は、南里の顔を見ると「水をくれ」とだけいった。小平は音をたてて飲んだが、目は天井を見つめ放心しているようだった。包帯に巻かれた腕は、炎のように熱かった。その日の昼頃、原が牛乳を一瓶持ってやってきて、「知り合いの婦人から金のネックレスを借り、それをお金に替えたのだ」といった。小平は牛乳を少し飲んだが、食事には手をつけず、また南里たちが御馳走になった。「あの事故の日から、よくしゃべる小平は変わってしまいました。我々は手榴弾の製造を甘く考えていました。その結果が小平の手を奪いとることになったのです。あれから四〇年、今では文通もなく会うこともありませんが、死ぬ前に一度だけ会いたいものです」

初めて南里に会ってこの話を聞いたのは一九八四（昭和五九）年の夏である。その年のクリスマスに私はタンジュンカランの集落にある小平の家を訪れた。小平は日本に帰らない理由をこういう。「私は日本のために腕を吹き飛ばされたのではありません。インドネシアの独立のためになくしたのです。ですから、私は日本に帰りませんでした。日本のために腕をなくしたのだったら帰っていいます。私は恥ずかしくて帰れないのです」。小平は二度と日本の土を踏むまいと、決めているのだった。

独立戦争

南スマトラでの独立戦争を、日本を思い、日本を忘れようとしながら南里は戦っていった。

「オランダ軍は自動小銃で武装していました。まともに戦ったら一発でやられます。そこでゲリラ戦になるわけです。私の銃は古く、種ケ島銃に近いものでした。一九四九（昭和二四）年のことです。インド洋岸のベンクール市の近郊で、オランダ軍を待ち伏せました。部下には銃の安全点検を二度三度させました。

オランダ軍のトラックとジープが計五台、白いほこりを巻き上げて近づいてきました。我々は草むらにかくれ至近距離に来た時、攻撃するつもりでした。ところが部下の銃がとつぜん暴発し、敵は我々をめがけて自動小銃を撃ちまくってきました。私は椰子の木陰から、先頭の車を狙って一発目を撃ったのですが、薬莢《やっきょう》がなかなか出てきません。近くの川に飛び込み、銃床を見ると一八四七年とある。一〇〇年も前の銃なのです。一発撃つとしばらく弾丸が出てきませんから、火縄銃と同じで応戦は不可能でした。よく生きてこられたものだと思います。その頃の私の姿は、腰にサロンを巻き、民族服、破れた帽子、そして裸足で、どこへでもゴロゴロと寝ていました。

日本のことは忘れようと努力していました。でも、夢のようにきれいなスマトラの星空を見ていると日本のことが思い出され、涙が出ました。何のために他人の国でこんなに苦労せねばならぬのか、なぜ命をかけて戦わなければならないのかと思いました。インドネシア独立のためといっても、独立できなかったら一番困るのは我々なんです。インドネシア人は捕まっても捕虜になるだけで命に関係ないが、我々は捕まれば銃殺です。実際、日本人に懸賞金がかけられていました。私にかけられていたかどうかは知りませんが……。

その頃、私は山羊《やぎ》を連れて歩く夢をよく見ました。なぜかおふくろのことや故郷のことよりも、不思議なくらい山羊の夢を見ました。朝日に輝く緑色の草原に、山羊が何の心配もなく草を食べている。そして私はといえば木陰でムチを持って座っているんです。そして、山羊の鳴き声が大きくなり、その音で大抵、目が覚めました。安らぎを求めていたのでしょう。私は戦争が終わったら、そんな老後を送りたいと思いましたから。苦労をするために祖国を離れて、祖国を忘れるために戦いました。

今の日本の若者は幸福です。私だって今の日本の繁栄が終戦時にわかっていれば、死を覚悟で帰ったはずです。時たまおふくろの夢を見ます。人間何歳になってもおふくろからは離れられないものです」

南里が「楽しい思い出」といって話してくれたのは、一人の現地の女性をめぐって彼と西村義晴が争ったエピソードである。当時、二〇歳を少し出たばかりの、異国の青春の思い出だったのだろう。西村は、一九七八（昭和五三）年、タンジュンカランで病死している。

なんでもお喋り

南里には、彼の波瀾に満ちた人生を綴った記録がある。A4判事務箋や便箋に鉛筆やボールペンで乱雑に書かれた文字は、ふるえたり、かすれたり、突然几帳面な文字になったり、途中で中断した文もあり、南里の慟哭《どうこく》が聞こえてくるような気がする。そのタイトルは「なんでもお喋り」とつけられている。

「ムルデカ（独立）！　ムルデカ！／ムルデカ　アタウ　マテ（独立か死か）！／老若男女寝起き飲食はては厠の内までも／ただ　ムルデカ！　の言葉あるのみ／他の挨拶用語通用せず／燃ゆる愛国心の雄叫びぞ。『討ちてしやまぬ』の魂蘇り／雄々しく独立戦の銃握りたり／迷い子たる我等／故郷の土踏めぬ定めなり／　国なく　親なく　行く末知らず／ままよ僅かの命ぞと／勇猛果敢に戦えり／誰がためぞ！　誰がためぞ！」

南里はスマトラの大地でともに戦った戦友を、次のように表現している。

「敵の血に　咲いた茸を　天恵と　煮て誘いて　舌づつみして」（原正士のこと）

「ジャブリ（日本名不明）と、話はずみて　朝の二時　やっとわかった　片目で眠る奴」（大野庚

のこと。元陸軍上等兵／新潟県出身・戦後パレンバンで死去）

「イスラムのお経の節を　おけさぶし　サロンの端おり　ライラハイルロルロ　アリャアリャアリャセ」（西村義晴のこと）

「穴一つ　見つけてのぞく　となり部屋　娘のおはり　丸い胸　押されてはしゃぎ　目の上にこぶ」（千葉幸雄のこと。元陸軍兵長／北海道出身・戦後パレンバンで死去）

「病では　死にたくないと　前線に　デンさんきたれど　敵はなし」（黒沢のこと。名と出身地不明）

一九五〇（昭和二五）年三月にインドネシア国軍を退役した南里は、一九六四（昭和三九）年七月、英雄勲章をインドネシア政府から授与された。

独立戦争中の一九四八（昭和二四）年、南里はパレンバンでルキヤと結婚し四男四女をもうけている。一九五〇（昭和二五）年に生まれた長女のマニア、一九五四（昭和二九）年に生まれた二女のマリアニ、一九五七（昭和三二）年に生まれた長男カズミ、一九五九年（昭和三〇四）年に生まれた三女デストリヨーニはすでに結婚している。南里の八人の子どものうち四人は、長男がカズミ、四女がエミコ、三男がミズオ、四男はヒデノシンと純日本式の名前である。南里は四人の子どもたちに日本名をつけたことを、父が日本人であることを誇りに思うように、といっているが、南里自身の心の中に故国への強い思いがあったと推測することができる。

南里と同居しているのは長男のカズミ、二男で大学生のジュニアチャン、高校生のミズオ、中学生のヒデノシンである。

独立戦争後のインドネシアで子どもを育てることは大変だったようだ。南里はパレンバンやベンクールで電気の配線工事の請負作業、スタンドランプの製造、橋梁工事の作業員、中国人の自動車修理工場の作業員等ありとあらゆる職業を経験したと話している。一家は、一九七〇（昭和四五）年頃にジャカルタに出て、南里は建設資材のスクラップ回収作業、日系企業の通訳等をし、一九八二（昭和五七）年に日系企業の請け負った西部ジャワ水力発電所建設工事の日本語通訳となった。

インドネシアでの戦後の日本企業の進出を考える時、南里のような残留元日本兵が両国間の橋渡しをしたことも忘れてならない事実である。

インドネシア国軍葬

一九八五（昭和六〇）年三月八日早朝、南里が亡くなったという報せを乙戸昇から受けた私は、サッカーゴールのある広場を通り南里の家に急いだ。路地を抜けた南里の家の前に長男のカズミが立っていて、私の顔を見ると、「きのう、父さんが死んだ」といった。前日の朝七時三〇分、死期を予知した南里は、家族全員を呼び寄せ、「ありがとう《テレマカシ》」と家族一人ひとりの手を握ったという。目に涙を浮かべ、「残留元日本兵の諸兄によろしく……記録を残して……」といい、小さな声で途切れとぎれに、「さよなら」といったという。戦後の苦難の人生をともに送ってきた妻・ルキヤは南里の最期を私にそう語った。彼女の目にも涙が浮かんでいた。

南里は二月に入ってから、ほとんど病床に伏していた。医者からは、がんは体中に転移していると聞いていたから、長くはないと思ってはいたが、余りにもあっけない最期だった。彼を知って一年足らずにしかならないのに、鮮烈な言葉が私の心に刻み込まれていた。

「あんな日本にするために戦ったのではない」

部屋の中は家財道具がかたづけられ閑散としていた。南里の遺体の前でルキヤが悲しそうに故人の顔を見つめていた。戦争にかりたてられ、独立戦争に巻き込まれ、インドネシアの近代史をともに歩んできた元日本兵の異国の妻は、いま何を考えているのだろうか。いつ祖国に帰るといいだすかもしれない日本人の夫に、不安を抱き続けた人生だったのだろうか。

目を軽く閉じ、胸元で手を組んだ南里の顔は安らかだった。私は合掌した。息子がシャッターを押す仕種をした。「父を写せ」というのだ。私はこれまで死んだ人間を撮ったことはなかった。死の表情だけが網膜に写しこまれ、生前の明るい表情が思い出されてこない気がするからだった。しかし、息子の気持ちを思うと、断ることもできなかった。私はシャッターを切った。フィルムが巻き上がる音を聞きながら、長い南里の戦争は終わったのだなと思った。

小野寺忠雄、藤山秀雄、吉良勝利の三人が、九時頃になってかけつけてきた。「まいったね。今年は小泉敏雄さん、出口良夫（元陸軍兵長／大阪府出身・二月死去）さん、それに南里さんだろ、

インドネシア国軍の儀仗兵を先頭に親族、知人、戦友の順で墓地に向かう南里の柩。英雄墓地は宗教別に区域の指定がしてある。1985年3月8日、ジャカルタのカリバタ英雄墓地で

多いな。このぶんではだいぶ死ぬんじゃないの、みんな歳だからな」と早口で藤山がいった。

　南里の葬儀はインドネシア共和国の国軍葬で行われる手筈になっていた。独立戦争に参加し武勲をたてた者は、国軍葬によって当該地区の英雄墓地に埋葬されるのだ。国軍葬は、英雄勲章を授与され、オランダ軍の第一次侵攻、第二次侵攻時の戦闘参加証明等を所持している者の家族が本人の死去を当該地区の国軍に連絡すれば、国軍から退役時の階級によって儀《ぎ》仗《じょう》兵が派遣されるのである。英雄勲章を持つ南里には、尉官級の約五万ルピアの軍人恩給が給付されていて、南里の死後も、妻ルキヤに給付されるが、インフレの激しいインドネシアではとうていこの金額では生活していくこ

とはできない。

南里が英雄勲章について語る時、明るい表情を見せることは一度もなかった。私は以前「南里さんにとって英雄勲章とは何ですか」と聞いたことがあった。南里は、さみしそうに「子どもたちのためです」とだけいった。南里にとって英雄勲章は、自分自身の名誉というより、英雄を父に持つ子どもたちにとって名誉となるものだった。そして、彼自身には祖国を捨てざるをえなかったにがい思い出の象徴だったのだろう。

一一時、黄土色の軍服を着た指揮官と一個小隊約二〇人の儀仗兵が柩を用意して軍靴を響かせやってきた。

南里の遺体は家族の手で白い布にくるまれ、柩《ひつぎ》の中に静かに安置された。生前、背を丸くして患部をかばっていた南里の体は、仰臥すると意外と大きかった。薄いレースのカーテンをとおして、やさしい光が室内にあふれていた。

家族が南里に手を合わせ、柩の中に紫や白のランの花を入れ別れを告げた。ルキヤが静かに眠る南里の顔をじっと見つめていた。やがて、戦友たちや家族、知人が南里に献花をし最期の別れを告げた。小野寺、藤山、吉良たち元日本兵は、直立不動の姿勢で柩を見守っていた。入口近くのインドネシア国軍の用意した台に南里は移され、紅白のインドネシア国旗に包まれた。入口から見える柩の頭にあたる部分に置かれた南里の肖像画は、微笑んでいるようだった。裸足の子どもたちが来て肖像画を指差し「おじさんだ」「おじさんが星になったんだ」といった。その光景

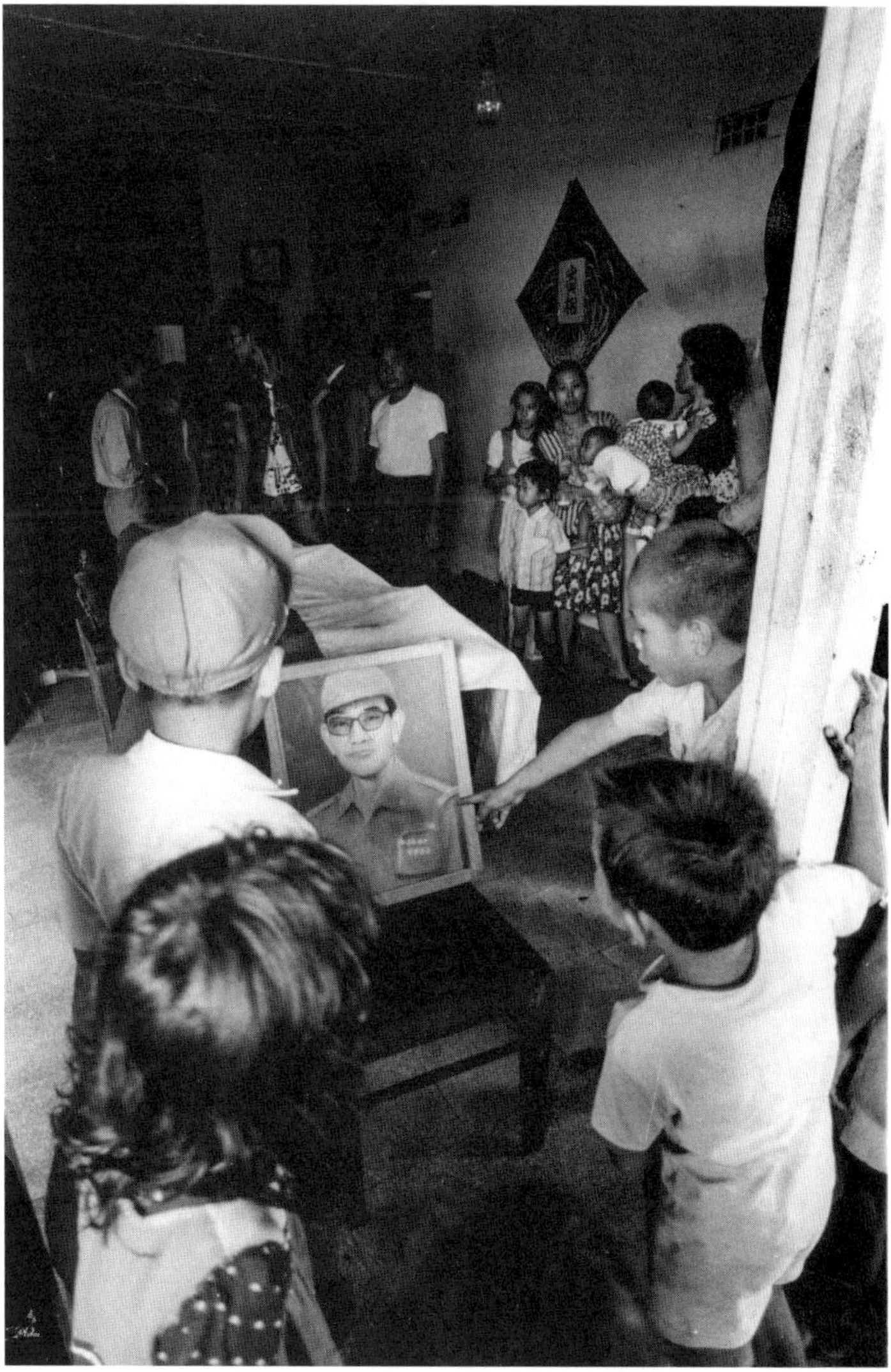

南里の肖像画の前で子どもたちが「おじさんが星になったんだ」といった

が私に、日本人南里の血はインドネシアで生き続け、彼が独立戦争の英雄であったことも、語りつがれるに違いないと確信させた。柩にかけられたインドネシア国旗が風に揺れた。

独立英雄勲章「ビンタン・ググリア」は、インドネシア語で「ゲリラの星」を意味している。ジャワ島スカブミに住む笠原晋（元スマトラ軍政部病理研究所員／神奈川県出身）は。ゲリラ戦のひときをこう記している。「武器・弾薬・食料もみな欠乏しているが、皆これに耐え一丸となって戦い続けているのである。この戦いは何時まで続くのであろうか。独立への道はまだ遠い。空は暗くなり一つ星、二つ星と輝き始めた。それが我々に永遠の光りを投げかけている。スマトラの高原を／一人さまよう寂しい心／燃えて身を焼く火炎樹は／昨日の夢と散り果てぬ／パヤコンブ盆地の夜の星」。南里は今、星になったのだろうか。

儀仗兵が持つ南里の肖像画と柩を先頭にルキヤや子どもたちが家の前に並ぶと、儀仗兵の銃口が一斉に青い空に向けられ火を吹いた。

享年六一の南里は、インドネシア人スマルデ・ナンリとしてカリバタ英雄墓地に眠っている。

母の手紙

南里が南スマトラで独立戦争を戦っていた一九四六（昭和二一）年九月の末、鎮南浦で京染店を営んでいた南里の両親は、当時一一歳の綾子、一六歳の博、一八歳の和子、二三歳の幸子の四人の子どもたちとともに着のみ着のままで日本をめざした。鎮南浦でソ連軍に五〇〇円を払いトラックに乗せられ市辺里まで行き、そこから約一〇〇キロ先にある北緯三八度線上の開城まで歩き続けた。母・ハツ子の地下足袋はすり切れ、足裏が血で染まった。開城から貨車に詰め込まれ、黄海側にある仁川から引揚げ船・熊野丸に乗り佐世保に無事にたどり着いた時は、すでに一〇月が終わろうとしていた。

門司に落ち着いたハツ子の元を南里が訪れたのは、南里が日本を出た三六年後の一九七八（昭和五三）年一〇月一日のことである。父親の増太郎は引揚げの二年後に病死していた。

独立戦争後、南里はインドネシアの家族を養うのが精一杯で、日本に帰国する余裕などとうていなかった。それでも南里は日本の家族の消息を知ろうと、父親の本籍のある佐賀市の市役所に何回も問い合わせをしたが、家族の消息はつかめなかった。南里と連絡をとったのは小学校の同窓生で、南里の帰国する三年前のことである。その同窓生数十人のカンパによって南里の里帰りが実現したのだった。

門司駅まで弟・博が出迎え、母のもとに戻った南里は玄関先で、「かあちゃん」といって抱きついた。ハツ子も「イーチャン」と叫び南里にしがみついたがそのあとは言葉にならなかった。玄関周辺にいた親戚や近所の人も二人を見てもらい泣きをした。ハツ子は涙をぬぐうと「お前には戦争のため何もしてやることができなかった。死んだと思っていたのに帰ってきてくれてうれしい」と喜び、二人は三〇分も抱き合ったままだったという。南里の帰国は親戚や兄弟ばかりでなく、門司市（現在の北九州市門司区）をあげて祝福された。南里は五日間、母のもとに滞在し、博に送られ大阪で開かれる同窓会に出席したあと、インドネシアに戻った。

南里は帰国の様子をあとでこう語った。

「毎日、毎日、インドネシアの話や朝鮮から家族が引き揚げてきた話で明け暮れました。親戚中で歓迎してくれ、夜は毎日お祝いの連続です。寒いのに母は便所までついてきました。ある時は、お櫃《ひつ》を持って私の前に座り、私を見てうれしそうに笑ってから、突然泣き出しました。きっと父のことを思い出したのだと思います。大きな涙がお櫃に落ち、母も姉も私も涙が止まらず困りました。帰りに東京から、日本国首相に訴える、という題で我々残留元日本兵のことを東京新聞に投書したところ、採用され五〇〇円の投稿料が母あてに送られてきました。母は門司市の福祉係に寄付したとのことでした。インドネシアに戻ってから機会があるたびに母に金の指輪を送りましたら、『左の手が金の指輪で重くてかなわん』といううれしい便りをもらいました。

二度目の帰国はそれから二年後のことで、日産自動車の通訳の仕事で北九州の苅田に行った時のことです。大阪から『今、新幹線に乗るけん』と電話したら、母は『うん、よく帰ってきた。新幹線の中は走れ、そしたら早く着く』と子どものように喜んでいました。

小学校四年生の頃、両親が『この子は風変わりな人生を送るような気がする』といっていたことを小耳にはさんだことがあるのです。帰国した時に母に話したら覚えていないというのですが、遊んでばかりいた私を心配していったことなのでしょうが、そのとおりになりました」

門司で南里の死の報せを聞いたハツ子は、葬儀から一カ月後の四月九日付けで、ジャカルタの乙戸昇に書簡を寄せている。

「拝啓　貴所益々御多忙のことと思います。先日、息子、勇の死亡通知書確かに受け取りました。皆々様の丁重なる御処置、大変ご迷惑をおかけしたものと思います。誠にありがとうございました。その上、貴国インドネシアの国軍葬までしていただき、重々ありがとうございました。関係方々によろしくお伝えくださいませ。さぞ夏子（ルキヤ）さん始め家族一同が悲しみに打ちひしがれていることと思います。何分にも気を落とさないように、頑張るように御伝言ください。当方も、通知書を拝見し気も動転いたしまして、ただ唖然として涙が止めどもなく流れて悲しんでいます。

顧りみますれば、一七歳の時、朝鮮から電気の技術員として貴国に渡り三十幾星霜。途中、二度日本に帰ってきたこともありました。その時うれしさに抱き合って泣いたものでした。一週間位の滞在でしたが、また帰国。（家族を置いてきているといって）。その後、入院している時の手紙を受け取りました。孫娘と撮った写真が同封してありました。遠く離れたみ空で病魔と闘いながら、治る薬もまだこの世にはなく、その時の心境を顧りみますれば、故国日本の私たちを思いだしていたのではなかろうかと、可哀相でなりません。本来なら母である私が、すぐに飛んで行かなくてはならないのですが、私も当年八八才です。現在、心臓病で足も悪く入院している身体でございますのでままなりません。残された家族、子どもたち、孫にいたるまでご苦労なされていることでしょう。母親である私が何も助けにならないので、さぞご立腹でしょうが、残念でなりません。誠に恐縮でございますが、夏子さんの住所を教えていただきたいのです。私より一筆したためたいのです。よろしくお願いいたします。色々と諸事万端の御配慮誠にありがとうございました。

かしこ」

ハツ子はルキヤを「夏子」と呼んでいる。常夏のインドネシアに生きる我が子の嫁を、ハツ子はそう命名したのだろう。ハツ子は南里のあとを追うようにして、翌年の一九八六（昭和六一）年一二月二日、門司の自宅で息をひきとった。

ジャカルタのカルバタ英雄墓地で別れを告げる親族たち

断章　第四部

戦犯

元陸軍憲兵軍曹・衛藤七男の場合

衛藤七男――①元陸軍憲兵軍曹②ヤコブ・エトウ③一九一九（大正八）年四月二四日④大分県⑤スマトラ島メダン⑥通訳・日系企業勤務⑦妻と子ども四人⑧二〇〇三（平成一五）年一二月二九日、死去

「私は終戦をスマトラ島のピマタンシャンタルで迎えました。我々憲兵がもっとも恐れたのは戦犯という言葉です。一〇月に連合軍が上陸してくるとイギリス軍憲兵将校が日本軍憲兵を呼びだし、戦争中の行為に対して、誰がかかわったかを華僑に証言させ、首実検が始まりました。私は戦犯になれば銃殺になるだろうと思いました。一九四四（昭和一九）年にスマトラ島に上陸し、メダン、ピマタンシャンタルで警備任務につきましたが、当時抗日分子や連合軍のスパイも多く、オランダ軍の捨てた武器を手にゲリラ活動もありました。抗日分子やスパイは逮捕し自白を迫りましたが、頑強な拒否にあって手を焼き、憲兵隊が処刑したイギリス人や中国人がいたことも事実です。

一〇月の終わり頃から戦犯になることを恐れた憲兵の多くが逃亡しました。楠正徳少尉（大阪府出身）、木村賢三兵長（出身地不明）ら数人が、マラッカ海峡のロスマエで漁船を乗っ取り、マ

レー半島に脱出をこころみましたが、途中インドネシア独立軍に撃たれ海に消えました。長谷川豊記軍曹（福島県出身）と相星（名と出身地不明）はスマトラ島のバカンシアピアピから二トン足らずの船でマラッカ海峡を横断し、マレー半島沿岸を北上してタイ国へ脱出し日本に帰国しました。

衛藤の持っているのは一九五八年八月一〇日にインドネシア政府から与えられた英雄勲章の証書。一九八六年八月一三日、メダンの自宅で

私は一一月一六日に逃亡し日本に帰ろうとバカンシアピアピに行きましたが、インドネシア軍に捕まり独立戦争に参加することになったのです。日本人として、滅私奉公し軍務に励んだ結果が戦犯でした。逃げなければ私は確実に銃殺だった。

　今はインドネシア人の妻との間にできた子どもが、大阪府立大と神戸商科大に留学し、子どもの成長だけが楽しみです。死ぬ時はやはり日本人として日本に帰って死にたいと思います」

チピナン刑務所脱走

元憲兵軍曹・田中年夫の場合

田中年夫――①元憲兵軍曹②ハッサン・タナカ③一九一七（大正六）年二月八日④福岡県⑤ジャワ島ジャカルタ⑥会社経営⑦妻と子ども一人⑧一九九五（平成七）年一一月三〇日、死去

一九八四（昭和五九）年一〇月二九日の昼下がり。私はジャカルタに住むハッサン・タナカに案内されて、ジャカルタ市内の東、ジャティネガラ駅に近いチピナン刑務所の外壁に沿った道に立っていた。

この刑務所から三八年前、田中は脱走した。高さ約五メートル、長さ約一五〇メートルの白い塀が、ぎらつく太陽に照らされ、塀の上にある二カ所の監視用望楼《ぼうろう》が、道路を見下ろすように立っている。私と田中は塀に沿ってゆっくりと歩いた。田中は、「あの時と刑務所は少しも変わっていないな」とつぶやき、空き地でサッカーボールに興じている裸足の子どもたちに近づくと、「おじさんは昔この中に住んでいたのだよ」と声をかけた。子どもたちは驚きの表情を見せてかけ去った。日本の敗戦後、日本人捕虜が収容されていたこの刑務所は、今はインドネシアの犯罪者が入っている。

一九一七（大正六）年二月八日、福岡県三瀦《みずま》郡の貧しい農家に生まれた田中は、一九三一（昭和六）年、尋常高等小学校を卒業すると日雇いをしたり、行商をして家計を助けた。一八歳で八幡製鉄所の職工試験に合格し、機関車の車輪製造にたずさわった。そして二〇歳で入隊して満州に渡り、一九三九（昭和一四）年に試験を受け憲兵になった。その後は日本の戦争の歴史が田中の歴史でもあった。

田中は憲兵になった動機を、「学歴のない私には出世の早道でした」と淡々としていった。しかし、憲兵になったことが結果的には田中をインドネシアに残留させることになった。「一口に『脱獄』といってもこの高さでは大変ですね」と私が塀を見ながら質問すると、「ええ、それで縄と梯子《はしご》が必要でした。塀の下が少し高くなっていますね、そこで山口は腰を打ったのです。私は塀から遠くに飛び降りたのですが」といって田中は、塀から少し離れた地点を指さし脱獄の時の様子を説明した。山口とは、一緒に脱獄したジャワ憲兵隊の軍曹・山口正次（茨城県出身）である。彼は一九八七（昭和六二）年にこの地で亡くなった。

ジャワ島スマランで終戦を迎えた田中は、その年の一一月中旬、連合軍の船でジャカルタに送られグルドック刑務所に入れられた後、このチピナン刑務所に移されたのだった。

「刑務所の作業場で棺桶をつくらされ、その数で処刑者数がわかりました。棺桶作りの数が多くなると次は自分の番かと……」

田中が脱走を決意したのは、ジャカルタの連合軍捕虜収容所の陸軍大尉・曾根憲一（和歌山県出身・一九四六年一二月七日処刑）に捕虜虐待の罪により死刑の判決が下った時だという。田中は「捕虜収容所の大尉が銃殺なら、憲兵は間違いなく銃殺だと思った」と述懐する。

田中の脱走計画は綿密に練られた。刑務所内の人員の動き、監視の交替時間、塀の高さ、刑務所内のオランダ軍の戦闘能力、刑務所外の警備状況、ジャカルタ近郊の独立軍とオランダ軍の配置と戦闘能力等、ありとあらゆる情報を刑務所の内外から得た。そして、ジャカルタ郊外のブカシ川まで逃げ通せば成功すると計算をしたのだった。

一九四六（昭和二一）年一〇月一日、日没後。田中と山口は用意した獄舎のペンキ塗りに使う二本の梯子と縄を使って、二つの望楼間の監視の死角となる、高さ約三メートルの内壁と約五メートルの外壁を乗り越え脱獄した。

「いちかばちかでした。見つかれば射殺されるに間違いないのですから……」とその時の心境を語り、「我々の一週間後に今スラバヤに住んでいる前川辰治（元憲兵曹長／新潟県出身）ら一二人が脱獄し、四人が機関銃で撃たれました。脱獄するには人数が余りにも多すぎたのです。それも昼間でした」とつけ加えた。

私たちは塀の角を曲がり刑務所の南の望楼の下に出た。

「この辺でしょうな。我々が飛び降りたのは。今は塀の外に家がたくさんできて景色が変わっているから、正確にはわかりませんが、確かこの辺ですよ。おそらく家の向こう側に小川があるはずです。昔はこの辺一帯は全部田んぼでしたが。あそこの望楼に歩哨の立っているのが見えます」

我々は塀づたいに、その望楼の方へ歩いていった。一七、八歳の若い娘たちが笑いながらすれちがった。望楼の下まで来ると田中は立ち止まり、歩哨に向かってインドネシア語でいった。「俺はここから脱獄したんだが、あんた知っているか」。若い歩哨が知るはずもなかった。彼は自動小銃を我々に向け、田中に何かいったが聞きとれなかった。「まだあんたの生まれてない、遠い昔のことだ。独立戦争中のことさ、私はいずれカリバタ（英雄墓地）に行くことになっているんだ」
歩哨は不思議そうに私たちを見ている。刑務所の白い塀は、昔と同じように太陽の下で沈黙していた。

チピナン刑務所を背にした田中。田中はこのあたりから脱獄した。刑務所は今は一般犯罪者が入っているが、日本の敗戦後は日本人戦犯が多数収監されていた。一九八四年一〇月二九日

秋田丸とともに散った青春

元海軍軍属・安藤万次郎の場合

安藤万次郎――①元海軍軍属②イスマエル・タンジュン・アンドウ③一九二一（大正一〇）年二月一三日④秋田県⑤ジャワ島ジャカルタ⑥職業軍人⑦妻と子ども七人⑧一九九九（平成一一）年一二月一一日、死去

秋田県水産振興センターに県水産試験場調査船第二秋田丸の記録が残っている。秋田丸・一三九トン・一九三三（昭和八）年建造。東部太平洋、沿海州の漁業調査後、一九四四（昭和一九）年海軍に徴用、スマトラ文政官所属遠洋漁業指導船となる。戦時下の記録は混乱のため不明。一九四五（昭和二〇）年九月スマトラ島パカンバルにおいて英国に没収。乗組員は捕虜として抑留後復員、とある。

一九八四（昭和五九）年一〇月のある日、私はこの秋田丸の元乗組員・安藤万次郎がジャカルタのクボンナナスに生存していると聞いた。翌月、私は安藤を自宅に訪ねた。早朝のクボンナナスは、路地に天秤をかついだ物売りが大声を出して行き交っていた。痩身の老人が青いバテックに身を包み、三平方メートルほどの庭につくられた棚の上の紫や白い蘭の鉢植に水をやっていた。鉢の一つ一つに漢字で花名がつけてある。安藤は私の姿に気づくと鋭い眼光を向けた。

「秋田丸の乗組員は全員復員したと聞きましたが……」。私の質問に、安藤は遠い記憶を呼び起こすように話し始めた。

「その記録は正しくありません、何しろ戦後の混乱期のことです。私は一九二一（大正一〇）年二月一三日、秋田県河辺郡の漁村、浜田村に生まれ、子どもの頃から船乗りになると決めていました。千葉の砲術学校で訓練を受けて秋田丸に乗ったのが二〇歳の春でした。船長は岡田熊吉さん（千葉県出身・一九四五年六月病死）、乗員は三八人でした。神奈川県三浦市の三崎港を基地にしてトラック島やサイパン島方面でマグロの捕獲をしていましたが、太平洋戦争の始まった翌年の一一月二〇日、輸送船として海軍に徴用され、乗員もそのまま軍属になりました。正式には海軍暁部隊の軍属です。一週間後には三浦三崎港を出港し、ニューギニアに向けて食料、弾薬、兵隊を運び、その後はジャワ、スマトラの島嶼間で食料品、油等を海上輸送していましたが、一九四三（昭和一八）年になると米軍の爆撃に連日あうようになり、徴用された船で残ったのは秋田丸ぐらいのものでした。

終戦は、マラッカ海峡沖でラジオを傍受して知りましたが、日本の敗戦を信じる乗組員は誰一人いませんでした。

敗戦を実感したのは、八月下旬スマトラ島パカンバルに連合軍の憲兵が川をさかのぼって哨戒《しょうかい》艇で上陸し、オランダ人など約一五〇人の捕虜を解放した時でした。複雑な気持ちでした。連合軍の命令によって解放された捕虜を秋田丸でシンガポールに送還することになり、つい先日まで船尾につけていた日本海軍旗は降ろされました。その後は日本軍関係の復員船として、シンガポールとスマトラ間を行き来しました。敗戦国の将兵は薄よごれ、無気力で惨めでした。

私は、一九四七（昭和二二）年七月、秋田丸を降りた時に、国を捨てる決心をしていたのかもしれません。秋田丸は私の人生そのものでしたから、秋田丸を失うことは私の中の秋田そのものを失うことだったのです。鳥海山《ちょうかいさん》、十和田、なまはげ、秋田丸には私の祖国そのものが詰まっていました。

義勇軍出身のインドネシア人に誘われゲリラ戦を戦い、独立達成後もインドネシア海軍に残って、マレーシア紛争、イリアンジャヤ奪回作戦などに参加した私は、一九六四（昭和三九）年一二月、インドネシア海軍が日本から買った輸送艦アマハイラ号に乗って、修理のため横浜に行きました。二二年ぶりの帰国でした。

母のミサは二週間前の一一月二七日に老衰のため息をひきとっていました。父を幼少の頃に亡くした私は、母の手一つで育てられただけに、残念でなりませんでした。私はこの帰国の二年前に戦後初めての手紙を母に書きました。『親不孝の万次郎です。おゆるしください。内地では死んだものと思っておられたことと思います。元気です、ご安心ください。日本の商船、漁船がたくさんきています。一度内地に行って見たいと思います……』。母は喜び、それから手紙でのやりとりが始まりました。

私は、インドネシア政府から英雄勲章をはじめ一五の勲章をいただきました。しかし私の心の勲章は秋田丸なのです。秋田丸はイギリス軍に引き渡して以来、見ていません。もう一度秋田丸に乗りたい、もう一度白い船体を見たい」

一九七〇（昭和四五）年、インドネシア海軍を退役し、安藤の戦いは終わった。が、一九六〇（昭和三五）年の夏の衝撃的な出来事は今でも鮮明に思い出すという。

「私はインドネシア海軍がソ連に発注した軍艦・エリアンを受け取りにウラジオストックに行き、ドッグで働く多くの日本人に会ったのです。白髪が混じり、まるで老人のようでした。終始監視されまったく自由のない彼らは、日本が平和になったことさえ知りませんでした。彼らがその後、日本に帰ったかどうかはわかりませんが、離隊した我が身に比べ、戦後の祖国を知らない彼らより私のほうが恵まれていると思いました」

インドネシア海軍の軍服を着た安藤。一九八四年一一月八日、ジャカルタの自宅で

忘れた日本語

元陸軍二等兵・加藤慶明の場合

加藤憲明――①元陸軍二等兵②サマン・カトウ③一九二六（大正一五）年一月二〇日④大阪府大阪市⑤ジャワ島タンゲラン⑥守衛⑦妻と子ども八人⑧二〇〇一（平成一三）年三月一二日、死去

ジャカルタから二〇キロの距離にあるスカルノ・ハッタ国際空港は初代大統領と副大統領の名をつけたものである。戦中はチェンカレン飛行場と呼ばれ、日本軍の軍用飛行場だった。その空港のそばの田園の中に「ティフィコ」（帝人との合弁繊維会社）がある。

一九八四（昭和五九）年七月二二日、積乱雲が遠くに見え始めた昼下がり、守衛をしている加藤慶明を会社に訪ねた。サマンは今日は非番で社宅にいると同僚が電話をかけてくれた。サマンは加藤のインドネシア名である。五分後に日本製のオートバイで颯爽《さっそう》と現れた色白の加藤は、私を後ろに乗せ奥さんの待つ自宅に案内した。

「私が父母の反対を押し切り一八歳で軍属志願したのは、国内の物資が不足し薩摩芋が主食となった一九四三（昭和一八）年の一〇月一日で、巷では『撃ちてしやまむ』のポスターが張られ、玉砕ムードが高まりつつある頃でした。徴兵年齢に間があるのにと、母は泣きました。父は、志

願したからにはお国のために滅私奉公し、生きて日本の土を踏むなといいました。シンガポールを経てジャカルタに上陸し、一九四五（昭和二〇）年二月一日にジャワ治二九四九部隊佐藤隊に現地入隊しましたが、バンドンで終戦を迎え、ジャカルタのタンジュンプリオクの日本兵収容所に入れられました。しかし、敗けたからといって父の手前、おめおめと日本に帰るわけにいきません。九月に私は上官の狭間照隆軍曹と離隊し、バンドンに逃げたのです。

日本名はわかりませんがジャワ憲兵隊曹長の死は、今でも瞼《まぶた》の裏に焼きついて忘れることができません。ジャカルタのカンポン・チリンジンという田畑が広がり椰子の木が生える村でオランダ軍一個小隊と遭遇した時のことです。私はすぐに逃げました。オランダ軍との装備の差を考えれば当然のことなのです。ところが曹長は突然、『俺は戦うぞ！』といって椰子の木に登り、近づいてきたオランダ兵をピストルで撃ちました。不安定な足場で当たりっこありません。狙い撃ちにあったのは曹長自身でした。自動小銃の音が聞こえ曹長が木から落ちていくのが見えました。私はオランダ軍の去ったのを確認し、曹長のもとに駆け寄りましたが、わしはもうだめだ、といって息をひきとりました。今思うと曹長は死ぬ気だったのかもしれません。我々逃亡兵は日本に帰ることはもうはかない夢になっていたのですから。私はバンドンの近くのチマラカ村に住み、独立戦

1950年、加藤24歳の時の写真

争を戦い、一九四九（昭和二四）年に正式にインドネシア国軍に入り、一九七二（昭和四七）年に除隊しました。その後『ティフィコ』に入り守衛をやっています。

除隊する前の一九七〇（昭和四五）年九月、突然バンドンで繊維関係の仕事をしている福田という人が訪ねてきました。独立戦争後日本人を見たことはありませんから驚きました。福田さんは集落の子どもから日本人がいることを聞き、確かめに来たのです。私に内地の住所を書かせ、二日後に帰国し、大阪市東区役所に知らせたのでした。その一カ月後、母や妹や東区の区長が福田さんとともにジャカルタに来て、日本大使館で、息子が生きていると話したそうです。ところが大使館の名簿では死んだことになっている。大使館員と福田さんが私の家に車で乗りつけ、母と妹が来ているといわれた時は、夢を見ているのではないかと思いました。

バンドンのホテルで二度と会えないと思っていた母と妹に再会し、なりふりかまわず母にすがりました。妹が、どうして兄ちゃん帰ってこないの、兄ちゃんどうしたのと話しかけるのですが、私の口から日本語が出てこないのです。母も『慶明、どうかしたの？』と何度も何度も、叫ぶようにいうのですが、本当に日本語が出てこないのです。独立戦争に参加してから、日本語を二〇年も使ってませんから。いっていることはわかるのですが、しゃべれないのです。大使館の人が見かねて通訳をしてくれました。

母は、すぐに日本に帰ってこいといいました。しかし無理です、私には妻のヤリワティと八人の子どもがいたのですから。母たちは一週間滞在し、私の家で家族と会い、帰国しました。それ

から二年後の一九七二（昭和四七）年に日本に帰りましたが、飛行機の中でずうっと悩みました。もし日本語が出てこなかったらどうしようか、飛行機から降りたら何をいおう、家族にどう挨拶をしようかと、心配でした。ところが不思議なもので、羽田空港に着き日本の土を踏むと、囲まれた報道陣に日本語でしゃべっていました。

私は自分の人生を顧みると、どうしても生き永らえた、という感じが強いのです。たった一年六カ月の日本軍生活でしたが、私に限らず、あの時代の人はそう感ずるのではないでしょうか。今は幸せです。子どもたちも順調に成長しています。できれば、ジャカルタの日本人学校に私の子を入れたいのですが、日本の国籍を持っていないと無理なのでしょうね」

右の人形は日本から送られてきたもの。一九八四年七月二二日、タンゲランの自宅で

三つの祖国

元陸軍雇員・田中秀雄（中国名・盧春生）の場合

田中秀雄（中国名、盧春生）――①元陸軍雇員②ムハンマド・ユスフ・タナカ③一九二三（大正一二）年四月一六日④台湾嘉義郡⑤スマトラ島メダン⑥土建請負業⑦妻と子ども一六人⑧一九九八（平成一〇）年一二月一〇日、死去

日本軍が軍人・軍属として徴用したのは日本人だけではない。戦時下の植民地台湾からも多くの人たちが戦場に駆り出されていった。元特務機関員の田中秀雄（中国名、盧春生）もその一人である。

「私は中国の広東で叔父の仕事を手伝っていて台湾にも徴兵制がしかれると聞き、二等兵になってビンタを食らうのならと一九四三（昭和一八）年の二月、広東で軍属に志願しました。日本語と中国語の話せる私は、六カ月の教育後シンガポールの第七方面軍参謀第二課に配属され、一九四四（昭和一九）年の一月にスマトラ島パカンバルに上陸し任務につきました。仕事は、簡単にいえばスパイです。今だから明かせますが。

終戦の年の八月に、『戦犯は階級を問わず』というイギリス軍の流したニューデリー放送を傍受した私は大型拳銃を腰に、手榴弾を足にくくりつけ、軍票を持ち離隊逃亡したのです。初めの

うちは飲んだり女と遊んだりけっこう楽しくやっていましたが、金を盗まれ文無しになり、独立軍に参加しました。戦後はアルミの廃物を拾って鍋をつくり行商をしたり、苦労の連続でした。今は日本企業の湾岸工事の下請りをやっています。

田中には子どもが一六人いる。「子どもは多いほうがいいよ」と田中は高らかに笑った。一九八四年八月七日、メダンの自宅で

祖国ですか、そうですね、生まれ育った台湾であり、戦前の教育を受けた日本であり、そして半生を過ごしたインドネシアです」

バリ島で戦って

元陸軍伍長・平良《たいら》定三の場合

平良定三――①元陸軍伍長②ニョマン・ブレレン・タイラ③一九二〇（大正九）年一一月四日④沖縄県平良市⑤バリ島デンパサール⑥観光業⑦妻と子ども六人⑧二〇〇四（平成一六）年六月五日、死去

日本からの若いカップルの旅行客でにぎわっているバリ島は、戦争中は日本軍が進駐し、終戦後は残留した日本兵がここから独立戦争に参戦したと知る者はほとんどいない。

バリ島デンパサールで観光業を営む、沖縄県宮古島出身の元台湾歩兵第一連隊の平良定三は、「彼らは幸福ですね。まるで外国の若者を見ているようです。でも彼らはバリ島のことを知りません。事前にバリの勉強をしてほしいですね。しかし、ありがたいですよ。私の飯の種ですから……」と笑った。平良には今の日本の若者の変わりようがまるで夢のように感じられるのだった。

「一九四五（昭和二〇）年八月一七日、私はインドネシア東部スンバワ島の海岸警備中に終戦を知りました。バリ島シンガラジャの中隊に戻ったのは九月の初めのことです。島では若者が胸に紅白のマークをつけ、プロンタ・ムルデカ！（立て、独立のために）と声を張りあげていました。アジアの解放を中隊長から訓示されていた私は、バリ島の若者の姿に心を打たれました。島全体

が独立、独立です。今の平和なバリ島ではとても信じられないことです。

私にとって敗戦はショックでした。とりわけ故郷の沖縄が米軍の猛攻撃にあい、占領されたと聞いて、もう帰れないのだなと思いました。出征した時から私は死を覚悟していましたから、独立戦争に参加して日本人らしく死ねればと考えたのでした。終戦後すぐには、バリに連合軍の上陸はなく、我々は日本軍の宿舎に寝起きしていました。

その年の一二月のある夕刻のことです。ロウソクの炎に照らし出された宿舎の一室に約三〇人の仲間が集まっていました。私は、『独立軍に参加するため今夜離隊を決行する、参加意志のある者は手をあげてくれ』と低い声でいいました。しかし、みんな無言です。私は彼らの表情の中に戸惑いを見ました。微光の中に照らし出された手は三つ、木村伍長（名不明、鹿児島県出身）、田島軍曹（名不明、長崎県出身）、中野伍長（名と出身地不明）でした。その夜は離隊決意を書いた決意書に血判を押し秘密を誓い、一〇時をまわってから、隊長の阿南秋夫少佐に報告に行きました。『阿南少佐殿、まことに申し訳ございませんが、我々四名は今夜一二時をもって独立軍に参加すべく離隊いたします』。私がいうと、数分の沈黙のあと少佐は『そうか……』と静かに口を開き、『今は私には何もいえない、結果は歴史が解明するであろう、ただ、私には兵士を親元に帰す義務がある』といい下を向きました。

離隊後、私は今は観光地として名高いキンタマーニ高原を中心として、ゲリラ戦に加わりました。ともに離隊した戦友は戦闘中に行方不明になりました。私が山から降りたのは一九五〇（昭和二五）年一月一五日のことです。

私は死んでいった戦友の霊を慰めるために残留を決意しました。野晒《のざら》しになっていた戦友の遺体が集められ、バリ島に英雄墓地がつくられたのが一九五六（昭和三一）年のことです。私は独立戦の記憶をたどり、戦友の遺体を掘り起こして英雄墓地に収容しましたが、日本人であるかどうかは独立戦争後五年以上たっていますから判別はできませんでした。独立戦争中に私がブレレンと名乗っていたように、日本人は皆、現地名を名乗っていましたから。

仕事の合間を見て調べたところ、二〇名の日本人が戦闘に加わって死んでいったことがわかりました。しかし、中には銃殺されたとか、インドネシア人に殺された等の戦死公報を受けていた日本の遺族もいたようです。私の知っている元日本兵の戦没者は、ブング・アリ（梶原）、マデ・プトラ（高木）、ワイアン・スクラ（松井）、マデ・スクリ（荒木）、ブン・ラマット、ブン・チャング、クトット（木村）、グデ（田島）、クトット（美馬）、マデ（中野）、ワイアン・グデ・ワジャ、ワイアン・グヌン、クトット・スニョウ、曾我、満富、工藤、大久保、平田林之助、片岡三喜——わかっているだけですが……。

戦争中はよかれと思って現地名を名乗っていたのですが、結局は彼らの日本名を確認できないという皮肉な結果となりました。せめてもの供養にと、毎年一回は欠かさずに英雄墓地に行くようにしています。

沖縄が日本に返還になった翌年の一九七三（昭和四八）年一二月二五日、私は戦後初めて日本

に帰りました。沖縄返還のニュースはうれしかった。祖国は立派になっていましたが、宮古島の海の色も珊瑚礁《さんごしょう》も昔と変わりませんでした。バリ島の海もきれいですが、やはり宮古の海のほうがきれいです。親戚中が集まって歓迎してくれました。八三歳の母と会うこともでき感激でした」

平良が日本に帰った年は、元日本兵・横井庄一がグアム島のジャングルで発見された年である。平良は山を降りた年に結婚し、その後、自転車修理工で生計をたて、日本人がバリ島を訪れるようになった一九七一（昭和四六）年二月に観光業を始めて、今はバリ・インジャコ・ツアー・トラベルを経営している。

平良の長男で大学の先生をしているスミトラの結婚式。後列左平良、その右が妻のメリタ、前列左長男スミトラ。一九八四年一〇月六日、デンパサールで

我々は軒を借りているのです

元スマトラ拓殖会社・弘田実の場合

弘田実――①元スマトラ拓殖会社②サムスデン・ヒロタ③一九一六（大正五）年一一月一六日④高知県⑤スマトラ島メダン⑥日系企業勤務⑦妻と子ども五人⑧死去日不明

スマトラ島メダンにある、大成一間共同企業体メダン事務所の木製のガッチリしたドアを開けると、クレオソートの臭いが鼻をついた。天井が高く、白く塗られた室内の中央に置かれた机に向かっている初老の紳士が弘田実であった。黒縁の眼鏡をかけた風貌は大学の教授を思わせる。弘田は私の訪問に、残留元日本兵を貧困や憐憫《れんびん》の視点からだけで書かないでください、と前置きして静かな口調で語り始めた。

「日本の敗戦後、日本軍とインドネシア人との間で日本軍の武器をめぐる事件が多発しました。終戦時に私がいたテビンテンギーでの事件は、その代表的なものだったといえます。インドネシアの独立に燃えたインドネシア青年党はテビンテンギーを警備していた日本軍に権限を渡すよう迫り、日本軍も終戦後、余計な犠牲者を出したくないことから申し出を受けたのです。勢いに乗った青年党の矛先は独立から反日へと変わっていきました。日本軍は連合軍の手先になり、インドネシアの独立潰しをしている、というのです。その裏には旧宗主国オランダの諜報員による攪乱作戦があったのでした。

青年党の反日の動きは、日本軍に対する報復という形となって現れました。町の商人の日本人に対する販売禁止、日本軍諸部隊に通じる電話線の切断等で、実質的に日本軍は孤立したのでした。そして日本とインドネシアとの間に不幸な出来事が起きたのです。

メダンから約八〇キロの距離にあるテビンテンギー近郊のマタハオ農園で、日本人管理人三名、近衛五連隊将兵一二名が突然インドネシア人に襲撃され殺されました。一九四五（昭和二〇）年一二月八日のことです。続いて九日には、ブタゲイの日本軍物資調達班二〇名が槍やパラン（刀）を持った二〇〇〇名のインドネシア人に包囲され、日本軍は軽機関銃を空に向け威嚇射撃をし対峙したのです。

そして一〇日夜には、テビンテンギー駅の北にある二階建の家屋三軒に分宿していた六〇名の日本軍に対して、武装した青年党が武器の引き渡しを要求し、大挙して押し寄せたのでした。指揮官は不必要な殺傷を避けるため武器の引き渡しを部下に命じたのですが、統制のとれていない青年党は日本兵の身につけている時計、金品の強奪を始めました。抵抗した日本兵は銃剣で刺され、指揮官は、部下全員に退避命令を下し、丸腰の日本兵約三〇名は鉄道線路のほうへ飛び出しましたが、待ち受けた青年党軍の歩哨の一斉射撃を受け、多くは惨殺されました。わずかに残った生存者も市内の刑務所に連行され殺されました。指揮官らはとくに悲惨だったそうです。殺された後に手足をバラバラにされ、町中を引き回され、穴の中に埋められたというのです。

翌日、この惨劇を知らずにテビンテンギー駅に着いた軍政部員や一般邦人らの非戦闘員の一団もまた、待ち受けていた青年党軍の要求に応じて武器を引き渡したのですが、同乗の日本軍警備兵は刑務所に連行され、市民の見ている前で殺されたそうです。

一二日にはテビンテンギーの青年党の代表がバビラン農園の日本軍を訪れ、『今、我々は三〇〇〇名の兵力で農園を包囲している。戦車、大砲、武器を全て我々に渡してもらいたい。でなければ我々は、あなたがたを皆殺しにするだろう』といって脅しをかけたのでした。もちろん連隊長は断ったのですが、一三日の朝、槍先が胸に突き立ったままの日本軍下士官がバビラン農園に運ばれて、初めて日本人が惨殺されたことを知り、激怒し報復戦を決意したのです。その日の午後二時、日本軍三個中隊が戦車を先頭に市内の中央にあった青年党の本部を攻撃しました。日本軍は敗けたといってもまだ完全武装の武装集団です、青年党はひとたまりもありませんでした。

翌一四日、日本軍は各所から日本兵の遺体を発見すると、憲兵やインドネシア警官に手伝わせて市内の捜査を行い、事件の容疑者を検挙し、約五〇名の青年党員を町の広場で斬首しました。まさに報復でした。次々に発見される日本兵の遺体を前に、激怒した日本軍は『もはや、インドネシア人の独立は許さない。日本軍が直接軍政をしく』とまでいったのでした。日本軍のあまりの剣幕に驚いた市民は、国旗を降ろし、ムルデカ(独立)を叫ぶのをやめてしまいました。

テビンテンギー事件はその後の日イ関係にも尾をひきました。

一九四五年一二月といえば、戦争が終わりすでに五カ月が経過していますが、我々は終戦処理の終わらないスマトラの大地で危険にさらされていたのです。それを知らない日本人は我々残留者を語る資格はありません。また戦後、日本の企業がスマトラに進出してきた時に我々がもっとも気を使ったのが戦後の一連の事件だったのです。

旧軍人がセンチメンタルに戦跡巡りと称してこの地を訪れるのは余りに非常識です。この地でテビンテンギー事件を知らない者はいないのです。

私はこの国が好きで残留し、独立戦争に参加しましたが、やはり日本人です。インドネシアの国籍をいただき、軒先をお借りしてひっそりと暮らしているのです」

弘田のアルバムには学生時代の写真から家族の写真までが几帳面に整理されてあった。時々出しては見るのだという。一九八六年八月一七日、メダンの自宅で

元陸軍軍曹・樋口修の場合

イナルムの重役になるまで

樋口修——①元陸軍軍曹②ルスリ・ヒグチ③一九一八（大正七）年一月三一日④群馬県⑤ジャワ島ジャカルタ⑥日系企業勤務⑦妻死去、子ども三人⑧一九九六（平成八）年二月三日、死去

「私は近衛歩兵第四連隊・兵器部にいて、火器弾薬の専門家でした。終戦をスマトラ北部、アチェのスリモン（バンダアチェの南東約四〇キロ）で迎え、武器弾薬を残したまま、メダン近郊のチンジュワン農園に収容されました。その年の一〇月、イギリス軍から連隊の残置弾薬の爆破命令が下り、私は部下一〇人を引き連れスリモンに向かいました。アチェ地域は連合軍反攻の際の主戦場と想定されていましたから、スリモンには約三年分の作戦用武器弾薬の他、野戦病院、食糧集積所、軍事物資など、ありとあらゆるものがありました。

スリモンに到着した私たちは導爆索（導火線によって弾薬庫を一度に爆発する装置）を設置するため数十の弾薬庫に散り作業を始めました。ところがある日、私は作業中に突然二〇〇人ほどのインドネシア人に囲まれ、あっという間もなく神輿のように担がれて二時間ほど行った山中の民家に運びこまれたのです。

軟禁中はコーヒーや鶏肉料理などを出され予想外の待遇を受けましたが、二週間後、ランガル（村の牛を競売する広場）に連れ出され、広場の片隅に座らされたのです。数十人のインドネシア人が遠まきにして、殺せ、火薬の専門家だから利用しろなどと議論している声が聞こえました。戦中、私は歯ブラシのような恰好の髭をつけていたものですから、現地民にも歯ブラシ軍曹と呼ばれ名が通っていました。議論の末、私は生命の安全を保証するという約束でインドネシア独立軍に入れられました。食糧に不自由し、銃で野鳩を撃ったり、椰子の実をとったりしたものです。

独立軍での仕事は、最初のうちは村の青年たちの軍事訓練でしたが、一九四七（昭和二二）年に入るとロンガ（コタラジャの西一四キロ）に移り重火器の製作・修理を担当しました。おそらく私の所属したアチェ軍は当時の独立軍の中で最高の装備を備えていたのではないでしょうか。というのもロンガには日本海軍の飛行場があり、飛行機、弾薬、魚雷、爆薬等が破壊されたまま棄てられていたのです。その兵器を修理して使えるようにするわけです。例えば大砲はボーリング用の肉厚のパイプを探し、その内側にらせん状の線をつけてつくるのです。七・七ミリ、一二・七ミリ、二〇ミリ口径の機関砲は飛行機から外しオートバイのタイヤをつけて運べるようにしました。旋盤、フライスなど素人集団の兵器工場ですが、インドネシアでは唯一の軍事工場だったのです。十数人の日本人が大砲の製作と修理に参加しました。

何度かオランダ軍と戦いましたが、戦闘が激しくなるにつれてインドネシア兵は浮足立ち、日本人だけが残されるということがしばしばありました。臆病だから逃げるのではなく、訓練されていないからなのです。

独立戦争が終わった一九五〇（昭和二五）年、日本人は除隊を命じられ全部で七六人がメダンに集結させられました。独立を達成し日本人は必要なくなったと判断したのですが、実はアチェでジャワ中央政府への反乱の動きがあり、日本人が加担することを恐れたのです。三カ月ほどで自由の身になりましたが、退職金や恩給が出るわけではありませんから、その日から食うのに困りました。技術を持っていても日本のように工場があるわけではありませんから仕事もありません。

しかしこの年、私はメダン高等学校の数学教師に応募し採用され、八年間理数科の教師を務め、一九五八（昭和三三）年に住友商事がインドネシアに進出するとジャカルタ事務所の初代駐在員となりました。出征前に秋田鉱専（現秋田大学鉱山学部）を卒業し住友本社に勤めた経歴があったからでしょう。北スマトラの油田復興投資計画、ジャカルタのタンジュンプリオク火力発電所設備工事等の大プロジェクトに参加し、一九七六（昭和五一）年に、住友商事を辞め、アサハン・プロジェクトの水力発電やアルミ工場の事業に従事して、イナルム（日イ合弁のアルミ精錬会社）の重役になりました。一九八九（平成元）年にイナルム社を退職し、現在は住友商事ジャカルタ支店の顧問をしております。

インドネシアが独立できたのはアチェがあったからです。一九四八（昭和二三）年一二月、オランダの空挺部隊はジャワ島のジョグジャカルタを急襲し、スカルノ、ハッタなどの政府首脳を拉致してバンカ島に連行しました。その時スマトラに出張中のインドネシア共和国の蔵相のシャフルディンがアチェのコタラジャに臨時政府を樹立し、停戦が実現する一九四九（昭和二四）年八月まで政府を存続させたのです。アチェはインドネシアの中で唯一、オランダ軍が占領できなかったところです。インドネシアの歴史はアチェがつくったといっても過言ではありません。

アルミ会社イナルムのメダン支店長時代の樋口。一九八六年八月一七日、同支店長室で

インドネシア独立には多くの日本人の犠牲がありました。爆弾製作中にも十数人の日本人が事故で亡くなりました。彼らは、我々が死ぬと完全に忘れ去られてしまうのです」

樋口は、私が取材した一〇年後の一九九六年深夜、使用人が手引きした強盗に襲われ殺された。

残された日々の課題

元陸軍少尉・伊丹秀夫の場合

伊丹秀夫――①元陸軍少尉②ブスタミ・イタミ③一九二三（大正一二）年五月三一日④大阪府大阪市⑤ジャワ島ジャカルタ⑥会社役員⑦妻と養子二人⑧二〇〇五（平成一七）年二月二〇日、死去

「私は終戦の年の一〇月にスマトラ島ロスマエで部下二四人とともに数百人のインドネシア民兵に取り囲まれ、やむなく武器を引き渡したのです。その責任をとって離隊し、独立戦争に参加しましたが、戦後はペンキ屋、水道屋、電気屋などで生計をたてたり日系の企業に勤めたりして、今は自動車部品をつくる工員三五人ほどの工場の顧問をしています。

インドネシアに残った我々も、もう老人になりました。我々には残されたいくつかの課題があります。それは我々の二世・三世の教育問題と生活向上問題です。私はそれに長い間取り組んできました。現在インドネシアには二世・三世は合わせて七九四名います。一九八三年に二五〇名の二世を対象に生活状況などについて調査した結果、教育と生活水準の問題がはっきりしました。学歴でいえば中学卒が全体の六割で、定職につくのが難しいのです。高校卒が三八パーセント、大学と専門学校卒はわずかに全体の二パーセントでした。残留者の平均年齢がすでに六五歳、そ

の老人たちに子弟の教育を期待するのはまず無理で、しかし、生活の向上は教育によるしかないというのが結論でした。

そのためには奨学制度が必要だとなりましたが、その資金はありません。二世、三世が教育を受け、我々の築いた日本との関係を継承し、日本とインドネシアの架け橋になれれば、日本にとってもいいことです。我々は日本のアジア留学生協会の協力を得ながら、資金集めを始めました。とくに福祉友の会の乙戸昇氏は何度か自費で日本へ行き、インドネシアと密接な関係にある企業や役所と折衝を重ねて、四〇〇〇万円の寄付金を集めました。それもインドネシアで唯一の全国的組織、福祉友の会が行ってきた業績が認められたからこそできたものなのです。

四〇〇〇万円の基金はジャカルタの東京銀行に定期預金にし、元金はくずさず、金利の七五〇万ルピアを奨学金にあてることにしました。奨学生の選考には、学業成績良好、父親が他界、高学年生を優先しました。一九八八（昭和六三）年に始めたこの制度で、すでに大学・短大・専門学校生二四名、高校生二〇名に奨学金を出しました。今年度（一九九一年）の奨学金は、大学・短大・専門学校生で七万ルピア、高校生で一万五〇〇〇ルピア、日本円にすれば大学生で五〇〇〇円程度ですが、インドネシアの物価を考えると十分と思われます。現在は大学・短大六名、高校八名、中学三名に奨学金を与えています。奨学金の支給は一年ですが、返済義務はありません。彼らが立派な社会人となり、社会に貢献してくれれば十分です。

生活水準の問題ですが、昨年（一九九〇年）日本の法務省は日系人の日本滞在および就業を緩和する方針を出しました。それにともない、我々も昨年秋から日本での就業希望者を募りました。渡航申請書に経歴、写真、父親の結婚証明書、本人の出生証明書、父親の本籍地を明記して東京の中南米日系研修センターに申し込みます。父の国を知り、技術を習得し、資金を蓄えインドネシアで仕事ができるようになれば生活の向上につながると考えています」

一九九一（平成三）年六月から茨城県の岡野興産株式会社で働き始めたエディー・サントソ（元陸軍憲兵軍曹／茨城県出身の山口正次の遺児、三八歳）から、次のような手紙が伊丹に届いた。

「六月二五日からいよいよ日本での仕事が始まりました。仕事は朝八時四五分の体操に始まり、休憩をはさみ一八時までです。週休二日制で土日は作業がありません。ただし木曜日以外は残業を二時間しますので、その時の退社時間は夜の八時になります。休みの日は洗濯をしたり、インドネシアへの便りを書いて過ごします。

日本の対応は良好です。ジャカルタとは違い礼儀正しいものです。日本人の労働者は私たちに日用品などいろいろなものをくださいます。とくに社長の岡野さんと奥さんの好意は身にあまるものがあります。これから就業する皆さんのもっとも関心のある私たちの給料の詳細と借用金とについてお知らせいたします。

一日の賃金は七五〇〇円で、残業を加えると税引後一カ月で二〇万七六六〇円になります。そのうちジャカルタ・東京間の旅費と諸費用一万七九六三円（一〇カ月返済）と宿舎費用として五〇〇〇円が引かれ、手元には毎月、約一八万円が残ります。

仕事は難しくはありませんが、漢字で説明書などが書かれているのが困ります。英語であれば問題ないのですが。日本語で書かれた大型土木機械やトランスミッションの図面は読み取るのが難しい。現在はクレーンの座席を取りつける作業などをしています。作業の要領は細心の注意が必要だということです。

最後になりましたが、福祉友の会の皆様方のご援助に対して深く感謝しております。私たちのために神の恵みがあるようお祈りください」

一九九四年、二世や三世のための日本語学校「ミエ学園」が設立され、私は日本側事務局として携わった。

伊丹の家の前は夕方になると打ち水され、物売りが頻繁に通り、まるで東京の下町にいるようだった。一九九一年八月四日、ジャカルタの自宅前で

京都で会った父親

元陸軍曹長・藤原浅次郎遺児、ウイリー・フジワラの場合

ウイリー・アブフドラ・フジワラ（元陸軍曹長／藤原浅次郎遺児）――③一九四五（昭和二〇）年一一月二五日④スラウェシ島コタムバグ⑤ジャワ島ジャカルタ⑦妻と子ども四人

「私は一九四五（昭和二〇）年にスラウェシ島本部のコタムバグ村に生まれました。子どもの頃ヤパーニ（日本人の子）、ヤパーニとからかわれたことを憶えています。私の父が元日本兵であったことを教えてくれたのはおばあさんです。

母のラシマは私が一二歳の時に再婚しました。私は自分の中に日本人の血が流れていると思うと、日本に行き父に会いたいと思い、高校卒業後にジャカルタに出ました。ジャカルタに出れば日本大使館があり、父を見つけるチャンスがあると思ったからです。

ジャカルタでは、昼間はアカデミー・インダストリアル・マネージメント短大に通い、夕方からはインドネシア国軍でアルバイトをして生活費を稼ぎました。

一九六八（昭和四三）年、父を探すチャンスが訪れました。東京の東南アジア文化友好協会の加藤亮一理事長がジャカルタを訪れ、地元新聞『シナールハラパン』に元日本兵の遺児を探して

いると掲載したのです。私は加藤さんを宿舎に訪ね、父の話をしました。加藤さんから遺児の何人かを技術研修で日本に招くと聞き、私も申し込んだのですが、しかし、手掛かりといえば、写真の裏にA・フジワラと名前が書いてあった茶色に変色した父の写真の記憶だけでした。

六カ月待ってビザがおりた時は、夢のようでした。神様にお願いしたからだと思ったものです。一九七〇（昭和四五）年二月、航空券が日本から送られてくると、私はそれを船の切符にかえ差額を経費に当てました。お金がまったくなかったのです。スラバヤから乗った貨物船の乗客は私一人で、船長と船員は私が父を探しに日本に行くのだと話すと励ましてくれ、船の上のアルバイトもさせてくれました。

東京では、池袋の協会の施設に泊まり、拓殖大学で日本語を学びました。

日本に行って一年三カ月目に『毎日新聞』が私のことを記事にしてくれました（一九七一年五月五日の『毎日新聞』朝刊に、「日本のお父さん名のり出てください。まぶたの父を探すインドネシア青年」という記事がある）。数日後に協会から母の名前を聞かせてほしいと連絡があり、間もなく京都の藤原浅次郎さんという人から電話がありました。その人が私の父だったのです。A・フジワラ、出身地のコタムバグ、母の名のラシマという手掛かりだけで父は見つかったのです。

五月一三日、京都市伏見区の家で、父に会いました。私は習いたての日本語で『お父さん元気ですか、本当にお父さんですか』といって抱きつきました。あとは言葉になりませんでした。父はメナドの軍政部に勤めていて、日本が戦争に敗けると捕虜になって日本に帰ったのだそうです。

生まれる子どもをよろしくといって、母に手紙と産着を送っていたのだそうです。

新聞の記事を見て、貴方の子では？　と父にいったのは義母にあたる父の奥さんでした。父は戦争中のことを話していたのです。父は私に希望があるなら援助するからといいました。しかしすでに二五歳で短大も出た私は、父に会えただけで十分でした。父の元で二週間すごし、それから埼玉の本田技研工場でエンジンやメカニックの技術を研修しました。一九七四（昭和四九）年三月に帰国するとジャカルタの本田技研の合弁会社ホンダフダダラに入り、その後、サンワシャッターに移って溶接の技術をマスターしました。

後ろはウイリーが初めて持ったジャカルタ市内の工場。今は操業していない工場の土地は、ウイリーが買った時の数十倍に値上がりしていた。1991年8月4日

一九七九（昭和五四）年八月、私は四〇万ルピアでヤンマーの溶接機を買い、ジャカルタに三メートル四方の小さい作業所を借りて独立しました。職人を一人雇い、シャッターや門扉の設置の仕事をやり、貯めたお金で最初の工場の土地三〇〇平方メートルを買ったのです。仕事

は順調でした。スカルノ・ハッタ空港の関連施設やトヨタのショールームのシャッターなど多くの仕事を手がけました。

私の人生は、父もない、金もない、何もない、無一文からの出発でしたから、人との付き合いを大切にして、貯めたお金は銀行に預けて、一生懸命頭を使って仕事をしました。今は三つの工場を持ち、一五人の作業員を使っています。

父は一九七五（昭和五〇）年に七五歳で亡くなりました。

今年（一九九一年）、私は日本との交換留学生の引率責任者として日本に行きました。日本は素晴らしいですね、だけど私にはジャカルタのほうがいいですよ。日本のサラリーマンはかわいそう、あんなギュウギュウ詰めの電車に乗って会社に行かなくてはならないのですから……」

ウイリーは一九七九年に結婚し、今は四人の子どもの父親である。

また地区のRT《エルティ》（隣組長）を務めている。一九九二年六月にはメッカ巡礼を果たし念願のオラン・ハジ（巡礼人）にもなった。

京都で会った父と子

銃殺された父

元陸軍軍属・梁川七星（朝鮮名、梁七星）遺児、エディ・ヤナガワの場合

エディ・ヤナガワ（元陸軍軍属・日本名梁川七星、朝鮮名梁七星遺児）――③一九四七（昭和二二）年五月五日④ジャワ島バンドン⑤ジャワ島ジャカルタ⑥建築会社勤務⑦妻と子ども二人

一九九〇（平成二）年九月、インドネシア残留元日本兵の二世訪日団の中にエディ・ヤナガワの名があった。彼は独立戦争中にオランダ軍によって処刑された軍属・梁川七星（朝鮮名梁七星・韓国全州市出身、当時二七歳）の二世だった。

梁川七星は現地名をコマルディンといい、インドネシア軍屈指の精鋭師団・シリワンギ師団のコサシ中佐率いるコサシ部隊の兵士だった。一九四八（昭和二三）年、レンビル協定後インドネシア軍は、中部ジャワへの撤退を強いられたが、梁川七星と戦友の青木政四郎（元陸軍曹長／神奈川県出身）、長谷川勝雄（元陸軍軍曹／福島県出身）たちは西ジャワ、ガルトに残った。翌年二月七日ガルトにあるハルオパンゴン村付近でオランダ軍と交戦した梁川七星らの部隊は、弾薬がつき、三人は捕虜となった。半年後の八月一〇日、手足を鎖につながれたままガルト市内を引き回された三人は、埋葬用の墓を掘らされたあと銃殺された。

一九九一年八月三日、私はジャカルタでエディ・ヤナガワに会った。

「母のリン・ウエナスの話によると、私はジャワ島のバンドンに生まれ四歳まで暮らしたそうです。母が再婚したのが一九五一（昭和二六）年、その年に一家はジャカルタに出てきました。ジャカルタで中学、高校を終えた私は、アカデミー・テクニック・ジャカルタ大で商業を学びました。

私が三〇歳になり結婚する数日前に、母は大切な話があるからといって私を呼びました。私は母の話は結婚生活への助言と思い、少し恥ずかしい気持ちでしたが、母の口から出た言葉は私を愕然とさせました。まったく予想もしていない思いがけないものだったのです。

今まで実の父だと思っていたエディ・トンドカンベが実父ではなく、一九四九年、オランダ軍に捕まって銃殺刑になった、元日本軍の軍属の梁川七星が実父だというのです。

子どもの頃、日本の兵隊は恐いと聞いていましたから、信じられませんでした。私は何度も母に聞きました。母が冗談をいっているのではないかと思ったのです。母の目から涙があふれ、私はどうしていいかわかりませんでした。その時の気持ちはとうてい口で表すことはできません。目の前が暗くなりました。

私は悩み、婚約者のエテイに相談しました。エテイはそのことと結婚は関係ないといい、私を慰めてくれました。義父は私が三〇歳になるまで、我が子同然に私を育ててくれたのです。私は義父を尊敬しています。

左が父・梁川七星。手首に鎖が見える。

結婚して月日が経過するにつれ、私は実の父親である梁川七星のことを知りたいと思い、父の戦友を訪ねまわりました。父は軍属として強制的に日本軍にインドネシアまで連れてこられ、オランダ人捕虜を監督、動員して日本軍の飛行場の建設に従事したのだそうです。父が銃殺になったのが二七歳、私が父のことを知った時は三〇歳で父の年齢をすでに越えていました。

戦争がなければ父がインドネシアに来ることも、銃殺になることもなかったでしょうし、もちろん私も生まれませんでした。父を思うとかわいそうでなりません。

日本が敗けた時、父は母をつれて韓国に帰りたいと母に話したそうです。しかし母はインドネシアを離れることができず、そのうちに父は激しくなる独立戦争に巻き込まれていったらしいのです。母はそのことを悔やんでいたようです。母がついて帰国していれば、父が死ななくてすんだわけですから。でも母の気持ちもわかります。母を責めることはできません。

今になって思うと、母は日本の歌がラジオで流れると必ず切っていました。義父に遠慮したのかもしれませんが、それ以上に銃殺になった父への思いがあったのかもしれません。私には一一歳と一〇歳の二人の子どもがいますが、子どもたちには私のような思いはさせたくありません。私は一九九〇年に日本に行きました。今度は父の祖国、韓国を見たいと思います」

エディ・ヤナガワは梁川七星の話になると目を真っ赤にした。

彼が手にした封筒の中から差し出した写真には、捕縛された銃殺直前の梁川七星、青木政四郎、長谷川勝雄の三人が写っていた。写真はオランダ軍が写し、独立戦争後、何人かの手を経て彼のもとに届けられたのだという。

オランダ軍の軍事法廷での梁川七星らの判決は終身刑であったが、関係者の話によると、捕虜になるなら殺してくれといったという。それが戦陣訓によるものかどうかは明らかでない。

ジャカルタの福祉友の会の事務所で待ち合わせたエディはカローラに乗ってやってきた。一九九一年八月三日、ジャカルタ市内で

独立戦争後、三人の遺体はガルトの市民によって掘り起こされ一般墓地に埋葬された。そして、一九五一（昭和二六）年にインドネシア国軍葬によって英雄として英雄墓地に改葬されたのだった。

第五章　鎮魂歌

――元陸軍一等兵・重河博之の場合

テープに残された肉声

一九九〇年夏、私はジャカルタのハッサン・田中を久しぶりに訪れた。六年前に取材で訪れた時、田中の眼光はいかにも憲兵しいうにふさわしい鋭いものだったが、老いた顔にその面影はなかった。

田中は「これは長さんが持っていてください」といって、三〇センチ四方の箱に入った二〇本ほどのカセットテープを出した。

帰国した私はテープを再生した瞬間、なんともいえぬ胸の高鳴りを覚えた。雑音とともに聞こえてきたのは元日本兵たちの慟哭ともとれる肉声だった。なぜ彼らは、テープを残したのか、なぜ田中がこんなにも多くのテープをもっていたのだろうか。田中は元憲兵だけに気性が荒く、他の元日本兵たちから煙たがれていたはずだった。

カセットから流れてくるどの声も哀調をおび、戦争という昭和の大河に流された男たちの遺言ともとれる内容だった。

元陸軍一等兵・重河博之（ウマル・サントス・シゲカワ）と書かれたカセットテープが眼に入った。重河の家に取材に行った時のことは鮮明に覚えていた。彼は取材を何度も断り、三度目の訪問でやっと応じてくれたからだった。

その時、重河は独立戦争中の武勲ともいえる手柄話と家族の話に終始した。写真撮影には、自ら独立記念式典用の礼服に着替え、英雄勲章を胸に付け、誇らしげに椅子に座った。取材をいやがったわりには協力的だった。私は照明をセットし、ファインダーをのぞいた。そこに浮き出た重河の顔にはある種の陰りがあった。

私が取材した一年後、重河の訃報を元陸軍少尉・乙戸昇から受けた。死因は心臓発作だった。それも田中との電話の最中に亡くなったという。二人の間に何があったのか、重河が激高するほどの話とは、いったい何だったのだろうか。しかも重河は英雄墓地でなく一般墓地に葬られたという。撮影時、英雄勲章を胸に誇らしげにレンズに顔を向けた重河、その彼がなぜ一般墓地に葬られる必要があったのだろうか。インドネシアの英雄であることを誇示し、英雄墓地に葬られることは最高の栄誉だ、と語った重河。また英雄墓地に葬られることは遺族にとっても最高の栄誉だったはずなのに……。私はその秘密がテープに隠されているような気がした。

テープは哀調をおびた声で、まるで何かを詫びているように始まった。

あ〜　あ〜　堂々の輸送船
さらば祖国よ　栄えあれ
遥かに拝む　宮城の
空に誓った　この決意

重河はインタビューの中で、離隊後独立戦争で亡くなった戦友の加藤、楠瀬のもとに早く行きたいと何度もいった。一九八四年八月一九日、スラバヤの自宅で

重河の声は、出征した兵士たちが故郷を想い歌った「暁に祈る」の二番だった。なぜ一番からでないのか。一番は「ああ　あの顔で　あの声で　手柄頼むと　妻や子が　ちぎれる程に　振った旗　遠い雲間に　また浮かぶ」であり、兵士の心情を余すことなく表しているのだ。歌が終わると重河は静かに語り始めた。

軍属

昭和一七（一九四二）年八月、呉軍港を海軍軍属として一九歳の歳にジャワ島スラバヤに。この時、国内では「勝った、勝った」のニュースばかり。私はスラバヤ第一〇二海軍軍需部燃料課に配属され、サレマス地区にある軍需部宿舎に入った。戦況は日本で聞いたのとはまったく違い、すでにニューギニアでは撤退作戦が始まっていた。軍属よりのニューギニアへの食糧輸送は、ドラム缶をきれいに洗い、米を詰め、潜水艦に載せるというものだった。

スラバヤは軍港であり、夜毎空襲があった。しかし私たちは若さのせいか、怖さを知らなかった。初めのうちは防空壕に駆け込んでいたが、防空壕が直撃を食らえば同じことだと宿舎に寝転んでいた。

昭和一八（一九四三）年、ますます戦況は悪く、私たちは海軍の軍人さんたちに剣道、銃剣術、二〇ミリ砲の扱い方を教えこまれた。いよいよ我々も戦争ができると思うと元気はつらつだった。

スラバヤに二年、二一歳になると徴兵検査を受け、私は第一乙種（筆者注：現役兵に適する者）で合格した。そしてバンドンの第二一野戦航空隊に配属され初年兵教育を受けた。朝から晩までビンタを食らい、軍隊とはビンタを食らうものだと、内心馬鹿らしくもあり残念であり、こん畜生と思ったことは何度あったか知れない。やっと一等兵になりビンタを張れると思ったら終戦。何のためにビンタを張られたのか、何のために毎日鉄砲を担ぎ苦労をしたのか、実弾の一発も撃たず敗戦、本当に悔しかった。

ジャワ島は東部スラバヤだけ空襲があり、他地区の空襲はなく、食料も武器弾薬も豊富でまるで天国のようであった。終戦とともにあわただしくなり、抑留されていたオランダ軍人が出てきた。日本軍の上級将校たちは、その対応に追われ戦争以上に苦しい日々が続いたように思われた。私たち兵士は毎日使役にとられ、街中やオランダ人宿舎の掃除などをやらされた。時々使役中に日本軍将校がオランダ兵に徹底的に殴られていた。なんの間違いがあったのか、今まで将校といえば神様のようで、我々は直立不動の姿勢で敬礼をしていた。その将校が敗戦とともにオランダ兵に人形の如くとことん殴られていた、無念だった。将校は昔なら武士である、その将校が抵抗もできず殴られる、恥ずかしくないのか、武士だったら死を覚悟でやり返せばいいのだと思った。ほんとに残念だった。

一九四五（昭和二〇）年一二月、それまで何回も戦友同士でインドネシア独立戦争に参加しようと話し合ったが、誰も決行しようとはしなかった。二四日の夕方、私と楠瀬一等兵は私たちの警備地区にあるインドネシアのパン屋に行った。そこには偶然にもインドネシア警察兵が来ていた。私たちは彼らに近寄り、日本軍から離隊し独立戦争に参加するというと、警察兵は喜び、明日トラックを用意し待っているといった。

聖夜

一二月二五日、クリスマスの夜七時、武器弾薬は二人では運べないので、私と楠瀬は寝ている戦友の加藤君を無理やり起こし「今からインドネシア側に出るぞ」と誘った。加藤君は「俺は出ない、日本の故郷は埼玉で被害を受けてない、俺は出ない」と拒んだ。私は「金も服も全部用意してある、インドネシア側の警察とも連絡済みだ、ともかく俺たちと一緒に出よう」と、無理矢理に加藤君を参加させた。警備中の戦友には「今から離隊する、一二時までは上官に報告するな」と伝え、三人で重機関銃、弾薬、小銃、手留弾を兵舎裏の塀際まで運び出し、インドネシア警察が用意したトラックに乗った。

トラックは暗闇をどこまでも走った。どこに向かっているのかさえ我々には分からなかった。夜九時ころバンドン市内のある家に着くと、インドネシア兵に歓迎された。そこにはすでに離隊した元日本兵の池田君と大林君がいた。私はその夜、興奮してなかなか寝付けなかった。少しうとうとしているとバンバンと外から銃声が聞こえてきた。インドネシア兵に「何事だ！」と訊くと、連合軍とインドネシア軍がバンドン市内の線路を挟み撃ちあっているのだと教えてくれた。

私は起き上がると「さあ、俺たちも出撃だ」といい、五分隊ほどのインドネシア兵とともに池田君、大林君、楠瀬君、加藤君とバンドン市内の市街戦に突撃していった。途中、イギリス軍の傭兵グルカ兵と路上で鉢合せたが、グルカ兵も我々も素早く身をかわした。しかし私は重機関銃をもっていたので行動が不自由だった。楠瀬君と街角に機関銃を備え、敵の来るのを待った。驚いたことに、敵は連合軍といっても前線にいるのは武装した日本軍だった。日本軍は戦争が終わったのに連合軍命令で出てきたのだ。装甲車の後ろにグルカ兵、インド兵が続いていた。私が機関銃をぶっ放すと敵は装甲車の後に隠れた。私は始めて実弾を撃った、まるで敗戦の憂さ晴らしをしているようで気分が爽快だった。

我々が元日本兵とわかったのか、装甲車の上から日本兵が頭を出し「下がれ、下がれ」と大声で合図した。と同時に私の反対側の道路に砲弾が落ちた。日本兵はなお手を振って「下がれ。下がれ、今度はまともに撃つぞ」しいった。私たちが後方に退却すると砲弾がすさまじい音をたて落ちた。日本軍は時間が来ると退却し、余った弾丸を路上に投げ捨てていった。それをインドネシア兵は一発も漏らさず回収した。

前線にいた日本軍は、英軍の命令に応じただけに本気ではなかった。戦争に負けたのに命を落とすことはない、流れ弾にあたって死ぬのはばからしいと思っているに違いなかった。日本軍が引き上げると、敵の戦闘機が低空飛行でインドネシア兵を見つけると射撃してきた。私と楠瀬は戦闘機の五、六メートル先をめがけ重機関銃をぶっ放した。なんと気持ちのいいことだ。半年間軍隊で毎日、毎日ビンタ、ビンタの軍隊生活、こんちくしょう、と思っていたその憂さ晴らしのようだった。

昼頃、我々は独立軍宿舎に戻り昼飯を食っていたが、加藤君が帰って来なかった。出た時は一緒だったのにどこではぐれたのだろうか。心配になりインドネシア警察軍に探すように頼んだが、午後になっても帰ってこなかった。夕方、宿舎にいると、インドネシア兵が「オランジャパン・ムニンガル（筆者注：日本人が死んだ）」と知らせてくれた。彼らは戦死した日本兵の名前さえ知らなかった。そして加藤君は遺体となりインドネシア兵にタンカーで運ばれてきた。日本に帰るというのを無理やりに誘ったのは私だ、すまない、すまない、私もいずれ君の所に逝く、許してくれ……。一夜のインドネシア独立戦争への参加、私は何度も詫びた。それから一週間というもの……、どうしていいかわからなかった。本当に加藤君にすまなかった。戦争だからしかたないが、本当にどうしていいかわからなかった。

それから我々はバンドンから少し離れたマルガハウという村にある警察署長スゴロの家に移動した。数日後、元日本兵の高山君（仮名）と宣伝部の金子君が自動車に乗ってやってきた。高山君は群馬県生まれの戦車隊出身で統率力があり、立派に見えた。まもなく高山君が動き出した。「バンドンにいる日本人を全て集めて強力な日本人部隊をつくる」というのだ。計画は着々と進み、集まった元日本兵は三二名、そしてインドネシア警察軍の一部隊として所属した。それからが大変だった。日本軍時代は軍規があり統率されていたが、離隊した元日本兵にはこれといった軍規はなく、部隊には元軍曹もいれば元将校もいた。それでも初めのうちは仲間意識があり、うまくいっていた。それから武器と軍資金を集めに奔走し、日本軍貨物廠にも行き物品を調達した。

そして時々バンドンの市街戦にも参加した。

ある日、名前は忘れたが、日本軍参謀の運転手をしていた男がトランクをかっぱらって逃げてきた。トランクの中には参謀の肩章のついた服があり、それを皆が面白がって変わるがわるに着ては「似合うか、似合うか」とふざけ合った。その時、池田君が「この服はおかしいぞ、何か入っているぞ」といった。参謀服をばらしてみると肩の辺から金塊、衣服のあちこちから女物の時計などが出てきた。日本軍参謀は何をしようとしていたのだろうか、こんなものを持っていたら大変だろう、復員もできないだろうと思った。

死刑

日本人部隊はバンドン市内で連日、連合軍と戦った。あまりに暴れるので日本軍馬淵部隊の部隊長が怒りだし、バンドン市内の馬淵部隊（筆者注：馬淵逸雄少将率いるバンドン独立混成第二七旅団）に呼び出された。私は行かなかったが、高山君など数人が捕まった。その後、バンドンではさらに連合軍とインドネシア軍の戦闘が激しさを増していった。

一九四六（昭和二一）年三月二四日、連合軍に追い詰められたインドネシア軍はバンドンの町に火を放ち退却した。後を振り返るとバンドンの夜空は真っ赤に染まっていた（筆者注：バンドン火の海事件、インドネシアでハロハロ・バンドンという歌になっている）。そしてこの戦禍の中で楠瀬君も戦死した。地雷を踏んだとも聞いたが戦死の理由はわからなかった。私はまた一人、戦友を失った。もうどうしようもない。結局、三人で出て私一人になってしまった。

バンドン退却後、残った日本兵はバンドンから遠く離れた村に撤退した。高山君がいなくなると日本人部隊は統制力がなくなり、各々が勝手に行動し始め解散した。残ったのは私を含め五人となった。その後、我々はインドネシア軍とともに前線に出て戦った。

ある日、私たちのことをどこから聞いたのか日本軍准尉が我々の所に一人でやって来た。日本軍の飯森大尉が会いたいというのだった。大尉の宿舎に行くと、我々はインドネシア兵二個小隊を外に待たせ、飯森大尉の部屋に入った。

大尉は笑みを浮かべ、「やあ、お前たち元気だったか、よく聞け、日本は戦争に負けた、しかしこれからは新しい日本の国を建設しなくてはならない。インドネシアの独立も大変意義あることだが、日本を建設することは大切なことだ、ともかくお前たちは帰れ」とこんこんと諭された。

飯森大尉の話を皆、黙って聞いていたが、私は大森大尉にいった。

「大尉のおっしゃることはよくわかります。しかし帰れません」

「なぜだ」

「私は離隊した翌日、加藤君を殺られました。そして三カ月後に楠瀬君を失いました。だから今更おめおめとは帰れないのです。私は死を覚悟しています。加藤君も楠瀬君も無事だったら帰る気持ちになったでしょう、しかし二人も殺して日本に帰る気持ちにはどうしてもなれないので

独立戦時の重河（左端）

す。飯森大尉、私がここに残ることを許してください」

私は訴えるようにいった。

大尉はしばらく黙っていたが私を見ると、

「そうか、君の気持ちはよく分かった、ならばお前はここで戦死するのがいいだろう。しかし日本軍人として恥ずかしくなるようなことだけはするな。独立戦争を日本軍人として応援しろ。我々は明日、本隊に帰還する。今ここに食料と弾薬があるから持っていけ」

飯森大尉はそういうと武器、弾薬、衣服などを部下に用意させ、別れを告げた。

その日の夜、私は本当に眠れなかった。飯森大尉のように話を分かってくれる人もいるのだと思った。今まで日本軍はインドネシアを占領し、独立をさせてやるといいながら、戦争に負けると手のひらを返した。なんというだらしなさかと思っていた。

その後、私たちはガラットに移動すると、高山君が馬淵部隊を逃亡し、日本人を集めて軍事訓練をやりだし、私も参加した。

一九四六（昭和二一）年一一月、我々はインドネシア軍の命令によりチレボン近郊の避暑地リンガルジャティに移動した。そのときの日本人は三二名だったと思う、そこで日本人だけの軍事訓練を始めた。リンガルジャティでは、インドネシアとオランダ両国間の主権を取り決める会談が行われ、我々はスカルノなどのインドネシア要人を守るための移動だったようだ。

そんなある日、篠田曹長（仮名）が戦友に「俺は高山を殺す」といって手榴弾二発を持ち日本人部隊を脱走した。おそらく篠田君としても日本軍を逃亡してまで、こんな軍事訓練をするとは思っていなかったのだろう。また、なんであんな奴に使われるのだという気持ちがあったのだろうと思われた。それが高山君の耳に入ったものだから大変だった。高山君はすぐに捕縛命令を出し、インドネシア各軍にも、このような人間が逃亡したから捕まえるようにと連絡した。そして約四時間後、篠田曹長が捕まった。さあそれからが大変だった。高山君は皆を大きな部屋に集め「これから篠田曹長の軍法会議を始める」といった、そして最初に判決を高山君に訊かれたのが石井少尉だった。この人はおとなしい人だったが、立ち上ると「死刑！」といった、その次に立った者が皆「死刑、死刑」といい、誰も助けてやるという者はいなかった。そして裁判も終わり、夜になると篠田曹長を連れて山に登り、穴を掘り、穴を掘り終わると高山氏は私に「お前撃て」と命令を下された。私はぎくっとした……。……しょうがない、撃たなくてはならないのだ。私は拳銃を抜いて篠田曹長の首にあてた。

……。

篠田君は「助けてくれ、助けてくれ」と何度も叫び泣いていた。私は足が震え、どうしようかと思った……、が、撃たなければならないのだ。そして引き金に手をあて、ぶっ放した。篠田曹長はふっという音とともに穴の中に落ちていった。

それから毎日毎日が軍事演習だった。高山君は演習が上手かった。私は一等兵だから戦略などを知らないが、彼は作戦計画にも長け、元日本兵たちは一所懸命訓練をした。そんな中、リンガルジャティ会談が終わった。しかしその内容は我々にはわからなかった。

数日後、突然日本軍の軍票が使えなくなり、インドネシア紙幣を使うことになった。私たちは驚いた。軍票で物を買っていただけに本当に困った。軍票を日本円にして三万円ほどもっていた私は、使えなくなり唖然としてしまった。

その後、インドネシア軍から日本人はジョグジャカルタに終結しろとの命令が下った。すると高山君は「これから一週間の休暇を与える、そのあと帰って来たい者は来い、そうでないものは勝手にしろ、それでもいい」といった。一週間後、ほとんどの者が帰って来なかった。我々数人はトラックに乗り移動した。移動中、腰にボロを巻いたインドネシア女性たちをたくさん見た。こんなにまでインドネシアは困っていたのだ、なんで日本軍はよくしてやらなかったのか、貨物

使えなくなった軍票

廠に衣服はたくさんあったのに、こんなことをするからインドネシアは怒っているだろうと思った。そしてジョグジャカルタでの生活が始まった。

その後、重河は独立戦争後の生活などを語っている。その口調は抑揚がなく、淡々とし、時にため息をつき、時に何度も言い返し、私は彼の体験を聞き逃すまいと必死だった。重河の心の高まりと、時々遠い記憶を呼び起こそうとする沈黙が深い後悔と懺悔のように思えた。重河は一九二四（大正一三）年三月二五日に広島県呉市に生まれ、独立戦争後は日系商社などに勤め、一九八五（昭和六〇）年三月七日に波乱の人生を閉じた。

懺悔

おそらく彼は離隊したこと、飯森大尉に帰国を諭されたがしなかったことを、後悔していたのではないだろうかと思われた。それほどに重河の体験は悲惨だった。

それにしてもこのテープはどのようにしてハッサン・田中の手に渡ったのだろうか。

ジャカルタにある福祉友の会では月報を出している。そこには元日本兵の戦中、戦後の体験談やその後の生活などが綴られている。編集者は乙戸昇である。

一九八四（昭和五九）年一一月、元憲兵ハッサン・田中が書いた『東部ジャワ日本人部隊』が掲載された。本文は長いがその中の数行が問題になった。

「高山は西部ジャワで日本人集結中、日本人を殺した前科者である」

この記事内容に元日本兵たちは愕然とし紛糾した。

最も早く反応したのが重河だった。

重河は「このような事実はない、戦記は過ちや苦い経験は心の奥に秘めよい思い出を残すべき」と反論した手紙を乙戸に送った。この時、乙戸は冷静に対処している。

「真偽を確認せずに掲載したことに心よりお詫び申し上げます。しかし三七、八年を経た現在、皆さんの戦記、体験記の確認能力はありません。しかし事が事であれば軽率であると存じます。記事が事実に反しているのであれば言い訳の余地はありません。「戦記は過ちや苦い経験は心の奥に秘めよい思い出を残すべき」という重河氏の意見については、よい記事も苦い記事も残すべきと考えております。ただし真実であるということは申すまでもありません。過去、戦時中の民族間の忌まわしい記録はすでに発表されています。我々残留日系人だけを特別扱いとして残さぬようにすべきかどうか。事実は記してよいと思いますがいかがでしょうか」

乙戸は後々「戦争ですからいろいろあります。その苦い経験を残し後世に伝え、あのようなことが二度と起こらないように史実は忠実に残すべきです」といっている。

おそらく日本人による日本人殺害について、田中は死刑執行人が重河だったことを知っていたのではないだろうか。この時、田中にテープがすでに渡っていたとは考えづらい。

重河は自身に火の粉が飛んでくることを恐れ、乙戸に手紙を書いた。しかし乙戸は冷静に対処した。重河と田中の間には激しい応酬があり、重河はあくまで無実を訴えた。私が重河に会った時、可愛い小学生の男の子の前で「息子です、この子が大きくなるまでは死ねません」といった言葉がなぜか耳に焼き付いていた。重河は家族を守るため、子を守るため無実を訴えたのではないだろうか。

重河はインドネシアの一般墓地に埋葬された。英雄勲章を持ちながら自らを英雄には値しないと思っていたのではないだろうか。そうすることが重河にとって加藤、楠瀬、篠田へのせめてもの詫びであり、鎮魂歌だったのではないだろうか、と私は思った。

テープがなぜか田中の手に渡り、そして私の手元に届いた。私は長い間、どうしてもノンフィクションとして重河の真実を書けなかった。それは残留元日本兵の尊厳を傷つけたくなかったからであり、少なくとも日本人部隊が独立戦争に大きく貢献したという事実があったからである。

乙戸は「我々残留日系人だけを特別扱いとして残さぬようにすべきかどうか。事実は記してよいと思いますがいかがでしょうか」といった。今それを書くことを重河は許してくれるだろうか。重河は戦後、長い間苦しんだに違いない。初めて会った時の顔の中の深い陰。重河の独立戦争の功績は大きい。が、どうしても拭いきれない汚点があった。だから彼は私の取材を拒んだのだと今更ながら思った。

重河は「暁に祈る」の二番を歌えなかった。

ああ　あの顔で　あの声で　手柄頼むと　妻や子が……。

戦争は悲惨である。戦友同士の殺し合いを起こした戦争の歴史。私はそれを憎みたい。私のライフワークは、インドネシア残留元日本兵の「生きた証」を残すことである。重河テープが私の手元に届いたということは、悲惨極まる戦争体験を残せ、と重河がいっているような気がする。

独立戦争では、この花の数だけ若者の血が流されたという

エピローグ

日系二世訪日団

一九九〇（平成二）年九月二一日、乙戸昇は東京・青山会館にいた。ホールでは、約二五〇名のインドネシア関係者を集め、インドネシア共和国四五周年記念祝賀会と日系二世訪日団一行の歓迎会が、盛大に行われていた。会場にはガムラン（インドネシアの民族楽器）音楽が流れ、テーブルに盛りつけられたトロピカルフルーツが異国情緒をかもしだしていた。インドネシア共和国・ヨギスパルディ駐日大使は日イ両国の友好親善を述べ、なごやかな雰囲気の中で会は進行していった。

日本側の代表者がインドネシア独立の経過を述べ、残留元日本兵の二世についての話をすると、乙戸は「やっとここまでたどりついたか……」と安堵の気持ちを覚えた。

九月一三日、ジャカルタのスカルノ・ハッタ空港を飛び立ち、日系二世訪日団一行一五名を率いてきたのは乙戸である。来日の目的は、彼ら二世を日本の社会に紹介することであった。

今回の来日の主役は、あくまで二世であって乙戸ではない。しかし残留元日本兵が積み上げてきたインドネシアと日本との関係を次代に引き継ぐことは、老い先短い残留元日本兵の責務だと乙戸は信じていた。

二世団の団長、マノポ・オクヤマが日本語で挨拶を始めた。マノポの父親、奥山寿一郎は岐阜県の出身で、戦前は自動車関係の仕事に従事、敗戦とともに帰国した。その後の生死は不明である。マノポは幼少の頃、日本人の子といわれいじめられたこともあったが、多感な青春期を迎えたマノポには、経済大国に発展した父の国は輝いて映った。日本に憧れ、日本の夢を見、父の祖国に行くために独学で日本語をマスターし、早稲田大学に留学した。現在はジャカルタでインドネシア産品を輸出する会社を経営している。

「日本の皆さんこんにちは。我々二世は、父の国を見たいと願いながら、やっと思いをかなえることができました。本当に幸せです。私たちのお父さんは、日本の兵隊さんとしてインドネシアに来ました。そして、日本に帰らずインドネシアの独立戦争を戦いました。私たちは、父が日本人であることを誇りに思います。父の国、日本も誇りに思っています。ここにいる二世もみな日本を第二の故郷と思っています。今年はインドネシア独立から四五年目にあたります。この場をおかりして、インドネシアの独立を祝し、我々二世の歓迎会を開催していただいた皆様に感謝いたします。インドネシアと日本両国の友好発展を祈り、感謝の言葉にかえたいと思います」

マノポの挨拶が終わると会場には拍手の渦が巻き起こった。マノポは二世といってもすでに四五歳、戦後、女手一つで育てられ、辛酸をなめてきたマノポは今、父の国で歓迎されていた。

乙戸は会場の拍手にこの訪日が成功した手応えを感じ、「一〇年間の労苦はやはり無駄ではなかった」と思った。

一九七九（昭和五四）年七月一四日に設立した「福祉友の会」は発足以来、相互扶助の一環として、体の不自由な者、貧困者のための生活補助金支給、その子弟への学費の援助、残留元日本兵の里帰り、日系二世に対する日本語教育講座の開催、二世への奨学金の支給、毎月発行する福祉友の会月報等の数々の事業を行ってきた。が、事業は無一文ではできない。運営資金が必要である。

福祉友の会の運営資金は、インドネシアに残る残留元日本兵の会員と日本国内関係者の寄付でまかなわれている。資金確保のため乙戸はこれまで何度も自費で来日し、日本国内を奔走した。「あんたら好きで残ったのだろう。今頃泣きごとをいうな」「逃亡兵のくせに」等と陰口をたたかれたことも一度や二度ではない。日本から要人がインドネシアに来ると、残留元日本兵の地位の向上と福祉友の会への援助を陳情した。それも、残留元日本兵の一部がインドネシアでそれなりの地位を得ていたからこそできたことである。

会場は宴に入り、舞台ではガムラン音楽に合わせバリダンスが演じられていた。バリダンスを知っている何人かの男女が、舞台に上がり踊り始めた。バリダンスが終わり、ガムランの余韻の残る中を、四三歳になるプロ歌手の二世リチャード・イシミネがギターを持ち舞台に上がった。リチャードの父親は、戦後インドネシアに残り現地結婚し、一九九〇（平成二）年の一月九日に病気で亡くなった沖縄県出身の元陸軍伍長・石峰英雄である。リチャードのギターが哀調をこめた音色で会場に響きわたり、「ブガワンソロ」の歌声が場内に流れ、やがて会場は「ブガワンソロ」の合唱へと変わっていった。二世団が舞台に上がり、肩に腕をまわし歌った。いつしか数人の二世たちの目から涙がこぼれ落ちた。

乙戸は静かに舞台を見つめていた。ジャワ島を流れるソロ川を乙戸が初めて見たのは、一九四四（昭和一九）年一月、ジャワにある陸軍予備士官学校に入学した時であった。かつてソロの流域にはマタラム王国、シンゴサリ王国を始め、多くの王朝が栄えた。九カ月の幹部候補生の訓練の合間に聞いた王朝の名に心を踊らせたのも昨日のように思えた。あれから四六年、人生は余りにも不可思議であると、乙戸は思った。インドネシアで生き続けた残留元日本兵の血は絶えることなく、悠久の流れソロ川のように永遠に生き続けるのである。歌が「ハローハローバンドン」の合唱に変わり、乙戸の脳裏に、出征、独立戦争、戦後の困難な時代が走馬灯のように流れていった。会場から「ムルデカ、ムルデカ、ムルデカ」の声が上がった。乙戸は独立戦争後、日本人を前にして初めて晴れがましい気分で「ムルデカ」の三唱を聞いた。

四六年振りの軍人恩給

一九九〇年九月三〇日、私はインドネシアに帰国した乙戸に電話をした。「訪日は予想以上の成果がありましたが、楽しかった、面白かったで終わらせたくありません。訪日で二世一人ひとりが得たものを、将来に活かしてもらいたいのです。彼らがいかに日本との関係をつくっていくかということです」

弾んだ声でそういった乙戸は、それからいつも話していた軍人恩給の問題に言葉をつないだ。
「一時は、好きで残ったのだからとか、あなた方には国籍がないからといって、我々の軍人恩給については見向きもされませんでした。しかし、現在インドネシア国籍である我々も、一九四一(昭和一六)年頃、出征・従軍し、日本国籍離脱時の一九六二年から六四年(昭和三七年から三九年)までは日本人であり、最短恩給年限一二年を満たした恩給受給資格者と考えています。すでに、一九八八(昭和六三)年には厚生大臣あてに恩給請願書も出してあります。しかし、本件について適応法規がないとの理由で、今日まで未解決のままになっているのが現状です。もし恩給が出ることになれば、戦時補償一時金も出るでしょうし、遺族年金も出ると思いますので、残された家族は経済的に楽になるはずです。今年は六月一五日に、インドネシア駐在日本大使・国広道彦大使にもお会いし、再度請願書を作成し提出いたしました。日本政府に対する我々老人の最後の望みです。

我々の不安定な身分は、軍人恩給が出た時に初めて、逃亡兵としてではなく、やむなく離隊したのだと認められると思います。免罪符をいただくような気がするのです。その時こそ、逃亡兵・非国民の汚名が晴れると思うのです。それまでは私は死ねません」

海の遥か五〇〇〇キロ先にいる乙戸の声は、まるで目の前にいるように聞こえた。しかし、戦争が残していった祖国と彼らとの距離は、まだまだ遠かった。

それから一年三カ月後の一九九一（平成三）年一二月、残留元日本兵二一名に対して一時軍人恩給が支給された。支給金額は、元陸軍兵長・本坊高利、元陸軍上等兵・富永定仁、元陸軍一等兵・堀井豊、元陸軍兵長・大塚秀雄がもっとも低く三万五三五〇円で、元陸軍准尉・故小沢久の八万七六〇〇円がもっとも高額だった。受給は一回限りで、一人当たりの支給額の平均は、四万八二八八円だった。

戦後四六年振りに支給された一時軍人恩給額はあまりにも少なかった。が、乙戸をはじめとする一部の残留元日本兵は、これで逃亡兵・非国民の汚名は晴れたと喜んだのだった。

しかし時間が経つにつれ一時軍人恩給に不満が出るようになった。それはインドネシアに在住する元日本兵全員でないこと、出征し戦争に翻弄された彼らの辛苦に対しての代償としては支給金額があまりに少ないからである。ジャカルタに住む元陸軍軍属の岩元富夫は「バカにしている」といった。

日本・インドネシア関係小史

一九四二(昭和一七)年

1月　日本軍蘭印作戦、タラカン島より開始

3月　ジャワ島上陸。日本軍バタビアに侵攻。日本軍政施行。蘭印（オランダ）軍降伏

12月　バタビアからジャカルタに呼称変更

一九四三(昭和一八)年

3月　プートラ（ジャワ民衆総力結集運動）発足

5月　兵補制度発足

9月　スカルノ、ハッタ日本軍政監部総務部参与になる

10月　郷土防衛義勇軍（ペタ）誕生

一九四四（昭和一九）年

1月　ポンテアナク事件発生

3月　隣組制度発足

10月　独立養正塾設立

一九四五(昭和二〇)年

2月　東ジャワ、ブリタル防衛義勇軍決起
4月　海軍地域でインドネシア・ラヤ（インドネシア国歌）とメラ・プティ（国旗）を許可
6月　スカルノ、「建国五原則」構想を発表
8月　日本、ポツダム宣言を受諾し無条件降伏。スカルノ、ジャカルタで独立宣言をする。四年に渡るオランダとの独立戦争が始まる。郷土防衛義勇軍解散式実施
10月　インドネシア人民治安軍（独立軍）編成。日本軍各地で治安維持にあたる。日本軍と独立軍との間で武器の争奪がある。この頃、日本兵、軍属等に離脱するもの多数

一九四六(昭和二一)年
11月　リンガルジャティ協定

一九四七(昭和二二)年
5月　全日本軍撤収終了
7月　オランダ軍第一次侵攻開始

一九四八(昭和二三)年
1月　レンビル協定
12月　オランダ軍第二次侵攻開始

一九四九(昭和二四)年
8月　ハーグ円卓会議

11月　ハーグ協定調印
12月　インドネシア連邦共和国成立
一九五〇（昭和二五）年
8月　インドネシア共和国樹立（この間約九〇〇名の日本兵が参戦、約六〇〇名が戦死・行方不明）
一九五二（昭和二七）年
6月　独立戦争参加者のうち希望者が帰国
一九六三（昭和三八）年
大統領命令で残留元日本兵にインドネシア国籍が認められる
一九七九（昭和五四）年
7月　福祉友の会（YWP）設立
一九八二（昭和五七）年
10月　厚生省未帰還者特別援護措置による第一次里帰り
一九八三（昭和五八）年
6月　厚生省未帰還者特別援護措置による第二次里帰り
一九八四（昭和五九）年
残留日本兵の取材開始
一九九一（平成三）年

12月　残留元日本兵二一名に対し日本政府より一時軍人恩給が支給される。恩給支給額は、一人当たり約三万五〇〇〇円〜八万八〇〇〇円。

一九九四年(平成六)年

元日本兵二世、三世のための日本語学校設立

一九九五年(平成七)年

インドネシア独立五〇周年、残留元日本兵六九名に対し日本国大使より感謝状が贈られる。ジャカルタで『帰らなかった日本兵』写真展開催される。

二〇〇八(平成二〇)年

日本・インドネシア国交樹立五〇周年

二〇一四(平成二六)年

八月　インドネシア最後の日本兵となった元陸軍曹長・小野盛亡くなる。

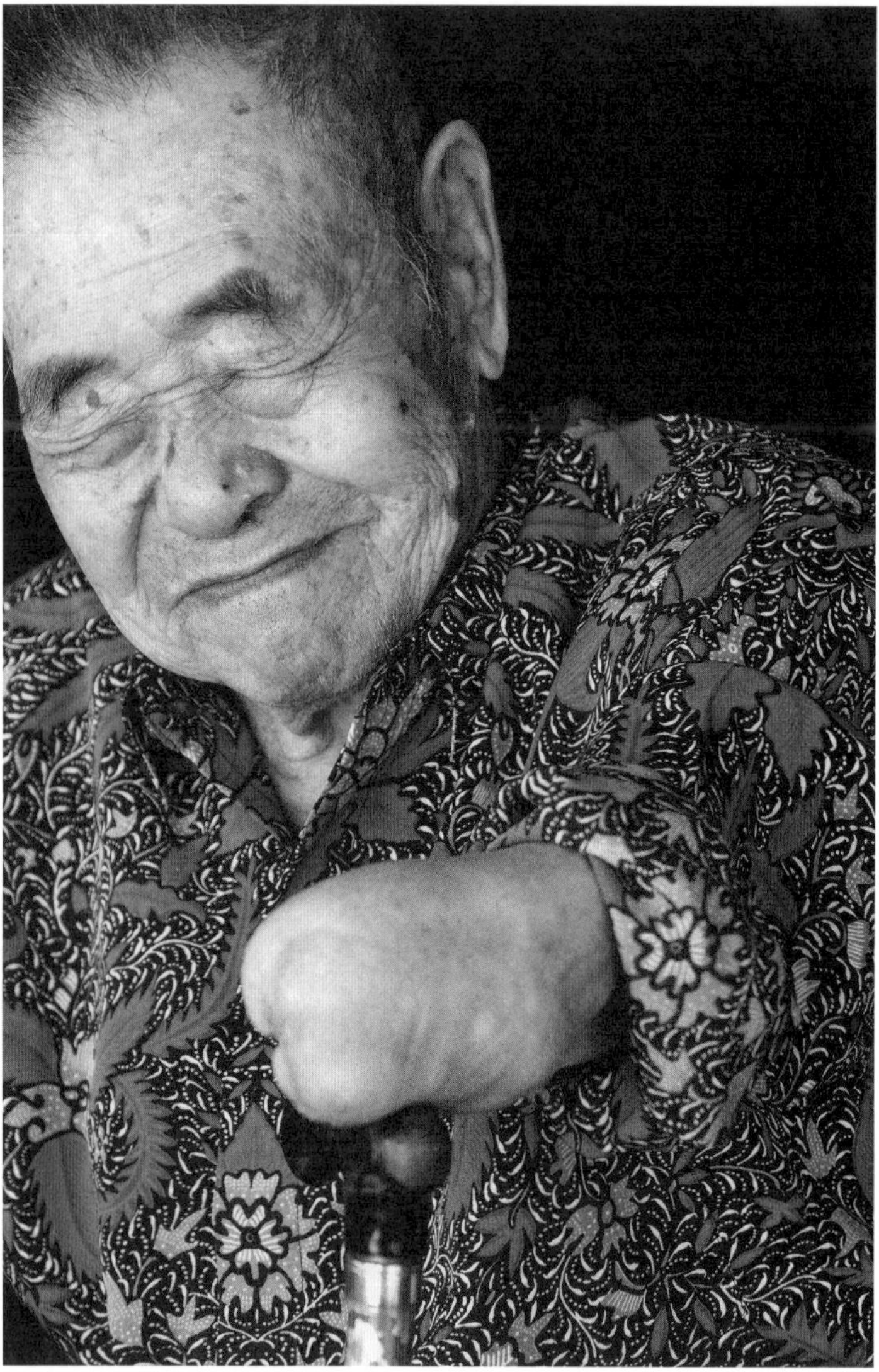

最後の日本兵となった元陸軍曹長・小野盛（ラチャマト・オノ）。
小野は独立戦争で被弾し左肘下を失った。1919（大正8）年生まれ。北海道出身。2014（平成26）年8月25日死去

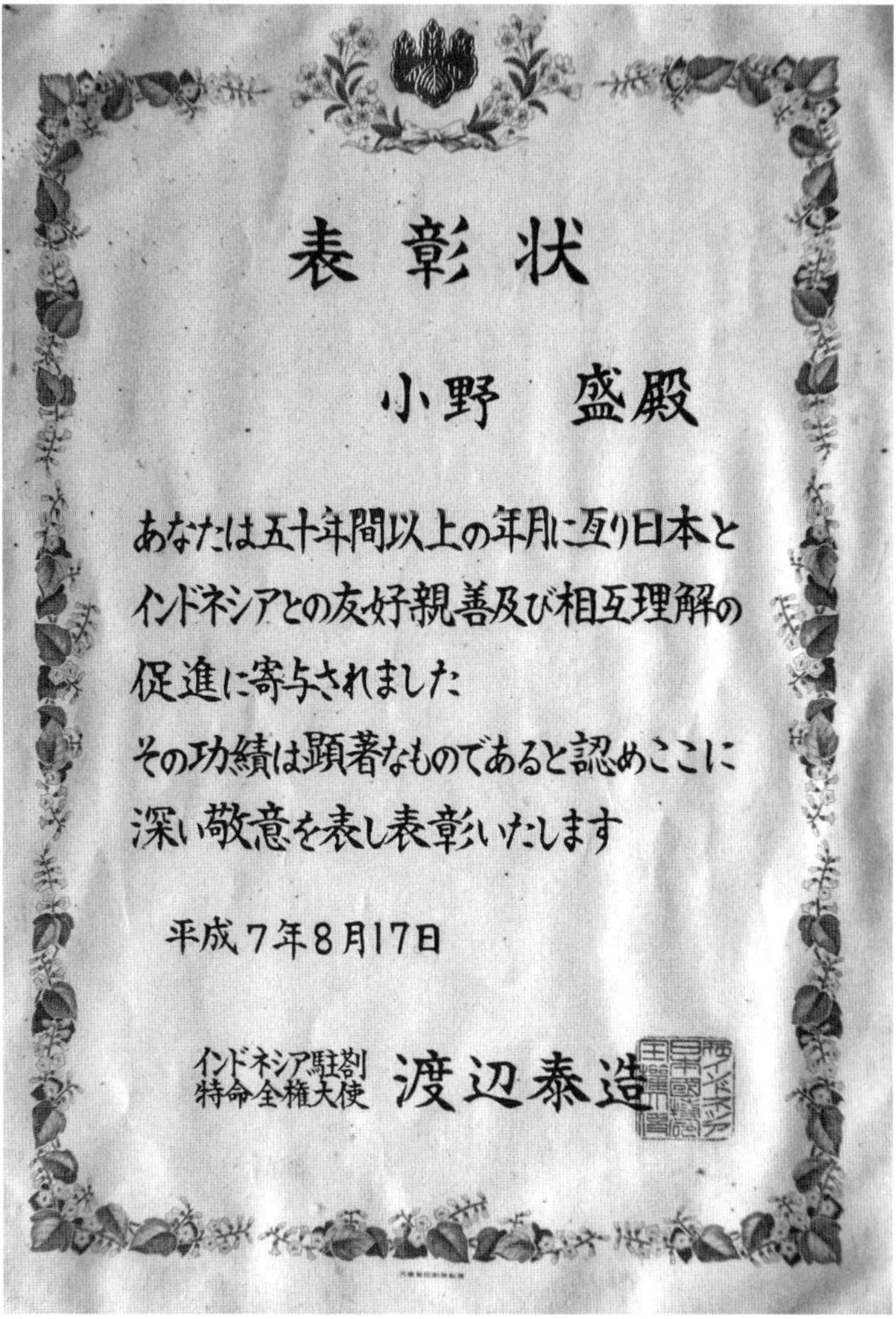
表彰状

小野　盛殿

あなたは五十年間以上の年月に亙り日本とインドネシアとの友好親善及び相互理解の促進に寄与されました
その功績は顕著なものであると認めここに深い敬意を表し表彰いたします

平成7年8月17日

インドネシア駐剳
特命全権大使　渡辺泰造

大使から小野に贈られた感謝状

復刊に寄せて

棄兵という言葉がある。戦中戦後外地などで見放された兵たちのことで、インドネシア残留元日本兵も棄兵といえる。「復刊に寄せて」では、拙著『帰らなかった日本兵』が出版後どのように歩き、元日本兵の人生とかかわったかを書いていきたい。

日本人戦没者三一〇万人を出したあの戦争は何だったのか。戦没者は軍人ばかりでなく軍属、民間人も多く含まれている。その状況は極めて悲惨であり残酷である。

私は若いころ、戦死とは戦闘の中での名誉の死だと思っていたが、実態は違った。最近の研究では戦没者の多くが戦闘ではなく、戦病死、熱射病、餓死、マラリヤ、海没死、自殺、処置などで亡くなっていたことがわかっている。戦争末期の一九四四年以後はその割合が七割以上である。

絶対国防圏といわれた戦場は、北は千島列島からマリアナ列島、カロリン諸島、ニューギニアを経てビルマ（現ミャンマー）を結ぶ、気が遠くなるような広域である。日本軍の兵力と装備を考えれば無謀であることは間違いない。ミッドウエェイ海戦では主力空母四隻を失い、ガダルカナル島では敗北、以後も戦争を続け多くの犠牲を出した。敗戦後は満州からの引き上げ、シベリア抑留、そして各地の紛争に巻き込まれ命を落とした者も多い。本書の登場人物もその犠牲者である。

召集軍医でビルマに出征した私の父は、あまり戦争を語らなかった。軍医の父に司令部から下された命令は「牛馬と豚を集めろ」だったという。おそらく食料調達のことだろうと推測する。父は軍医として何を見たのだろうか、一度だけバナナの皮を干して包帯がわりにした、感染予防のため腕を負傷した兵の肘から先を切り落としたと聞いたことがあったが、幼かった私には実感がわかなかった。

私の戦争へのこだわりは、拙著『ぱんちょろようちゃん』（燦葉《さんよう》出版社）に書いてある。父のいない疎開先で家族は「貧乏中尉」「よそ者」といじめられ、母は食べるため衣服と食料を交換し、子どもの食をつないだ。兄たちは「疎開者」と顔が腫れるほど殴られた、銃後の守りとはそんなものだった。畑を借り子どもたちのために必死に食物を作った母は、後年それがたたり、病に苦しんだ。それでも父が無事復員したのだからいい方なのかも知れない。生前母が私に「お前は将来何か書きそうだから」と話した内容が『ぱんちょろようちゃん』の中身である。

私の寝る畳の部屋に貧弱な仏壇があった。納められていたのはアッツ島で死んだ叔父の遺影だ。叔父はいつも悲しく私に語りかけていた「祖国に帰りたい」と。

一九八二年、私は日本領事館の嘱託としてジャカルタ日本人学校の美術教師となった。後々、写真評論家の岡井耀毅氏には私の著書と写真を「壮大なテーマで記録を持続させた映像はとてつもない力強さがある。彼らは皆、高齢を迎え、遠い祖国にあこがれながら痛恨のうめきを発し異国の土となっていく。長氏は、彼らの最後の時に現れた魂の記録者だったのです」と称していただいた。

ありし日の藤山（右）と筆者（藤山の自宅で）

本文に書いたが、私と元日本兵との出会いは神の思し召しのようだった。私の車が故障し修理工場に出すと、そこの主人が元日本兵のフセイン藤山だった、藤山に案内された木造二階建ての小屋で元ジャワ憲兵隊の陸軍曹長・スダルモ小野寺忠雄に会う。彼は私の前に直立不動の姿勢で立ち敬礼し「あなたの父上には大変お世話になった。『部下の責任は全て私の責任』といわれたことで救われた」といった。

たまたま彼の上官が私と同じ長姓だっただけのことである。いくつかの偶然が重なり私と残留元日本兵の三〇年間に渡る取材、いやお付き合いが始まる。小野寺がいう上官とは、元ジャワ憲兵隊長・長幸之助氏、彼は私が生まれた一九四七年に戦犯でジャカルタのグルドック刑務所で処刑されている。享年三三、取材開始時の私とほぼ同年齢である。

私の父の戦場はビルマ。小野寺にあの時人違いだといったらこの本はできなかったかもしれない。偶然に生まれた誤解が、岡井氏がいうように「最後の時に現れた魂の記録者」になったのである。

当時インドネシアにいた在留邦人や戦績巡りの戦友会の人たちは、元日本兵とうまく付き合いながらも、心の底では彼らを逃亡兵と蔑視していた。現にある商社マンに「彼らとは付き合わないほうがいい」いわれ、取材中お会いした戦友会のAさんは「彼らは逃亡兵」だといった。

終戦時、日本軍から離れ、インドネシア独立戦争に参加した兵は、一〇〇〇人とも二〇〇〇人ともいわれているが、戦後の混乱の中でその実数はつかめていない。二〇〇五（平成一七）年、ジャカルタにある元日本兵の福祉団体「福祉友の会」が中心となり、厚生省の資料や元日本兵の証言をもとに再度調べたところ、判明したのは九〇三人であった。独立戦争中、離隊したがゆえに日本人とわかることを恐れ現地名で通した者、オランダ軍の日本人狩りを恐れ現地名で通した者、戦後の日本軍の帳簿焼却などを考えると、実数はそれ以上だと推察される。

敗戦後、長い間、彼らは逃亡兵と見られていた。戦争が終わったというのに逃亡兵というのもおかしな話だが、叩き込まれた軍規は復員した兵からも元日本兵からも、その脳裏から離れることはなかった。

一九三七（昭和一二）年に始まった日中戦争は、いつ終わるとも知れず泥沼化していた。長い戦争で兵士が厭戦気分になるのは当然である。日本軍兵士といっても職業軍人ばかりではなく、多くは故郷に妻子や家族を残して出征した召集兵である。故郷を想い妻子を懐かしむ、望郷の念に襲われる、それは人として当たり前のことだ。しかし、それでは戦闘意欲が萎え名誉の戦死とは程遠いと考えた軍部は、士気の乱れを恐れ軍人としてとるべき行動規範再確認のため、一九四一年一月八日に陸軍大臣・東条英機の名で「戦陣訓」を出す。その中の一節「生きて虜囚の辱めを受けず、死して罪禍の汚名を残すこと勿れ」。簡単にいうと捕虜になることは恥ずかしいから死んでしまえということである。その後、玉砕や自決など死ななくていい多くの兵や民間人などを無益に殺す結果となった。

独立戦争後もなぜインドネシアに残った元日本兵は祖国に帰らなかったのか。その足枷が「戦陣訓」である。

私が取材を始めた一九八四年当初。取材は容易ではなかった。インドネシア語は時間とともにマスターしていったが、言葉の問題、移動の問題、宿など、地方の交通事情は悪く、馬車や人力車にお世話になり、農家の納屋で寝たこともあった。

本書は取材開始一〇年後の一九九四年、元日本兵との約束であった「生きた証」として発刊することができたが、そのとき私は随分とパッシングを受けた。「どうして逃亡兵を美化する！」「非国民をかばうのもいいかげんにしろ」「貴様の歴史観は間違っている」と。その反面、激励の手紙なども多く届いた。その一端を紹介したい。

「よくぞ南の果てまで行かれました。ジャワの元日本兵を撮りに行かれた由、私ごとですが、私もバンドンの航空隊へ三年ばかりいました。祖国へ帰っても意味がないと逃亡した兵がおり連れ戻しましたが、他への見せしめのため青酸カリで自決させたのです。軍規は厳しく人を人と思わぬ、そのために牛馬の如く扱われていた兵ですが、残留兵も離隊の果てと思われます。若い身で望郷の念を抱いて死亡した兵の思いを察するに、平和の今戦争を起こしてはならないと痛感しております」

「私は八二歳になるシベリア抑留生活を経た元関東軍兵士でした。今般貴著『帰らなかった日本兵』を拝読して何故インドネシアに敗戦後も残り、しかも多数の人々が夢にまで見た妻子、父母の待つ祖国に復員せず何十年間も再建日本の繁栄をよそにして異国に生活したのか、その訳が分かりました。そして聖戦を信じてお互いに心血を注いだ苦しい戦争中を想い、涙で字が読めなくなりました。文中に出ている日本兵がそれでも『日本人である事を誇りに思う』といっているのに対し、今の日本人の不甲斐なさを痛感致します」

「私はN市に住む四七歳の主婦です。図書館で『帰らなかった日本兵』が眼にとまり読ませていただきました。中国残留孤児は新聞、テレビでよく報道され知っていますが、インドネシア元日本軍兵士についてはほとんど知らず改めて戦争の悲惨さを実感いたしました。私は戦後生まれですので、それほどピンとこず単に苦労したのだなーという程度で今までいたのですが、この本を読んで多くの日本人の体験を実感として思うことができました。戦後の混乱期で運命のいたずらとしかいいようのない多くの方々は本当に苦労されたのだと思いました。私の父もマレーシア沖で船が撃沈され三日か四日海上を漂い救助された経験があり、父の弟はフィリピンで戦死しました。インドネシア元日本軍兵士のことをもっとテレビや新聞で取り上げ語り次いでほしいと思います。日本の歴史を知るうえで重要なことです」

一九九五年、本書と写真は幸運なことに写真の賞である林忠彦賞を受賞した。あれほど戦争物は売れないと出版社から断られた作品に光が与えられたのである。

授賞式会場で写真家・秋山庄太郎氏がこういった。「とにかく写真を見ろ、感動を持たなかったら、よっぽど鈍感だ」と。この上ない賛美である。そして戦後中国から復員した写真家の大竹省二氏が「写真展をジャカルタでやろう」といいだし、本書が歩き出した。日本カメラ財団の理事長で文部大臣の森山真弓氏が在インドネシア日本国大使の渡辺泰造氏に連絡、ジャカルタでの写真展が実現に向かった。しかし写真展に元日本兵はいい顔をしなかった。そのうちの一人は「我々はインドネシアの軒を借り静かに老後を送っているのです」と平穏な生活に波風が立つのを嫌った。軍事政権下では当然のことだったが、大使の「やりましょう」の一言で開催することになった。

一九九五年八月一七日、インドネシアの独立五〇周年記念日、私はジャカルタにある日本国大使公邸に招かれ会場に着くと、そこに顔見知りの元日本兵三六名の姿があった、が、三三名は病などの理由で出席できなかった。大使は金屏風の前に立つと「戦前戦後を通して両国の架け橋になった」と一人ひとりに声をかけ感謝状を贈った。私はその光景に感極まった、大使表彰は元日本兵に着せられた逃亡兵の汚名を晴らすのに十分だったのである。表彰の陰に本書『帰らなかった日本兵』があったことはいうまでもない。元日本兵の晴れ晴れしい姿を見て、シャッターを押すのも忘れた。一冊の本と写真が彼らの人生を変えた、その日は逃亡兵が英雄になった日でもある。

二カ月後、日本インドネシアフェアの中で行われた『帰らなかった日本兵』の写真展は、インドネシア語のキャプションが付けられて展示された。クマヨラン元飛行場跡地の写真会場には、約一カ月の会期中七万人もの人が詰めかけ関心の高さを窺わせた。その中でも若い学生たちがメモを取り、学ぶ姿が印象的だった。現地新聞も元日本兵が独立戦争に参加した栄誉と功績を賛えた。彼らはインドネシア政府から英雄勲章を授与されながら、それまで表に出ることはなかったが、現地では「オラン・ビンタン」（英雄勲章を授与された人）として尊敬されていたのだった。

私はその時、東南アジアに残る全ての残留元日本兵を取材しようと思ったが、元日本兵の一人に「最後まで付き合ってくれ」といわれ心が動いた。長く取材をしていると彼らの貧困、福祉、二世・三世の教育問題、祖国への思いなど多くのものが見えてくる。私は乞われるまま元日本兵の福祉問題、二世・三世のための日本語学校支援、恵まれぬ子どもたちへの奨学金支給などを二〇年近くに渡り続けた。

彼らの支援のための浄財はインドネシア関係団体・企業、インドネシア関係者、篤志家に協力を願った。その中心にいたのが築地の小料理屋の女将・小倉みゑ氏である。小倉氏も戦中軍属としてインドネシアにいたことがあり、その恩返しで日本語学校に出資したのである。日本語学校

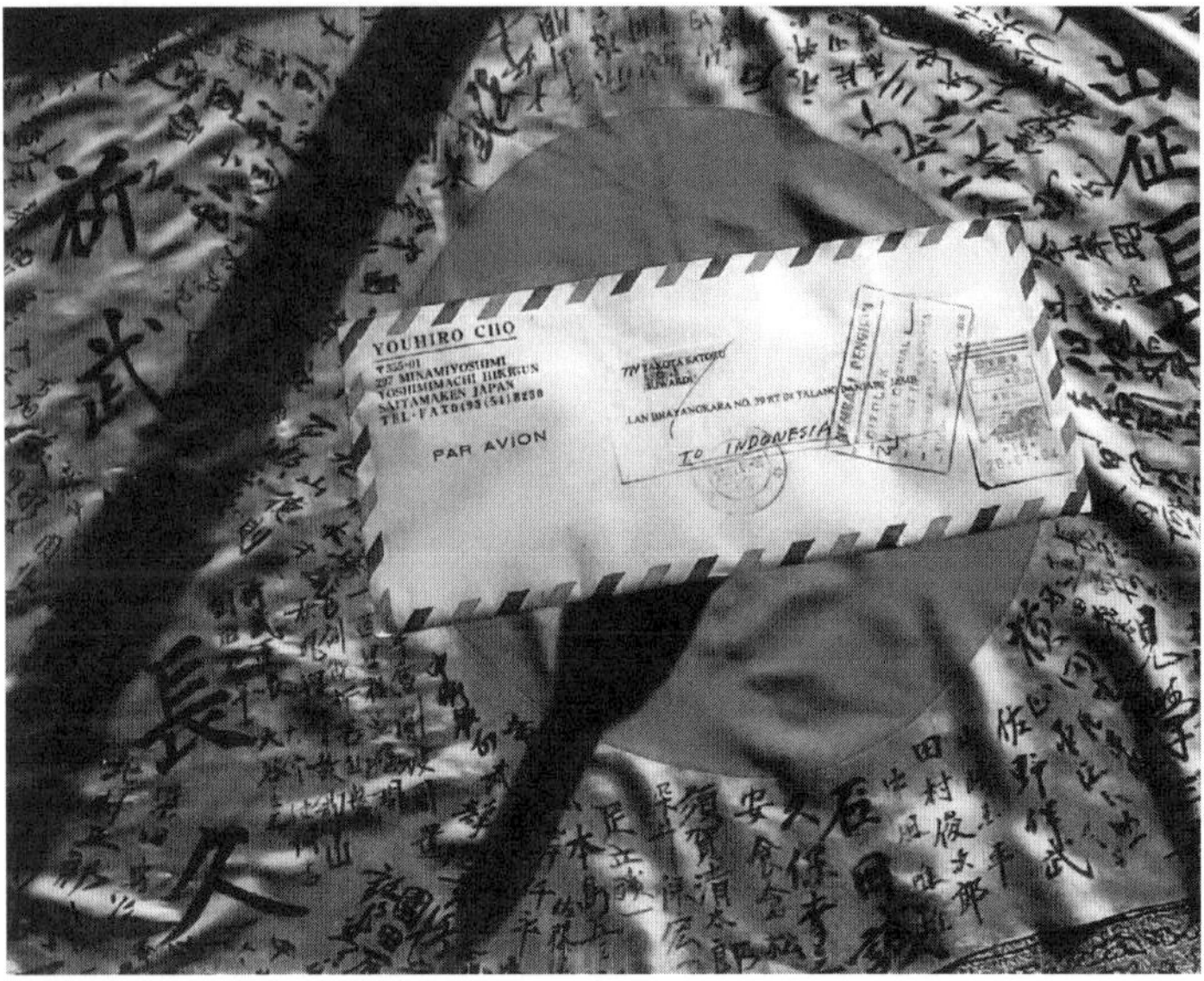

元日本兵に私が出した手紙　そのほとんどが戻ってきた

の名は彼女の名をとり「ミエ学園」、支援団体はミエ学園後援会とした。

今思えば、あの時東南アジアに散在する残留元日本兵を取材した方が、写真家としては大成したのかもしれない。

取材中、何度か日本の家族にと手紙を託されたが、その多くは「父は妻子、家族を捨てた非情の父」と拒絶された。

二〇一一年から私は最後の日本兵となる東部ジャワに住む元陸軍曹長・小野盛の近くに一年間ほど住んだ。小野はすでに視力はなく、それでも私が訪ねると戦争の理不尽さや残酷さを語った。小野が東部ジャワで亡くなったのは三年後の二〇一四年。一九八四年に始まった残留元日本兵とのお付き合いは三〇年で幕を閉じたのである。

以上が綴りたかった本書『帰らなかった日本兵』発刊後の歩みである。

増補改訂版をつくるにあたり写真を見直していると、彼らの苦悩と理不尽な戦争が脳裏を過り「我々は逃亡兵ではない、生きた証がほしい」と叫ぶ声が遠い海の彼方から聞こえてくるようだった。あの戦争がなかったら、彼らも故郷の家族と幸せな人生を送れたはずだった。「戦争が憎い」。彼らが再三私にいった言葉である。

元日本兵は全て黄泉の国に旅立ったが、英雄勲章を持つ元日本兵はインドネシア各地にある英雄墓地に行けばいつでも会うことができる。しかし現地名で通し、野末の露と消えた日本兵の魂は、インドネシアの大地でさまよっている。私はインドネシアに行くと夜空を見上げる。そこには彼らがビンタン・グリリア（英雄の星）として輝いている。

大使表彰まで彼らはインドネシアでは独立の英雄、日本では逃亡兵と呼ばれた。あまりの格差である。私は本と写真を通し彼らの苦悩を代弁し、戦争の理不尽と不条理を訴えてきた、結果的に一冊の本と写真が彼らの運命を変えたと思っている。

いまだにニューギニアなどの激戦地に眠る日本兵や一般邦人の遺骨収集は終わっていない。海底深くに眠る多くの英霊。異国の山野で故郷を夢見て眠る日本人たち。今でも彼らの魂が祖国を呼んでいる。

インドネシア残留元日本兵とは何だったのか、彼らを通し、戦争をもう一度考えていただけると幸いである。

逃亡兵の汚名が晴れた日。大使表彰後の記念写真。
渡辺大使夫妻（中央）と元日本兵

増補改訂版の作業中、ジャカルタから吉報が持たされた。残留元日本兵の記念館をジャカルタに作りたいので協力して欲しいというのである。もちろん異論はない。ジャカルタを訪れた多くの人たちにあの戦争とは何だったのかを見てもらいたい、きっと彼らは写真や文を通していかに戦争が無益で理不尽かを語りかけるであろう。

彼らの生きた証である『帰らなかった日本兵』に再び光を与えていただいた論創社の編集者・谷川茂氏に心より感謝申し上げたい。そして、本書を戦争を知らない多くの若者たちに読んでいただきたいと願っている。

二〇二一年六月二〇日　　長　洋弘

長 洋弘（ちょう・ようひろ）

1947年、埼玉県に生まれ。谷川岳の山岳ガイド高波吾策氏に師事。東南アジアや中東などを主に取材。近年では日本・インドネシア国交樹立記念メインカメラマンとして、インドネシア世界文化遺産、バリ島などを撮影。大学、市民大学、写真教室などの講師を勤める。文化庁登録写真家。作家。賞歴は、林忠彦賞、社会貢献者表彰、外務大臣賞（団）、国際児童年記念写真展大賞（作品を国連に展示）、土門拳文化賞奨励賞など。著書に、『帰らなかった日本兵』（朝日新聞社）、『二つの祖国に生きる』『戦争とインドネシア残留日本兵』『ミエさんの戦争』『海外日本人学校』（草の根出版会）、『遥かなるインドネシア』『ぱんちょろよーちゃん』『バリに死す』（燦葉出版社）など。写真集に、『インドネシア残留元日本兵（なぜ異国で生涯を終えたのか）』『冒険に生きる』（社会評論社）、『PERJUANGAN IB MIE OGURA』（YWP）など多数。近刊に『小説・末永敏事』（燦葉出版社）がある。

論創ノンフィクション 012
帰らなかった日本兵［増補改訂版］
インドネシア残留元日本兵の記録

2021年7月1日　初版第1刷発行

編著者　長 洋弘
発行者　森下紀夫
発行所　論創社
東京都千代田区神田神保町 2-23　北井ビル
電話　03（3264）5254　振替口座　00160-1-155266

カバーデザイン　奥定泰之
組版・本文デザイン　アジュール
印刷・製本　精文堂印刷株式会社
編　集　谷川 茂

ISBN 978-4-8460-2042-2 C0036